14

변변찮은 마술강사와 금기교전

Akashic records
of bastard magic instructor

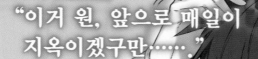

"이거 원, 앞으로 매일이
지옥이겠구만……."

"안 질 거야, 시스티나!"

글렌 레이더스
마술을 싫어하는 마술강사.
세계적인 마술경기대회인
마술제전의 선발회 시험
감독관을 맡게 되었다.

콜레트 프리다
성 릴리 여학원 『검은
백합회』의 수장. 프랑신과
함께 여학원의 대표로서
마술학원을 방문했다.

"이건 선전포고야.
너한테 본때를
보여주겠어, 시스티나."

"에, 엘렌……?"

엘렌 크라이토스

크라이토스 본가의 영애.
시스티나의 약혼 소동에서
사망한 레오스의 여동생이자.
시스티나의 소꿉친구였지만…….

"이야기는 들었다.
네가 글렌이지?
자, 가자. 어서."

포젤 루포이
마술학원의 마도 고고학 교수.
교내에선 이단아 중의 이단아로
통하는 인물로, 유적 탐사에서
반년 만에 돌아왔다.

"……시스티…… 나……난……
흑…… 히끅……."

"엘렌! ……아무튼 네가
무사해서 다행이야!"

돌이켜 보면 어릴 때부터 시스티나는 정말 굉장한 아이였다.
낮고 좁은 하늘과 빈약한 날개밖에 갖지 못한 평범한 나와는 달리.
한없이 높고 넓은 하늘과 강한 날개를 가진 그녀를 나는 늘 동경과
선망의 눈으로 바라보곤 했었다.

Akashic records of bastard magic
instructor

CONTENTS

변변찮은 마술강사와 금기교전

Akashic records
of bastard magic instructor

14

히츠지 타로 지음
미시마 쿠로네 일러스트
최승원 옮김

교전은 만물의 예지를 관장하고, 창조하며, 장악한다.
그러하기에 그것은
인류를 파멸로 인도하게 되리라——.

『멜갈리우스의 천공성』 저자 : 롤랑 엘트리아

Akashic records
of
bastard
magic
instructor

Character

Main

시스티나 피벨

고지식한 우등생. 위대한 마술사였던 조부의 꿈을 자기 힘으로 이뤄내기 위해 흔들림 없는 정열을 바치는 소녀.

글렌 레이더스

마술을 싫어하는 마술강사. 만사에 무책임하고 의욕 제로, 마술사로서도 삼류라서 장점은 전혀 없는 셈. 그런 그의 진정한 모습은─?

루미아 틴젤

청초하고 마음씨 고운 소녀. 누구에게도 밝힐 수 없는 비밀을 가지고 있으며 친구인 시스티나와 함께 열심히 마술 공부에 매진하고 있다.

리엘 레이포드

글렌의 전 동료. 연금술로 고속 연성한 대검을 다룬다. 근접 전투에서 비교할 자가 없는 이색적인 마도사.

알베르트 프레이저

글렌의 전 동료. 제국 궁정 마도 사단 특무 분실 소속. 신기에 가까운 마술 저격이 특기인 굉장한 실력의 마도사.

엘레노아 샤레트

알리시아의 직속 시녀장 겸 비서관. 하지만 그 정체는 하늘의 지혜연구회가 제국 정부로 보낸 밀정.

세리카 아르포네아

제국 마술 학원 교수. 글렌의 스승인 동시에 길러준 부모이기도 한 수수께끼가 많은 여성.

Academy

웬디 나블레스

글렌이 담당하는 반의 여학생. 지방 유력 명문 귀족 출신. 자부심이 강하고 권위적인 성격의 세상 물정 모르는 아가씨.

린 티티스

글렌이 담당하는 반의 여학생. 약간 내성적이고 체격도 작아서 귀여운 동물처럼 보이는 소녀. 자신감이 없어서 고민이 많다.

기블 위즈덤

글렌이 담당하는 반의 남학생. 시스티나 다음가는 우등생이지만 결코 주변과 어울리려 하지 않는 냉소주의자.

카슈 윙거

글렌이 담당하는 반의 남학생. 덩치가 크고 튼실한 체격. 성격이 밝고 글렌에게 호의적이다.

세실 클레이튼

글렌이 담당하는 반의 남학생. 조용한 독서가. 집중력이 높아서 마술 저격에 재능이 있다.

할리 아스트레이

제국 마술 학원의 베테랑 강사. 명문 아스트레이 가문 출신. 전통적인 마술사와는 거리가 먼 글렌에게 공격적이다.

Character

마술

Magic

—

룬어라고 불리는 마술 언어로 구성한 마술식으로 수많은 초자연 현상을 일으키는
이 세계의 마술사에게 지극히 『당연한』 기술.
영창하는 주문의 구절과 마디 수,
템포, 술자의 정신상태에 따라 자유자재로 형태를 바꾸는 것이 특징.

교전

Bible

—

천공의 성을 주제로 삼은 지극히 아동 취향인 옛날이야기로 세계에 널리 퍼져있다.
그러나 그 소실된 원본(교전)에는
이 세계에 관한 중대한 진실이 적혔있다고 전해지며, 그 수수께끼를 좇는 자에게는
어째선지 불행이 닥친다고 한다.

알자노 제국
마술학원

Arzano Imperial Magic Academy

약 4백 년 전, 당시의 여왕 알리시아 3세의 주도로 거액의 국비를 투입해서
설립한 국영 마술사 육성 전문학교.
오늘날 대륙에서 알자노 제국이 마도대국으로 명성을
떨치는 기반을 만든 학교이자, 늘 시대의 최첨단 마술을 배우는
최고봉의 교육 기관으로서 주변 국가에 널리 알려져 있다.
현재 제국의 고명한 마술사 대부분이 이 학원의 졸업생이다.

서장 Ω

오메가

"—그럼 지금부터 마술제전의 알자노 제국 대표 선수 선발회 개회식을 시작하겠다."

알자노 제국 마술학원 부지의 남동쪽에 위치한 학생 경기장.

약 2천 명까지 수용 가능한 그 넓은 공간에는 학생들이 줄지어 서 있었다.

그들이 입고 있는 것은 당연히 알자노 제국 마술학원의 교복이었지만 일부 학생들은 다른 교복을 입은 채 모여서 서 있었다.

그리고 경기장 안쪽 단상 한복판의 강단 앞에 서 있는 남자— 단안경을 쓴 노신사가 그런 학생들을 훑어보며 입을 열었다.

"알자노 제국 마술학원, 성 릴리 마술여학원, 그리고 크라이토스 마술학원. 우리 제국을 대표하는 선수 후보생 제군. 일주일간 수고 많았다."

그는 여왕청 관방장관— 여왕 알리시아 7세의 정무를 보좌하는 그라츠 르 에드와르도 경이었다.

그밖에도 알자노 제국 마술학원의 학원장 릭 워켄, 성 릴리 마술여학원의 학원장 로나 로젠버그, 크라이토스 마술학원의 학원장 게이슨 르 크라이토스 같은 쟁쟁한 멤버들이 에드와르도 경의 뒤에 나열해 있었다.

그들은 요 일주일동안 알자노 제국 마술학원에서 진행된 알자노 제국 대표 선수 선발회의 최종 결정자였다.

여기 모인 3개 학원의 대표 선수 후보생들의 선발 심사는 전부 종료되었다.

이제는 알자노 제국의 위신을 걸고 마술제전에 출전할 대표들의 이름을 발표하는 것만 남은 상황이었다.

'후우…… 이제야 겨우 이 지긋지긋한 행사가 끝났구만…….'

경기장 벽 근처에 서 있던 글렌이 한숨을 내쉬었다.

그는 이 선발회의 시험 감독관 중 하나였다.

덕분에 요 일주일간 쉴 틈도 없이 바쁘게 일했지만, 아무튼 무사히 끝났으니 이제야 겨우 무거운 짐을 내려놓은 기분이었다.

"……따라서 이번에 대표 선수로 발탁된 학생들은 자만하지 말고 조국을 위해 단련을 게을리 하지 않기를 바라며, 아깝게 탈락된 학생들도 비관하지 말고 늘……."

단상에서는 조금 전부터 에드와르도 경이 지루하기 짝이 없는 훈시를 계속 늘어놓고 있었다. 학생들 사이에서는 빨리 발표나 하라는 분위기가 만연했지만 아무래도 그는 전혀 눈치채지 못한 모양이었다.

글렌은 그런 에드와르도 경의 말을 한쪽 귀로 흘려버리며 슬쩍 눈길을 돌렸다.

그 시선 앞에는 이 군중 속에서도 유독 눈에 띄는 아름다운 은발의 소녀가 서 있었다.

시스티나였다.

다른 학생들보다 훨씬 긴장된 얼굴로 애타게 발표를 기다리는 모습이었다.

그런 제자를 본 글렌은 가볍게 웃음을 흘렸다.

'……참 나, 그런 엄청난 성적을 내놓고서 대체 뭘 걱정하는 건지.'

그렇다. 시스티나도 이번 대표 선발회에 참가한 후보생 중 하나였다.

이미 학생의 틀을 벗어난 성장을 이룬 그녀가 과연 어떤 성적을 거뒀는지는 두말할 필요도 없으리라.

글렌은 발표를 애타게 기다리는 시스티나를 흘겨보며 어깨를 으쓱였다.

그리고―.

"……그럼 우리가 엄선한 대표 선수를 발표하겠다. 다들 조용히 경청하도록. 우리 제국의 위신을 짊어질 그들에게 경외의 뜻을 담아 성대한 박수와 찬사를 보내주길 바란다."

그 순간, 학생들 사이에 긴장감이 퍼지기 시작했다.

누군가가 마른침을 삼키는 소리가 적막해진 경기장 안에 크게 울려 퍼졌다.

"먼저 이번 선발회의 최우수 선수…… 대표단의 메인 위저드를 맡을 학생부터다. 누차 언급하지만, 이것은 무척 명예로운 자리이다."

시스티나는 기도하는 것처럼 손을 맞잡더니 눈을 질끈 감고 흠칫거리며 발표를 기다렸다.

'뭐, 누가 메인 위저드가 될지는 안 들어도 뻔하지만.'

한편, 글렌은 별로 관심도 없는 듯 하품을 했다.

"그 학생의 이름은……."

그리고 마침내 에드와르도 경의 입에서 가장 큰 영광을 누리게 될 학생의 이름이 발표되었고…….

————.

————.

…………

제1장 A ^{알파}

—————.

"······선······생······님! 선생······님!"

시끄럽다.

"······선생님! 선생님! 선생님? 선생님도 참!"

······무지 시끄러웠다.

조금 전부터 귓가에서 날카롭게 울리는 목소리에 뇌를 지배하고 있던 잠기운이 의식에서 급속도로 벗겨져 나갔다.

"정말이지! 이제 그만 좀 일어나시라니까요, 선생님!"

"······뭐야······?"

글렌은 체념한 듯 교탁에서 고개를 들고 졸린 눈을 문질렀다.

"좀 참아주라······. 나, 요즘 엄청 바빴거든?"

"선생님이 바쁘신 건 알지만! 그래도 너무 늘어지셨다구요!"

글렌의 콧잔등에 들이민 늘씬한 손가락. 시선을 들자 햇빛을 반사하는 눈부신 은발과 선명한 비취색 눈동자가 글렌의 안구와 영혼에 틀어박혔다.

시스티나였다. 그녀는 요정처럼 가련한 미모를 사정없이

구기고 있었다.

"자자, 시스티. 선생님께선 이제부터 고생하셔야 하니까……."

"응. 글렌, 불쌍해."

그리고 그런 그녀를 달래듯 루미아가 쓴웃음을 지었고 그 뒤에선 리엘이 졸린 얼굴로 중얼거렸다.

몽롱한 상태로 주위를 둘러보니 이곳은 2학년 2반의 교실 안이었다.

카슈, 웬디, 기블, 테레사, 세실, 린, 로드, 카이…… 평소의 멤버들이 글렌을 바라보며 어이가 없는 얼굴로 쓴웃음을 짓고 있었다. 정말로 평소와 다름없는 광경이었다.

"하하하, 선생님. 정신 좀 빠짝 차리세요~."

"정말로요! 이제 곧 다른 학원의 학생분들도 오실 테니 정신 좀 차리시라구요!"

"……어라? 으음? ……오늘 무슨 일이 있던가?"

카슈와 웬디의 말에 글렌이 어리둥절한 얼굴로 눈을 깜빡이자 시스티나가 바로 성을 내기 시작했다.

"진짜 언제까지 그런 잠꼬대나 하고 계실 건데요?! 오늘 우리 학원에서 열릴 마술제전 제국 대표 선수 선발회에 성릴리 마술여학원과 크라이토스 마술학원의 학생들이 올 예정이잖아요! 이미 싸움은 시작된 거라구요!"

"……."

그제야 몽롱했던 의식이 천천히 기억을 헤집기 시작했다.

"……그러고 보니 그랬지. 크하, 귀찮구만."

쿵! 글렌은 맥이 빠진 듯 책상에 있는 힘껏 머리를 찧었다.

그리고 열흘 전에 있었던 일을 떠올렸다.

열흘 전—.

""""마술제전~?!""""

이른 아침부터 소집된 마술학원 긴급 직원회의에서 전 강사 및 교수진의 얼빠진 목소리가 울려 퍼졌다.

"음. 마술제전…… 그게 다음 달에 개최될 거라는 통보가 위에서 내려왔다네."

그러자 안쪽 강단 앞에 선 릭 학원장이 침착하게 대답했다.

'진짜? 그게 부활한다고? 진짜로?!'

회의가 시작되자마자 졸 예정이었던 글렌도 잠기운이 완전히 날아간 얼굴로 눈을 연신 깜빡였다.

마술제전. 과거에 북 셀포드 대륙의 여러 국가들이 모여서 개최한 세계적인 마술경기 대회. 각 참가국에서 선발한 열 명의 마술사로 구성된 대표 선수단이 다양한 시련에 도전하며 경쟁하는 세계적인 행사였다.

물론 국가가 보유한 마도 기술은 군사와 국방에 관여하는 중요한 요인이므로 함부로 타국 앞에서 드러낼 수는 없었다.

하지만 그러하기에 더더욱 개최할 만한 가치가 있으리라.

이 마술제전은 각 참가국간의 항구적인 평화와 안녕을 바라는 『평화의 제전』이었기 때문이다.

하지만 글렌을 포함한 교직원들의 동요와 곤혹스러움은 가라앉지 않았다. 그 이유는…….

"하, 하지만 학원장님…… 마술제전은 북 셀포드 대륙의 주요 국가인 알자노 제국과 레자리아 왕국이 냉전에 돌입한 후로 벌써 몇 십 년이나 중지된 상태였지 않습니까! 그랬던 것이 왜 이제 와서 갑자기 개최를?!"

교직원 중 누군가가 이 자리에 모인 모두의 마음속을 대변하는 질문을 던졌다.

하지만 돌아온 것은 놀라운 답변이었다.

"알자노 제국과 레자리아 왕국…… 알리시아 7세 여왕 폐하께서 양국의 관계 개선을 위해 물밑에서 계속 힘을 쏟은 노력의 산물일세. 이 평화의 제전과 동시에 양국의 수뇌 회담도 열릴 예정이라더군."

'뭐? 그 종교에 미친 광신도 국가에서 회담을 받아들였다고?! 굉장하잖아, 여왕 폐하!'

마른하늘에 날벼락 같은 정보에 글렌은 절로 감탄할 수밖에 없었다.

알자노 제국과 레자리아 왕국은 예전부터 다양한 이유로 다퉈온 앙숙 관계다.

여태껏 레자리아 왕국은 국가간의 문제 발생 시 대화에

응한 적은 있지만 정상급 인물이 그 자리에 출석한 적은 단한 번도 없었다. 그런데 설마 마술제전의 부활만으로 그치지 않고 양국의 수뇌 회담이라니, 알리시아 7세의 수완과 진심을 확인할 수 있는 순간이었다.

"우리나라의 무단파(武斷派)가 지금까지 그런 횡포를 부릴수 있었던 것도 전부 레자리아 왕국이라는 실질적인 위협이 있었기 때문일 뿐. 하지만 본격적으로 평화가 약속된다면 상층부의 알력도 완화될 터…… 허허허. 역시 우리의 여왕 폐하야말로 이 나라를 이끌어나가기에 합당한 분이 아니시겠는가."

"……폐하."

그 순간, 글렌의 머릿속에는 루미아의 친어머니…… 도저히 그 가녀린 어깨에 일국의 명운을 짊어진 것으로는 보이지 않는 온화하고 자상한 숙녀의 미소가 떠올랐다.

"뭐, 역시 평화가 최고지. 성공적으로 끝났으면 좋겠는데……."

"마치 남일처럼 말하네? 글렌."

그러자 글렌의 옆에서 팔짱을 끼고 앉은 여자가 차갑게 핀잔을 주었다.

어두운 밤에 일렁이는 불꽃같은 붉은 머리를 흔드는 이 미녀의 이름은 이브.

전 제국 궁정 마도사단 특무분실 실장. 지금은 글렌의 동료인 마술강사였다.

"왜 그런 정보가 지금 여기서 공개된 건지…… 조금도 짐작이 안 가?"

"어? 그건 또 뭔 소리야?"

글렌은 영문을 모르겠다는 얼굴로 고개를 살짝 갸웃거렸다.

그러자 마치 이브를 대신하는 것처럼 릭 학원장이 모두를 향해 입을 열었다.

"그럼 그 마술제전 말이네만…… 참가하는 대표 선수들에게는 연령제한이 있고, 하물며 각국에서 공적으로 운영하는 마술 교육기관에 소속된 청소년 마술사에 한한다는 사실을 제군은 당연히 알고 있겠지?"

'그야, 당연하지.'

글렌은 속으로 팔짱을 꼈다.

'아무리 평화의 제전이라고 해도 마도기술은 국가 기밀이야. 다른 나라에 함부로 보여줄 수는 없어. 그러니 군이나 연구소 같은 곳에 소속된 프로들은 참가를 피하고 타국에 알려져도 문제없는 학생이나 아마추어로 참가자를 제한하도록 각국에서 협정을 체결했다고…… 응? 학생……?'

엄청나게 불길한 예감이 들기 시작한 글렌은 눈을 게슴츠레하게 떴다.

그러자 릭이 글렌이 가장 두려워했던 일을 그대로 입에 담았다.

"더 말하지 않아도 알겠지만······ 우리 알자노 제국이 자랑하는 3대 마술 교육기관······ 즉, 알자노 제국 마술학원, 성 릴리 마술여학원, 크라이토스 마술학원. 이중에서 마술제전에 참가하는 제국 대표 선수 열 명을 선발하게 되었다네. 그 대표 선수 선발회가 머지않아 이곳 알자노 제국 마술학원에서 열릴 예정일세."

그 순간, 교직원들 사이에 한층 더 큰 동요가 퍼져나갔다.

이야기가 너무 갑작스러웠기 때문이다.

그리고 이브는 마찬가지로 아연실색한 글렌에게 조용히 보충 설명을 했다.

"이건 내가 개인적으로 얻은 정보인데······ 마술제전 그 자체의 개최 준비는 여왕 폐하와 각국의 수뇌부가 꽤 전부터 물밑에서 몰래 준비했다나 봐. ······반대파의 방해 공작을 피하려고 지금까진 공개하지 않았지만 말이지. 이 갑작스러운 전개는 그것 때문이야."

"호, 혹시 우리가 여기에 모인 이유는······."

엄청나게 성가신 예감이 든 글렌이 몸을 떨면서 이브에게 그렇게 물으려 한 순간—.

릭 학원장이 고개를 끄덕이며 일동을 돌아본 후 선언했다.

"제군은 아무쪼록 이 대표 선수 선발회의 운영과 시험 감독관을 맡아줬으면 하네."

"역시나?!"

예상했던 전개에 글렌은 머리를 싸맬 수밖에 없었다.

"사실 할리 군에게 미리 전해둔 덕분에 선발회의 일정과 타교 학생들을 받아들일 준비 같은 대략적인 운영 방침은 이미 정해진 상태일세."

"흥. 뭐, 학원장님의 부탁이라면 거절할 수는 없으니 말입니다."

전원의 존경과 찬사의 시선이 모였지만 할리는 태연한 얼굴로 코웃음을 쳤다.

'으헥, 선배. 진짜 너무 우수하잖아⋯⋯.'

"허나 계획이 어느 정도 틀이 잡혔다 하지만 일손은 아무리 많아도 부족한 상황일세. 이제부터 선발회에서 치를 시험 내용도 정해야 하고, 우리 학원의 대표 선수 후보도 시급히 정해야만 하지. 할 일이 정말 산더미처럼 많으니 부디 자네들의 힘을 빌려줬으면 하네."

릭은 그렇게 말하고 깊이 고개를 숙였다.

하지만 사실 제국 정부의 상층부에서 직접 내린 명령이라면 다들 따를 수밖에 없었다.

이렇게 해서 알자노 제국 마술학원의 총력을 기울인 선발회의 개최와 운영이 결정되었다.

아직 당혹스러움을 전부 떨쳐내지 못한 모두는 할리가 만든 선발회 진행 개요 서류를 받고 읽기 시작했다.

"그건 그렇고 아무리 생각해도 일정이 무지 촉박해지겠는

걸……."

글렌은 서류를 대충 넘기며 투덜거렸다.

시설 조성, 각 학원과의 조정, 경기용구 준비와 정비, 시험 내용 결정, 학생회와의 연계 등 할 일이 너무 많아서 절로 두통이 생길 지경이었다. 준비에 필요한 시간도 부족했다.

설산에서의 사건 이후로 몸 상태가 더 나빠져 현재 휴직 중인 세리카를 제외하면 교직원들에게는 공평하게 업무가 분담되어 있었지만, 그래도 통상 업무를 보면서 하기에는 너무나도 양이 많았다.

"이건 앞으로 매일이 지옥이겠구만……."

글렌이 책상 위에 힘없이 엎드려버리자 옆에서 이브가 말을 걸었다.

"흥. 그렇게 불평만 하고 있을 때가 아니거든, 글렌?"

그리고 뚱한 글렌의 코앞에 새 서류 다발을 툭 내팽개쳤다.

"이건 또 뭐야?"

"나도 학원장님의 부탁으로 이 학원에서 보낼 대표 선수 후보들을 골라봤어."

글렌이 서류 끄트머리를 슬쩍 들어보자 학생들의 인적 사항이나 성적, 마술 관련 능력 데이터가 눈에 들어왔다.

"지금까지 내가 이 학원에서 가르친 군사 교련과 이론 수업 등의 성적을 종합적으로 판단해서 선발한 거야. 나중에 이걸로 회의를 하겠지만…… 그 전에 당신의 의견을 듣고 싶어."

"……넌 왠지 이상할 정도로 이 학원에 잘 적응한 거 같다?"

"흥, 시끄러워. 일이야, 일. 그 이상도 이하도 아니라구."

글렌과 이브가 그런 대화를 나누던 순간이었다.

타앙!

느닷없이 큰 소리를 내며 회의실 문이 열렸다.

그리고 누군가가 성큼성큼 안으로 들어왔다.

갑작스러운 방문과 소음에 실내가 마치 찬물을 끼얹은 것처럼 조용해졌고 모두가 눈을 깜빡이며 그 방문자를 주목했다.

"헉?! 저자는……?!"

"사, 살아있었나……?!"

하지만 그 방문자는 자신에게 쏟아지는 시선과 관심을 완전히 무시했다. 곁눈질도 하지 않고 강단을 향해 일직선으로 걸어갔다.

"지금 돌아왔다, 학원장."

그리고 릭 학원장 앞에 당당하게 멈춰 섰다.

"누, 누구야? 저 녀석은……."

이 학원에서 글렌이 처음 보는 인물이었다.

젊어 보이지만 정확한 나이는 불명. 언뜻 나른하고 무기력한 인상으로 보였으나 한편으로는 바닥을 알 수 없는 열정이 타오르고 있는 듯한…… 그런 남자였다.

누가 봐도 완고하고 타협을 모를 것 같은 찡그린 얼굴. 사자의 갈기 같은 금갈색 머리카락. 넓은 어깨와 큰 키. 셔츠와 멜빵이 달린 바지 안에 감춰진 몸은 빈틈없이 단련되어 있었다. 피부는 햇볕에 탄 갈색에 오래 된 상처투성이었다.

마치 역전의 용사나 거친 투사처럼 수많은 수라장을 헤쳐 온 듯한 빈틈없는 존재감에, 군인 출신인 글렌과 이브마저 무심코 긴장할 정도였다.

그나마 어깨에 걸친 교사 로브가 이 남자가 일단은 마술사이자 학원 관계자라는 사실을 알게 해주었다.

그 남자는 글렌의 관심을 무시하고 릭 학원장에게 다가가더니 기묘한 조각상을 단상에 내팽개쳤다.

"……이게 이번 유적 탐색 성과다."

"오, 오오?! 오랜만이군! 바, 반년만인가? ……아무튼 무사해서 다행일세. 자네는 정말 대체 어디…….."

"그보다, 학원장. 이게 이번 탐색 경비다. 잭 길드에 지불해줘."

그리고 이번에는 대량의 서류를 강단에 내팽개쳤다.

"어? 뭔가 이건. 이 금액은…… 우리 학원 1년 예산의 절반? 자네, 대체 무슨 짓을 한 겐가……?"

그 서류의 내용을 대충 확인한 릭의 안색이 단숨에 새파랗게 질렸다.

하지만 남자는 그것도 무시하더니 인상을 약간 풀고 조각상을 들어 올렸다.

"잘 봐, 학원장. 이 조형…… 아직 자세히 해석해보진 않았지만, 난 이 조각상이 천공의 쌍둥이 중 한쪽의 권속이라 보고 있어. 고대문명의 신성(神性)인 타움은 아직 밝혀지지 않은 부분이 많아. 난 타움이 단순한 별자리 신앙의 발단이 되는 하늘의 상징…… 우상 숭배, 혹은 정교일치 사회가 낳은 현인신(現人神) 부류라는 생각이 도저히 들지 않아. 분명 타움에게는 고대문명의 수수께끼를 해명할 뭔가가 있을 터. 이 조각상은 그 열쇠가 되겠지. 사실 이 조각상을 발굴한 유적 여기저기에 남아 있던 비문에는—— (생략) ——."

실내의 모두가 어이없는 눈으로 쳐다보는 데도 남자는 눈곱만큼도 개의치 않았다.

이 자리가 대체 어떤 자리인지 배려하는 낌새조차 보이지 않았다.

이대로 내버려두면 하루 내내 떠들어댈 기세였다.

"—— (생략) —— 전에도 말했잖아? 지금의 마도 고고학회는 바보들뿐이라고. 애초에 내가 필드워크를 경시하는 바보라고 헛소문을 퍼트린 건 대체 누구야? 난 유적 탐색을 안 하는 게 아니라 위법적인 수단으로 유적에 들어가는 경우가 많으니까 표면상으로만 그렇게 보이는 것뿐이라고. 애초에 마도 고고학이라는 건—— (생략) —— 그래서 발굴한 마법 유물을 연대순으로 나열하면—— (생략) —— 멀더의 신학 이론적인 관점으로 보면—— (생략) —— (생략) ——

(생략) —— 즉, 나야말로 신이다! 그 무엇도 날 속박할 수 없어!"

'어라? 왠지 좀 익숙한 패턴인데?'

글렌이 눈을 가늘게 뜨고 뺨을 실룩거린 그때—.

"아, 알았네! 알았다고!"

끝날 낌새가 보이지 않는 남자의 열변을 견디다 못한 릭 학원장이 입을 열었다.

"아, 아무튼 자네가 그 얼스터 고대 사원의 미탐색 영역을 완전히 정복했다는 건 알아들었네! 그건 축하하지! 하지만 거긴 크라이토스령(領)의, 심지어 출입이 금지된 영역이었을 터. 그런데 용케도 발굴품 반출 허가를 받았군?"

"발굴품 반출 허가? 그야 당연히 몰래 들어가서 몰래 가져온 게 뻔하잖아?"

남자는 진지한 얼굴과 목소리로 단언했다.

"자, 자네…… 그건 흔히 말하는 도굴…… 큰 문제, 아니. 범죄 행위네만……?"

"문제없어. 탐색 위험도에 미리 겁을 집어먹고 소유권만 주장하며 유적에 손도 대지 않는 놈들 따윈 마술사의 수치다. 난 그런 놈들에게 천벌을 내렸을 뿐. 홋, 위험도 S급? 웃기는군. 실패해도 기껏해야 죽는 것뿐이잖아? ……아무튼 일이 그렇게 됐으니 뒤처리는 맡기겠다, 학원장."

"아, 아니…… 그게…… 그렇게 당당하게 맡겨도 곤란하네만."

릭 학원장은 이마에서 비지땀을 철철 흘렸다.

"그, 그보다 지금은 그게 문제가 아닐세! 실은 얼마 후에 우리 마술학원에서 마술제전 대표 선수 선발회가 열리게 됐으니 자네도 협력을……."

"아직도 날 잘 모르나 보군, 학원장."

남자는 매달리는 학원장을 향해 입가를 끌어올리고 당당하게 선언했다.

"이 내가! 이 긍지 높은 알자노 제국 마술학원 마도 고고학 교수 포젤 루포이가! 마도 고고학 연구와 유적 탐색이 아닌 일에 힘을 빌려줄 리가 없잖아아아아아아아아아아아!"

"……선생님, 갑자기 왜 그러세요?"

루미아의 걱정스러운 목소리에 과거를 헤매던 글렌의 의식이 현재로 귀환했다.

마술학원 최대의 문제아 포젤 루포이 마도 고고학 교수.

이번 일의 발단을 되새기다가 그만 쓸데없는 기억까지 떠올리고 말았다.

"아니, 그럴 만한 일이 좀 있어서……. 밑에는 더 밑이 있는 법이더라."

그렇게 말한 글렌은 기지개를 켠 후 교탁 앞에서 일어났다.

"정말이지! 그런 상태로 정말 괜찮으시겠어요?"

시스티나는 그런 글렌을 보고 불만스럽게 입술을 삐죽 내밀었다.

"제발 진지하게 좀 해주세요! 시험 감독관 측의 실수로 원래 대표가 돼야 할 학생이 떨어지기라도 했다간 중대한 책임 문제가 될 테니까요!"

"알았다, 알았어. 역시 만장일치로 우리 학원의 대표 선수 후보가 된 피벨 아가씨가 하시는 말씀은 뭐가 달라도 다르구만."

글렌은 귀찮다는 듯 머리를 긁적이며 대답했다.

마술제전에 참가하는 알자노 제국의 대표 선수 열 명은 알자노 제국 마술학원, 성 릴리 마술여학원, 크라이토스 마술학원에서 각각 스무 명씩 내보낸 총 60명의 대표 후보생 중에서 선발된다.

대표 후보생이 될 수 있는 건 각 학원의 1학년부터 3학년까지의 학생뿐.

졸업 연구 중인 4학년은 어엿한 한 사람 몫의 마술사이므로 대상에서 제외. 또한 군 관계자인 리엘, 복잡한 뒷사정이 있는 루미아도 제외되었다.

그리고 이번 알자노 제국 마술학원에서 참가하는 대표 후보생 스무 명을 선출한 것은 이브를 필두로 한 학원의 교수 및 강사진이었다. 그중에서도 시스티나는 만장일치로 후보생이 되었다는 소문이 교내에 무성했다.

'뭐, 최근에 이 녀석이 이뤄낸 성장을 보면 당연하겠지. 아

니, 도가 지나쳐서 솔직히 좀 질릴 정도야.'

글렌은 화가 난 시스티나를 흘겨보고 어깨를 으쓱였다.

그가 맡은 2학년 2반은 의외로 평가가 높은지 그녀 말고도 기블, 카슈, 웬디도 후보생으로 뽑혔다.

덕분에 글렌도 왠지 본인이 칭찬을 받은 것 같아서 어깨가 으쓱했다.

"야, 하얀 고양이…… 너, 이상하게 여유가 없어 보인다?"

하지만 약간 신경 쓰이는 점이 있어서 일단 물어보았다.

"왠지 절박하달까…… 너 정도쯤 되는 실력자라면 좀 더 당당한 태도를 보이라고."

"저, 저기요! 그런 식으로 방심하다간……."

"하하. 하지만 까놓고 말해 넌 이미 학생 수준이 아니거든?"

글렌의 지적에 시스티나는 말문이 막혔다.

"대표로 선출되는 건 앞으로 치를 선발회의 상위 열 명이잖아? 너라면 틀림없이 거기 들어갈 수 있을 거다. 애초에 네가 탈락되는 상황? 너보다 뛰어난 녀석이 열 명이나 있다고? 상상만 해도 무섭네."

"그, 그건……."

글렌이 어이가 없는 표정으로 말하자 시스티나는 쩔쩔매기 시작했다.

그러자 그런 그녀를 대신해서 루미아가 말했다.

"후훗, 선생님. 시스티는 메인 위저드를 노리고 있는 거예요."

"루, 루미아?! 그건……."

메인 위저드.

마술제전은 대결 방식이 특수한 관계로 각국에서 열 명의 대표 선수가 참가하지만, 거기서 또 한 명의 메인 위저드와 아홉 명의 서브 위저드로 나누어진다.

서브 위저드들이 메인 위저드를 보조해서 시련을 헤쳐 나가는 방식인 것이다.

따라서 메인 위저드는 말 그대로 국가의 위신을 한몸에 짊어지는 동시에 여왕에게 직접 훈장도 수여받는 무척 명예로운 자리였다.

"호오……? 하얀 고양이. 설마 네가 말이지?"

글렌은 의미심장하게 웃었다.

"서~얼마 설마하니 너에게 그런 야심과 공명심이 있었을 줄은 몰랐군. 의외라면 의외……."

"아, 아아아, 아니거든요?! 그런 게 아니라구요!"

그러자 시스티나가 강하게 반박했다.

"뭐~가 아니라는 건데? 가장 많은 명예와 훈장과 상금을 받는 건 메인 위저드잖아? 그것 말고 다른 이유가……."

"절 선생님이랑 똑같이 취급하지 말아주세요! 전 그저…… 할아버님을 따라잡고 싶은 것뿐이라구요!"

글렌이 눈을 휘둥그레 뜨고 깜빡이자 루미아가 부드럽게 웃으며 설명을 거들었다.

"선생님. 시스티의 할아버님…… 레돌프 피벨님께선 실은 어렸을 적에…… 아직 마술제전이 평범하게 개최됐던 시절에…… 이 마술제전의 메인 위저드로 선출된 적이 있으셨다고 해요. 알자노 제국 대표로요."

글렌은 그제야 납득했다.

시스티나는 존경하는 조부의 꿈을 계승하기 위해 천공성을 비밀을 해명하는 것을 목표로 삼고 있다.

천재 마술사라 일컬어지는 레돌프를 조금이라도 따라잡기 위해 매일같이 정진하고 있었다.

그렇다면 메인 위저드가 되고자 하는 것도 딱히 이상할 건 없었다. 참으로 귀여운 이유였다.

"저, 저랑 할아버님은 다르니까 비교해선 안 된다는 건 알고 있어요……."

시스티나는 변명하듯 수줍은 태도로 말했다.

"하지만 메인 위저드가 됐을 당시의 할아버님과 지금의 전 같은 나이에요. 그러니 저도 메인 위저드가 되지 않으면 언제까지고 할아버님을 따라잡을 수 없을 것 같은 기분이 들어서…… 그래서 전 이번 선발회에 최선을 다하겠다고, 반드시 이길 거라고 각오했어요."

그리고 결의가 담긴 눈으로 글렌을 똑바로 바라보았다.

"무척 오만한 말일지도 모르죠. 후보생도 되지 못한 다른 학생들이 들었다면 기분이 상할지도 몰라요. 그래도 전 다른 그 누구도 아닌 저를 위해 메인 위저드가 되고 싶어요! 과거에 세계의 큰 무대에서 마술 실력을 겨룬 할아버님께서 보신 광경을 제 눈으로 보고 싶어요! 그러니……!"

그러자 글렌은 가볍게 웃고 시스티나의 머리 위에 손을 얹었다.

"서, 선생님……?"

"황제가 뱁새 흉내를 낼 필요는 없어. 하물며 뱁새의 눈치를 볼 필요도 없지."

그런 말을 읊조리는 글렌의 눈은 왠지 평소보다 자상해 보였다.

"어차피 인생의 목표라는 건 사람마다 달라. 넌 네 신념대로 전력을 다하면 돼. 그런 이유라면 열심히 해봐. 나도 응원하마. ……네 스승으로서."

"서, 선생님……?! 아, 예! 저, 진짜 열심히 해볼게요!"

시스티나의 표정이 활짝 밝아졌다.

그 모습을 지켜보던 루미아가 밝게 웃었고 리엘은 고개를 갸웃거렸다.

땡, 땡, 땡…….

마침 교내에 종소리가 울리더니 확성 마술로 안내 방송이 시작되었다.

『약 1시간 후에 예정대로 성 릴리 마술여학원과 크라이토스 마술학원의 대표 선수 후보단이 도착합니다. 전 직원 및 전교생이 맞이할 예정이오니 각 학년 각 반 학생들은 미리 알려드린 대로 앞마당에 모여 주십시오. 반복합니다. 앞마당에 모여…….」

그러자 방송을 들은 교실 안의 학생들이 웅성거리며 움직이기 시작했다.

"오, 아무래도 손님들이 납신 모양이구만."

글렌도 귀찮은 듯 머리를 긁적이며 이동하는 학생들 사이에 끼어들었다.

"다른 학원의 대표 선수 후보생들은…… 과연 어떤 사람들일까?"

"아하하…… 왠지 일부는 누굴지 예상이 가는데 말야."

"응."

시스티나와 루미아와 리엘도 그런 대화를 나누며 글렌의 뒤를 따라 교실을 나왔다.

세계에 마도대국으로 이름을 떨친 알자노 제국에는 몇 개의 마술 교육 기관이 존재했다.

제국 남부 요크셔 지방 페지테에 있는 알자노 제국 마술학원.

제국 북서부 호수 지방 릴리타니아에 있는 성 릴리 마술여학원.

그리고 제국 서부 크라이토스 백작령에 있는 크라이토스

마술학원.

　그밖에도 소규모 마술학교와 개인 학원과 길드 등이 존재했지만 규모, 학생 수, 운영 자금면에서 가장 거대한 건 이 세 학원이라 항간에서는 제국 3대 마술학원이라 불리기도 했다.

　얼마 전까지만 해도 4백 년 전에 당시 여왕인 알리시아 3세가 거액의 국비를 투입해서 설립한 알자노 제국 마술학원의 독주 체제였지만, 최근에는 귀족과 부호 등의 상류 계층이 지원한 윤택한 자금을 아낌없이 운영할 수 있는 성 릴리 마술여학원과 다른 지역보다 풍부한 특수 영맥과 초대 크라이토스 경이 보유했던 대량의 마도서와 마법유물로 독자적인 연구를 진행한 크라이토스 마술학원도 서서히 규모와 실적을 늘려서 제국을 지탱하는 3대 마술학원으로 어깨를 나란히 하게 된 것이다.

　'그건 그렇고 성 릴리 마술여학원과 크라이토스 마술학원이라……. 우리와는 여러모로 적지 않은 인연이 있는 학원이란 말씀이야.'

　글렌은 부지 안의 길을 따라 앞마당에 정렬한 학생들 속에서 생각에 잠겼다.

　돌이켜보면 성 릴리 마술여학원은 리엘이 단기 유학을 갔던 학원이었고, 크라이토스 마술학원에 이르러선 크라이토스 백작가의 젊은 후계자 레오스 크라이토스가 시스티나의 약혼 소동 당시에 글렌과 충돌했던 과거가 있었다.

'유감스럽게도 레오스는…… 그게…… 죽어버렸지만 말이지.'

그래도 이렇게 레오스와 인연이 있는 자들과 다시 접점을 갖게 된 상황에 글렌은 왠지 모를 기묘한 운명을 느낄 수밖에 없었다.

멍하니 그런 생각을 하는 사이에 성 릴리 마술여학원과 크라이토스 마술학원의 대표 선수 후보단을 태운 마차들이 알자노 제국 마술학원 부지 안에 도착하기 시작했다.

그리고 나란히 정지하자 대형 마차 안에서 인솔 교사와 학생들이 차례차례 내리기 시작했다. 이 페지테 주변은 토지의 레이라인 유지 보수 관계상 철로를 까는 것이 법적으로 금지되었기 때문에 마차 이동이 필수였다. 그래서 필연적으로 긴 여행이 될 수밖에 없었기에 학생들은 저마다 조금씩 피로한 기색을 드러내고 있었다.

하지만 그런 그들도 곧 주위를 둘러보더니 이곳이 적지라는 것을 재확인하고 마음을 다잡았다.

이윽고 정렬한 그들은 안내역의 인솔을 따라 교사 앞쪽 현관을 향해 침착하게 걷기 시작했다.

알자노 제국 마술학원에 다니는 학생들에게도 당연히 애교심이라는 것이 있다. 오히려 엘리트 기질이 강한 학생들이 많기 때문인지 동료의식과 배타의식이 특히 강한 편이었다.

그런 알자노 학원 학생들에게 지금 도착한 타교 학생들은 고작 열 명뿐인 마술제전 대표 선수 자리를 뺏으러 온 증오스러운 적들이었다.

저들만 없었으면 영광스러운 대표 선수 자리를 전부 자랑스러운 우리 알자노 제국 마술학원의 학생들이 차지했을 거라는 생각을 다들 어느 정도 갖고 있었다.

그래서 환영의 박수를 보내는 태도도 왠지 모르게 사무적이었고 냉담했다.

"야, 봤어? 카이! 로드! 성 릴리 애들, 엄청 귀엽지 않아?!"

"응, 맞아! 과연 그 유명한 아가씨 학원다워, 카슈!"

"크으~! 이번 기회에 제발 가까워졌으면!"

……일부 학생을 제외하면.

"꺄~! 저기 봐, 벨라! 크라이토스 학원의 남학생들은 다들 훈남이야~! 후르릅!"

"특히 저기! 크라이토스 대표 선수 후보단 맨 앞에서 걷는 저 분!"

"레빈 크라이토스 님이었던가? 꺄악!"

"맞아! 소문의 그! 아앙, 진짜☆멋져~! 유혹해버리고 싶어~!"

……극히 일부의 학생을 제외하면.

'아니, 우리 반 애들은 왜 이렇게 항상 소란스러운 거지……?'

제아무리 글렌이라도 두통이 생길 수밖에 없었다.

"앗! 선생님, 방금 보셨어요?"

갑자기 왼쪽 옆 자리에 있던 루미아가 기쁜 목소리로 말을 걸었다.

"뭘?"

"프랑신 양과 콜레트 양이요! 방금 성 릴리 쪽 줄 맨 앞에서 당당하게 손을 흔들고 있었어요! 역시 그녀들도 대표 선수 후보생으로 뽑혔나 봐요!"

시선을 돌리자 금색 롤빵 머리의 소녀와 긴 검은 머리의 소녀가 멀리서 보였다.

둘 다 굉장한 미소녀라 그런지 확실히 주위의 이목을 잡아끄는 매력이 있었다.

그러자 고지식한 우등생이 많은 알자노 학원의 학생들도—그중에서도 특히 남학생들이 그런 두 소녀의 매력적인 모습에 압도당했는지 무심코 들뜬 기색을 보였다.

"뭐, 저 녀석들의 실력이라면 와도 이상할 건 없다만……사실상 적지인데도 굉장한 멘탈이네. 이래서 세상 물정 모르는 아가씨들이 무섭다니까."

"엘자. 엘자는? ……엘자도, 있어?"

키가 작은 리엘이 폴짝폴짝 뛰면서 필사적으로 타교 학생들을 확인하려 했다.

"음…… 글쎄? 여기선 너무 번잡해서 잘 안 보이네."

아무래도 루미아와 리엘은 다른 학생들과 달리 지인들이 왔을지도 모른다는 생각에 마음이 들뜬 모양이었다.

'뭐, 상대가 누구든 다시 만날 수 있다면 기쁘기 마련인가.'

실제로 얼마 전에 스노리아에서 성 릴리 여학원의 학생들과 우연히 마주친 글렌도 겉으로는 질색했지만 내심 기쁜 마음이 들기도 했었다.

그런 주변 분위기에 편승한 글렌은 오른쪽 옆에 있는 시스티나에게 아무렇지 않게 이런 질문을 던졌다.

"야, 하얀 고양이. 그러고 보니 넌 크라이토스 학원에 아는 사람 없냐? 분명 피벨가와 크라이토스가는 적지 않은 인연이……."

하지만 곧 입을 다물 수밖에 없었다.

"……."

시스티나가 진지한 표정으로 타교 학생들을 지켜보고 있었기 때문이다.

"……갑자기 왜 그래? 너."

그러자 그제야 정신을 차렸는지 시스티나는 모호하게 웃었다.

"아…… 으응, 아무것도 아니에요."

글렌이 보기엔 아무것도 아닌 표정이 아니었다.

"……혹시 내가 지뢰를 밟은 거냐?"

"예?"

"아니…… 레오스를 떠올린 게 아닐까 싶어서. ……미안."

여러 가지 사정이 있어서 관계가 결렬되고 결국 사망하고 말았지만, 과거에 시스티나에게 구혼했던 레오스 크라이토스는 이러니저러니 해도 그녀가 동경하던 소꿉친구였다.

글렌은 보기 드물게 고분고분한 태도로, 이 화제를 쉽게 언급하지 말 걸 그랬다며 반성했다.

"아뇨, 그건 괜찮아요. 그 일은 이미 극복했는걸요."

하지만 시스티나는 그런 글렌을 안심시키려는 듯 살포시 웃었다.

"어? 뭐예요. 일단은 절 배려해주신 건가요? 흐응? 그 섬세함이라곤 눈곱만큼도 없었던 벽창호 선생님도 제법 성장하셨나 보네요?"

"젠장! 놀리지 마! 냅두라고, 바보!"

뺨을 실룩이며 미간을 찡그리는 글렌을 본 시스티나는 웃으면서 다시 타교 학생들에게 시선을 돌렸다.

"그게…… 레오스가 아니라…… 사실 저, 크라이토스가에는 소꿉친구가 한 명 더 있는데요……."

"한 명 더?"

"예. 어쩌면 걔도 온 게 아닐까…… 싶어서."

시스티나는 학원 건물로 이동하는 타교 학생들을 샅샅이 훑어보았다.

하지만 이런 먼 위치에서 인파 속의 특정한 개인을 찾는 건 불가능에 가까웠다.

"……그래서? 그 지인이 어쨌는데?"

"아, 아하하…… 아, 아무것도 아니에요! 딱히!"

시스티나는 억지로 화제를 끊고 웃었다.

"자! 그럼 라이벌들도 도착했네요! 전 절대로 지지 않을 거예요! 반드시 대표 선수가 되고…… 그리고 메인 위저드로 뽑힐 거예요! 선생님과 이브 씨의 가르침을 완벽하게 발휘해 보일게요! 기대해주세요, 선생님!"

"으, 응…… 힘내라……."

시스티나가 이렇게까지 말하는 이상 글렌은 더 캐물을 수 없었다.

"하하, 먼 길을 오시느라 정말 고생이 많으셨습니다. 로나 님, 게이슨 님."

"후훗. 전교 일동 및 남편과 함께 여러분의 방문을 환영해요."

이윽고 알자노 마술학원의 학원장인 릭이 최대한 어른스럽게 치장한 계약 정령 소녀 셀피와 함께 크라이토스 학원의 학원장, 성 릴리 여학원의 학원장과 악수를 나누는 광경이 멀리서 보였다.

성 릴리 여학원, 크라이토스 학원의 학생들을 맞이한 후 두 학원의 학생들은 학생회관의 대강당으로 이동했다. 오늘은 거기서 서로의 얼굴을 확인하는 교류 환영회가 있기 때문이다.

물론 학원 측 학생들이 전부 참가할 수는 없었다. 대표 선수 후보생으로 뽑힌 스무 명과 일반 학생 중에서 제비뽑기에 당첨된 학생들뿐이었다.

그럼에도 총 2백 명에 가까운 사람이 모인 대규모 환영회가 되었다. 알자노 제국 마술학원 학생회 집행부 소속의 학생회장 리제 필마가 수완을 최대로 발휘한 성대한 행사였다.

입식 파티장을 꾸민 장식품과 요리들은 사교 무도회를 방불케 할 정도 무척 호화로웠다.

"……그런 고로 어~ 제군들은 모두 우리 제국의 미래와 영광을 짊어질 동지이므로, 음~ 지금은 확실히 대표 선수 자리를 놓고 다투는 경쟁 관계지만, 그건 서로의 실력을 갈고닦기 위한 것이라 이해하고, 어~ 따라서 모든 행사가 끝난 후에는 서로 손을 맞잡고, 서로 협력해서~ 세계를 무대로 싸워나갈 수 있도록 서로를 존경하고 존중하며~."

'에드와르도 할아버지의 이야기는 여전히 길구만. 그리고 지루해.'

내일부터 시작될 대표 선수 선발회의 심사원을 맡기 위해 제국 정부에서 달려온 여왕 보좌관 에드와르도 경의 길고 지루한 훈시도 겨우 끝이 났다.

"그럼 여러분. 오늘밤에는 편히 환담을 나눠주시길. 좋은 시간을 보내시길 바랍니다."

마지막으로 알자노 학원의 대표 학생인 리제의 짧은 맺음말로 교류 환영회가 시작되었다.

"그럼 시스티나, 웬디, 기블, 카슈…… 이 네 사람이 대표 선수 후보생이 된 것을 축하하며~ 건배~!"

"""""건배~!"""""

머리 위에서 수많은 유리잔이 소리를 내며 부딪쳤다.

교류 환영회장 한켠에 있는 테이블에는 2반 학생들이 모여 있었다.

그들은 이번에 알자노 마술학원 측 대표 선수 후보생으로 뽑힌 시스티나, 웬디, 기블, 카슈를 에워싸고 있었다.

"하하, 정말 굉장하잖아. 설마 낙제생 집합소라 불리던 우리 반에서 후보생이 넷이나 나오다니!"

세실이 주스 잔을 한손에 든 채 싱글벙글 웃었다.

"아마 우리가 이브 선생님의 가르침을 가장 많이, 오랫동안 받은 덕분이겠지?"

"예, 맞아요. 하지만 그것도 글렌 선생님의 가르침으로 기초가 충실하게 다져진 덕분이겠죠. 두 분께 받은 큰 은혜에 보답하기 위해서라도 아무쪼록 네 사람 다 열 명 안에 들어갈 수 있으면 좋겠네요."

"으, 응. 그렇겠지……. 다들 열심히 해. 응원할…… 테니까."

테레사와 린도 마치 자기 일처럼 대표 선수 후보생들에게 격려를 보냈다.

"그건 그렇고 하하~ 설마 시골뜨기였던 내가 정말로 후보생이 되다니!"

"아직 기뻐하는 건 일러요. 우린 어디까지나 아직 『후보』에 불과한 걸요."

카슈가 쑥스러운 듯 머리를 긁적이자 웬디가 옆에서 핀잔을 주었다.

"우리 마술학원, 그리고 성 릴리 여학원과 크라이토스 학원…… 각각 스무 명을 더해 총 예순 명의 후보생 중에서 열 명을 선발하는 거잖아요? 심지어 그 모두가 각 학원을 대표하는 우수한 학생들이니…… 이 안에서 살아남는 건 보통 일이 아닐 거예요."

"하긴 그렇겠지. 내가 입수한 정보에 따르면 난 스물한 번째 후보였는데 누군가가 병결로 빠진 덕분에 올라온 거라더라. 뭐, 그래도 전력을 다하겠지만 역시 나 같은 시골뜨기한테는 좀 무리일지도? 아하하……."

카슈가 그렇게 말하자 기블과 시스티나가 저마다 입을 열었다.

"넌 출신 관계상 본격적으로 마술 수련을 시작하는 시기가 남들보다 늦었을 뿐이야."

"맞아. 카슈도 우리처럼 어릴 때부터 마술 공부를 시작했다면…… 하고 이브 씨도 그렇게 말씀하셨으니 정말 아까워."

"그래도 넌 센스는 있어. 그러니 포기하지 않으면 기적이 일어날지도 모르지."

그러자 카슈가 장난스럽게 웃고 화제를 그들에게 돌렸다.

"오호라~? 기블이랑 시스티나, 너희는 여유만만이네? 뭐야? 역시 너희는 대표 선수가 되는 걸 노리고 있는 거야?"

"당연하지. 난 반드시 열 명의 후보 선수 안에 뽑힐 거다. 난 이 제국에서 출세해서 가족에게 좋은 생활을 누리게 해 줄 거니까. 이건 내 힘을 주위에 보여줄 절호의 기회야."

헝그리 정신이 넘치는 기블은 이미 조용한 투지와 정열을 불태우고 있었다.

"응. 나도 꿈과 신념이 있어. 승부는 운에 좌우되는 법이니 무슨 일이 일어날지 모르지만, 적극적으로 대표 선수를 노려볼 거야!"

시스티나도 충분히 기합이 들어간 모양이었다.

"과연~ 기블! 시스티나! 우리 학원에서도 톱클래스의 성적 우수생들은 말하는 게 달라도 뭔가 다르네~ 부럽구만! 안 그래? 웬디!"

"저, 저도 저 두 분보단 좀 못 해도 톱클래스거든요?! 제가 당신 쪽 사람인 것처럼 말하지 말아 주실래요?!"

이번에는 웬디에게 화제를 돌리자 그녀는 이익~! 하고 손수건을 물어뜯었다.

"저도, 물론 대표 선수를 노리고 있답니다! 저는 긍지 높은 나블레스의 이름을 짊어지고 있는걸요! 그러니 전 화려하게……."

"하지만 웬디인걸."

"틀림없이 가장 중요한 순간에 실수를 저지르겠지. ……웬디니까."

"이이이이이이이이이이이이이이이익~?!"

2반 학생들은 평소와 다름없이 떠들썩했다.

"그건 그렇고…… 우물우물…… 이러니저러니 해도 이 학교에는 물건들이 모여 있단 말씀이야……. 우걱우걱우걱…… 역시 마술 교육기관의 최고봉답달지……."

접시에 요리를 산더미처럼 담은 글렌은 열심히 먹으면서 주위를 훑어보았다.

시스티나는 물론이고 수업에서 이브의 지도를 받아 요즘 실력이 일취월장한 기블과 웬디라면 충분히 대표 선수를 노려볼 만하리라. 뿐만 아니라 글렌은 카슈에게도 가능성은 있다고 보고 있었다.

그리고 당연히 이 학원의 유망주는 그들뿐만이 아니었다.

"역시 리제 선배도 대표 선수 후보생으로 뽑히셨군요. 힘내세요."

"예. 분에 넘치는 자리지만, 대표 선수를 목표로 전력을 다할 셈이에요."

글렌은 루미아와 환담을 나누는 잿빛 머리카락의 소녀 리제를 흘겨보았다.

리제 필마. 알자노 제국 마술학원의 학생회장이자 3학년 수석. 그야말로 문무양도를 체현한 듯한 학생으로 페지테 최악의 사흘간 사건에서도 어른들 못지않은 전과를 올린 재녀. 수많은 수라장을 헤쳐 온 시스티나와 군인인 리엘 등의 규격 외를 제외하면 이 학원의 학생 중 최강은 틀림없이 그녀였다.

사실 글렌은 그녀가 굉장히 특수한 환경에서 성장했다는 것을 알고 있었지만 지금은 굳이 언급할 필요가 없으리라.

"……."

다음으로 글렌이 주목한 것은 건너편 벽 앞에서 찡그린 얼굴로 팔짱을 낀 2학년 남학생 자일 울퍼트였다.

모 귀족의 삼남이자 페지테를 주름잡는 불량아들의 헤드. 외모는 그야말로 불량배로밖에 보이지 않을 정도로 험상궂지만 이브의 정보에 따르면 저래 봬도 마술전투에서의 전투력은 거의 리제에 필적하는 수준이라고 한다.

"……뭐냐? 밤톨."

"응. 이브한테 들었어. 자일도 후보생이야?"

"칫, 뭐. 그렇게 됐다. 귀찮지만, 이브 교관의 명령이었다. 그 여자한테는 이 학원을 지켜준 빚이 있으니 말이지."

"응, 그래. 힘내. 응원할게."

참고로 어째선지 자일과 리엘은 어느 정도 면식이 있는 사이인 것 같았다.

'대체 무슨 접점이 있는 거지? 저 녀석의^{리엘} 교우관계는 진심으로 모르겠어.'

뭐, 그 문제는 제쳐두고…….

'역시 지금 우리 학원에는 정말로 재능이 넘치는 학생들이 모여 있어. 그밖에도 2학년 중에서라면 1반의 하인켈 베이츠…… 3학년에는 아르카 셰레와 마르쿠스 월더…… 아직 학생인 주제에 믿을 수 없는 재능과 실력을 겸비한 녀석들이 여기저기에 굴러다니고 있지.'

글렌은 머릿속에 때려 박은 후보생 목록을 떠올렸다.

'그러고 보니…… 우리 학원에는 1학년 신분에 후보생이 된 터무니없는 여학생도 있었지. 아직 불안정한 면이 있지만 그야말로 재능덩어리 같은 그 녀석의 이름은 분명…….'

글렌이 와자지껄한 파티장 안에서 별 생각 없이 그 학생을 찾으려 한 순간—.

""선 생 니이이임~!""

갑자기 뒤에서 시끄러운 목소리가 들리더니 누군가가 달려오는 기척이 느껴졌다.

"누, 누구……우와아아아아아아아아아아아앗!"

글렌이 반응하는 것보다 먼저 몸을 날려서 그의 등을 끌어안았다.

"오랜만이에요! 글렌 선생님!"

"아하하하하하하! 만나고 싶었다구요~!"

"컥?! 너희는?!"

프랑신과 콜레트, 성 릴리 여학원의 여학생들이었다.

"""""꺄아아아아아아아아아~! 선생님~!"""""

두두두두두두두두두두!

그리고 성 릴리 여학원의 다른 학생들도 우르르 달려오더니 글렌을 인파 속으로 삼켜버리고 말았다.

"꺄아! 꺄아! 선생님! 렌 선생님!"

"다시 선생님을 뵐 수 있게 되다니 감격했어요!"

"노력해서 후보생이 된 보람이 있었네요!"

"잠깐, 기다려! 진정 좀 해, 으꺄아아아아아아아~?!"

어안이 벙벙한 얼굴로 바라보는 2반 학생들 앞에서 글렌은 극성맞은 여학생들에게 시달리고 있었다.

"안녕하세요~. 그간 격조하셨나요~."

"아, 아하하…… 오랜만이에요, 선생님."

그런 글렌에게 한 박자 늦게 다가온 것은…….

"오?! 지니랑 엘자잖아?!"

프랑신의 시종인 지니와— 리엘이 성 릴리 여학원에 단기 유학을 갔을 때 큰 신세를 진 소녀 엘자였다.

"너희도 왔었어?!"

"예. 외람되지만, 저도 대표 선수 후보생으로 뽑혔네요."

지니는 귀찮은 듯 길게 땋은 머리를 빙글빙글 돌리면서 투덜댔다.

"저는 그게…… 이런저런 사정으로 대표 후보생은 되지 못했지만…… 저희 쪽 학생들의 인솔역이랄지, 아무튼 그런 입장으로 따라왔어요."

그리고 엘자는 약간 자란 황갈색 머리카락을 흔들면서 미소 지었다.

"자세한 이야기는 나중에 하자! 너희들, 일단 이 녀석들을 어떻게 좀 해줘!"

"아니, 완전히 발정 난 암고양이들을 말리는 건 솔직히 무리죠. 뭐, 실컷 귀여워해주세요. 남자들은 다들 이런 상황에 껌뻑 죽잖아요? 자, 기뻐하라고."

"너, 만날 때마다 독설 수준이 강해지는 거 아니냐?! 에잇, 엘자! 엘자!"

무표정으로 어깨만 으쓱이는 지니는 전혀 도움이 되지 않을 거라고 판단한 글렌은 엘자에게 도움을 요청했다.

"아, 아하하…… 하긴, 이대로면 저희 학원의 품위를 의심받겠네요. 예, 알겠습니다. ……벌을 좀 줘야겠네요. ……실례."

엘자는 안경을 벗었다. 그리고 허리춤에 찬 동방의 검—우치가타나(打刀)의 손잡이에 부드럽게 손을 가져다대고 자세를 낮추었다. 낮고 깊은 호흡이 엘자의 몸속을 순환했다.

엘자 주위의 공기가 어는점까지 날카롭게 떨어진 순간이었다.

"엘자."

그녀의 정면에 소리도 없이 나타난 소녀가 있었다.

리엘이었다.

"리, 리엘?!"

그 순간, 엘자 주위의 날카롭게 긴장됐던 차가운 공기가 단숨에 녹아내렸고 이번에는 반대로 달콤한 핑크색 공기가 급속도로 발생하기 시작했다.

그리고 엘자의 손에서 우치가타나— 동방검사의 영혼이 힘없이 바닥으로 떨어졌다.

"엘자…… 만나고 싶었어."

리엘은 여느 때와 다름없는 무표정을 미소 비스무리하게 바꾸었을 뿐.

하지만 엘자의 시점에서는 리엘 뒤에 갑자기 눈부신 후광이 비추고 백합이 흐드러지게 피면서 3할은 미화된 따스한 미소로 보였다.

"……리, 리엘…… 나, 나도…… 줄곧 널 만나고…… 싶었어."

엘자의 뺨이 바로 장밋빛으로 물들었다. 그녀는 조심스럽게 리엘에게 다가가서 그녀의 손을 양손으로 꼭 잡더니 자신의 가슴으로 가져다댔다. 마치 그 심장의 고동을 전하려는 것처럼…….

서로의 숨결이 느껴질 정도로 가까운 거리에서 눈물을 글썽이는 눈으로 리엘을 똑바로 바라보는 그 모습은 마치…… 아니. 완전히 사랑에 빠진 소녀의 그것이었다.

"……응. 왠지 알 것 같아. 엘자, 엄청 강해졌네."

"응…… 나도 알겠어. 리엘…… 넌 훨씬 더 멋진 여자애가

됐는걸."

"……? 엘자?"

"아아, 리엘……."

의아한 듯 고개를 살짝 갸웃거리는 리엘의 그 얼굴을 엘자는 애달픈 눈으로 계속 뚫어지게 쳐다보고 또 쳐다보았다.

"야, 거기! 생산성 없는 러브 코미디는 그만 찍고 나 좀 구해달라고! 제발!"

이미 글렌의 목소리는 전혀 들리지 않는 모양이었다.

'아니, 그보다 엘자 녀석. 그냥 리엘을 만나려고 온 거 아냐?'

그런 생각을 하는 사이에도 글렌은 속수무책으로 성 릴리 여학원의 여학생들로 이루어진 태풍 속에 집어 삼켜졌다.

"잠깐! 거기! 뭐 하는 거니!"

"우리 선생님에게 난폭한 짓은 그만하세요!"

그러자 마치 망자의 무리처럼 글렌에게 매달리는 성 릴리 여학원 여학생들 앞에 관자놀이에 시퍼런 힘줄을 세운 두 소녀가 상쾌하게 등장했다.

시스티나와 루미아였다.

"오옷?! 역시 납셨군! 시스티나, 루미아!"

"훗! 저희 앞을 막아설 적은 분명 당신들일 거라고 예상했답니다!"

콜레트와 프랑신은 마치 이 순간을 기다렸다는 것처럼 두 소녀와 대치했다.

"안 됐지만, 여러분의 선생님은 오늘부터 우리 선생님이 될 거랍니다!"

"옳소! 옳소! 우리는 글렌 선생님을 성 릴리 여학원으로 데려가려고 이 먼 길을 찾아온 거라고!"

"아니, 뭐라고?! 너희들, 바보 아냐?!"

"자자, 선생님! 어서 이쪽으로! 전근 서류는 저희가 미리 준비해뒀으니 이제 선생님께서 사인만 해주시면 돼요!"

"으, 으아아아아앗?! 멈춰어어어어어어!"

성 릴리 여학원의 여학생들이 글렌을 끌고 가려는 그때였다.

"잠깐만요! 대체 뭐죠? 글렌 선생님은 우리 선생님이거든요?!"

"아니, 그보다 너희들. 대체 뭐 하러 온 거야? 바보 아냐?!"

프랑신, 콜레트, 루미아, 시스티나가 일촉즉발의 분위기로 서로를 노려보았다.

"호오? **우리 선생님**이라고? 그 발언은 흘려 넘길 수 없겠는걸? 귀여운 아가씨들."

"뭔지 잘 모르겠지만, 선생님께 난폭한 짓을 하는 것들은 용서 못 해요."

그리고 카슈와 웬디를 필두로 한 2반 학생들도 모여 들었다.

"뭐예요! 당신들과는 관계없잖아요!"

"옳소! 옳소! 외부인은 끼어들지 마세요!"

그러자 성 릴리 여학원 학생들도 다가왔다.

2반 학생들과 성 릴리 여학원. 두 패로 나눠진 학생들이 서로를 강하게 노려보았다.

"헤헷, 서로 양보할 수 없는 걸 사이에 둔 마술사간의 대립이라……. 이렇게 된 이상 할 일은 정해져 있겠지?"

"……훗, 그래. 『그대, 바라는 것이 있다면 타인의 소망을 화로에 지펴라』……."

그리고 콜레트와 시스티나는 서로 자신 있는 웃음을 주고받은 후—.

""""전쟁이다아아아아아아아아아아아아!""""

개전을 알리는 함성과 동시에 두 학생 집단은 서로를 향해 손을 뻗으며 일제히 주문을 영창하기 시작했다.

화기애애했던 파티장이 전격, 열풍, 폭풍, 얼음 폭풍이 휘몰아치는 혼돈의 연회장으로 돌변하고 말았다.

"잠깐, 이 바보 녀석들아! 멈……으갸아아아아아아악?!"

그리고 글렌은 여느 때처럼 유탄을 맞고 저멀리 날아갔다.

"허허허, 그립구만. 로나 님, 옛날 일이 떠오르는군요."

"예, 처음 만난 날에 난투 소동이 벌어지는 건 선발회의 전통이었죠."

"음, 음. 역시 혈기 왕성한 젊은이들답군요."

릭 학원장과 로나 학원장은 그런 학생들의 기운 넘치는

모습을 흐뭇한 눈으로 지켜보았다.

"……엘자?"

"저기, 리엘…… 그게…… 우리만 살짝 빠져나갈까?"

한편, 엘자는 그런 아수라장을 완전히 무시한 채 리엘과 둘만의 세계를 만들고 있었다.

"치잇! 저 성 릴리의 말괄량이들! 2반! 우리도 가세하마!"

"그래! 우리 알자노 제국 마술학원 대표 후보생들의 힘을 이 자리에서 보여주지!"

다른 알자노 학원 후보생들도 학년과 반을 가리지 않고 하나둘 씩 난투에 가세했다.

그리고 다른 학생들은 신이 난 얼굴로 주위에서 부추겨댔다.

다들 축제 분위기에 흥분해서 이성을 잃은 모양이었다.

"아니, 누가 좀 말리라고오오오오오오오오오!"

그 혼돈의 중심에서 돌풍과 전격을 뒤집어쓰고 넝마가 된 글렌은 비명을 내지를 수밖에 없었다.

"뜨아아아아아아아! 아, 진짜! 하얀 고양이랑 루미아도 왜 성 릴리 녀석들만 얽히면 갑자기 어린애처럼 구는 거냐고오오오오오오!"

다시 글렌의 비통한 절규가 메아리 친 순간—

"《조용히》."

개변된 한 소절 영창이 작으면서도 힘차게 울려 퍼졌다.

"……?!"

다음 순간, 파티장 바닥 일면에 마력선이 질주해서 거대한 마술법진을 형성했다.

그리고 거기서 튀어나온 대량의 줄기가 날뛰는 학생들을 모조리 휘감아 움직임을 구속했다.

"아앗?!"

전원의 표정이 경악으로 물들었다.

그러자 모든 이의 주목을 모으며 한 남학생이 상쾌하게 등장했다.

부드러운 금발. 귀족다운 행동거지. 마치 조각상처럼 단정하고 아름다운 용모. 꿈 많은 사춘기 소녀들이라면 누구나 무심코 탄식을 내뱉을 만한 완벽한 미소년이었다.

"모처럼의 환영회입니다. 오늘 밤은 좀 더 평화롭게 교류를 즐기는 게 어떨까요? ……뭐, 어차피 여러분이 즐길 수 있는 건 오늘이 마지막일 테지만요."

그렇게 말한 소년은 자신만만하게 웃으며 꼴사납게 구속된 학생들을 흘겨보았다.

"……?!"

슬슬 상황을 수습하려 한 리제도—

멀리서 소동을 방관하던 자일과 기블도—

파티장 안의 모두가 이 순간, 소년의 존재감에 압도당했다.

이유는 단순했다. 소년이 아무도 상처 입히지 않은 채 간단히 상황을 정리했기 때문이었다.

단숨에 전개된 마술의 영창 속도, 줄기 하나하나를 섬세하게 조작한 제어 능력.

그 무시무시한 기량과 마력 용량은 그야말로 학생 수준을 아득히 뛰어넘고 있었다.

"레빈 크라이토스……."

누군가가 작게 중얼거렸지만 아무도 반응할 수 없었다.

'레빈 크라이토스……. 저 녀석이 그……?'

조용해진 분위기 속에서 글렌은 날카로운 표정(참고로 글렌도 마술로 생성된 줄기에 꽁꽁 묶인 꼴사나운 모습이었다)으로 며칠 전에 본 서류상의 정보를 되새겼다.

'크라이토스 분가의 도련님…… 크라이토스 본가 출신인 레오스의 사촌이지. 레오스에 버금가는 천재적인 재능의 소유자라 일컬어지며, 레오스가 사망한 지금은 크라이토스의 차기당주 자리에 가장 근접한 인물…….'

대표 후보생으로 온다는 건 알고 있었지만 글렌은 새삼 경악할 수밖에 없었다.

'……저 녀석, 대체 뭐야?! 이 마력…… 타고난 재능만으로 이 정도까지 차이가 난다고?! 너무 치사하잖아…….'

당사자인 레빈은 자신만만하면서도 온화하게 미소 짓고 있었다.

그 존재감은 압도적이었다. 이 자리에서 레빈을 본 후보생 모두는 많건 적건 『저 소년에게는 이길 수 없다』라는 패배감을 느꼈을 터.

그런 주위의 심정을 잘 아는지 레빈은 미소를 유지한 채로 도발했다.

"솔직히 실망했습니다. 오늘 밤 이곳에는 제국 전토에서 가장 우수한 학생들이 모일 거라고 들었습니다만…… 설마 이 정도 수준의 잔기술에 압도당하다니요."

다들 발끈했지만 아무도 반박하지 못했다.

"솔직히 저에겐 라이벌이 없습니다. 함께 한계를 겨루는…… 절차탁마할 수 있는 호적수가 없었죠. ……예전부터요. 여기로 오면 그런 분을 만날 수 있을 줄 알았는데…… 결국 덧없는 꿈이었나요."

그런 레빈을 앞에 두고 글렌은 불쾌감을 느꼈다.

'세상 물정 모르는 젊은이 특유의 아니꼬운 오만함. 모든 것을 깔보는 자만심. 그럴 수 있을 만한 압도적인 재능과 실력을 겸비했다 이건가……. 그런데 말이다.'

글렌은 불현듯 입가를 끌어올리며 웃었다.

'……여기 있는 녀석들을 보고 평가를 내리는 건 아직 이르거든? 이 애송아.'

그리고 그런 생각을 한 순간—.

쿵!

세차게 휘몰아치는 소용돌이와 함께 누군가가 레빈의 앞에 착지했다.

바람에 나부끼는 선명한 은발이 모든 학생의 눈에 강렬하게 새겨졌다.

시스티나였다. 그녀는 루미아를 옆구리에 안고 있었다.

오직 그녀만이 반사적으로 질풍각^(슈투름)을 써서 줄기 지옥을 벗어났던 것이다.

시스티나는 바람의 잔재를 두른 채 레빈을 똑바로 응시했다.

"설마 슈투름? 심지어 사람까지 안고? 이 기량…… 당신은 대체 누구죠?"

지금까지 여유가 넘쳤던 레빈의 표정이 처음으로 무너졌다.

"시스티나 피벨이야."

"피벨? ……그렇군요. 당신이 사촌형의 약혼자였던^(레오스)…… 그랬군요."

레빈이 사납게 웃었다.

마치 어린아이가 이제야 겨우 놀 상대를 찾은 듯한 천진난만한 미소였다.

"후훗, 저도 모르게 흥분해서 어른스럽지 못한 행동을 한 건 사과할게요. 이젠 진정됐으니 슬슬 모두의 구속을 풀면 안 될까요?"

그리고 시스티나는 밝으면서도 엄숙한 의지를 담아 발뒤꿈치로 바닥을 울렸다.

다음 순간, 그 소리에 반응한 줄기들이 마치 신기루처럼 사라지기 시작했다.

"앗?!"

제아무리 레빈이라도 그 현상 앞에서는 눈을 부릅뜰 수밖에 없었다.

술식 개입. _{스펠 인터벤션}

그 자리에 전개된 주재(駐在)형 마술 술식에 개입해서 제어권을 강탈하는 기술이었다.

일반적인 공격 마술 같은 방출형 마술에 개입하는 스펠 인터셉트에 비해 난이도는 떨어지지만 이 또한 두말할 여지 없는 고급 기술이었다.

이것을 성공시키려면 마술식에 대한 막대한 이해력과 지식, 그리고 술식 방어를 파훼할 수 있는 대량의 마력이 필요했다.

레빈도 그런 외부 개입을 전부 차단할 정도로 진심을 다해 쓴 마술은 아니었으나 그럼에도 방금 시스티나가 보여준 광경은 너무나도 자연스럽고 완벽했다.

해방된 학생들은 그저 멍하니 그녀를 바라보기만 할 뿐…….

레빈은 약간 날카롭게 변한 눈빛으로 시스티나를 물끄러미 응시했다.

이윽고 시스티나는 눈을 휘둥그레 뜬 루미아를 바닥에 내려놓은 후 그녀의 손을 잡아끌며 레빈에게 등을 돌렸다.

"교류 환영회는 이제 막 시작된 참이에요. 오늘 밤은 마음껏 즐겨보죠, 레빈."

"……시스티나 씨."

그러자 레빈은 그녀의 등을 향해 이렇게 말을 던졌다.

"당신을 만나게 돼서 다행입니다. ……아무래도 지루할 일은 없을 것 같군요."

아무래도 그의 안에 잠들어있던 뭔가에 불이 붙은 모양이었다.

레빈은 투지가 넘치는 시선으로 시스티나의 등을 날카롭게 응시했다.

"그렇게 여유부리다가 방심하지나 마시죠."

"예, 명심하죠. 하지만 당신도 방금 그게 제 진짜 실력이라고 생각하진 말아주시길. 대표 선수단에서 가장 명예로운 메인 위저드의 자리를 놓고 아무쪼록 당신과 정정당당하게 겨뤄보고 싶군요. ……그럼 전 이만."

그 말을 끝으로 레빈은 크라이토스 학원의 학생들이 모인 자리로 천천히 돌아갔다.

"후우~."

레빈의 모습이 시야에서 사라지자 시스티나는 이마에 맺힌 땀을 훔치고 긴장을 풀었다.

"시스티, 괜찮아?"

"……응, 시스티나. 엄청 긴장했었어."

"솔직히 자만하고 있었나 봐. ······설마 우리 세대에 저만한 실력자가 있었을 줄이야."

그제야 주위의 학생들도 시스티나와 루미아와 리엘을 향해 몰려들었다.

"과연 시스티나! 저런 마술의 술식을 간파하다니! 거기다 그 뭐냐. 마지막에 그거! 대체 뭘 한 거야? 너, 진짜 사람 맞아?! 진심으로 놀랐다고!"

카슈는 솔직하게 찬사를 보냈다.

"분하지만 저희는 완패였어요······."

웬디는 분한 표정으로 몸을 떨었다.

"너, 잠시 못 본 사이에 또 실력을 올린 거야? 치사하잖아!"

콜레트는 대항심을 불태웠다.

"저희도 노력해서 많이 강해졌는데 완전히 들러리 취급이라니······ 으으······."

프랑신은 눈물을 글썽이며 메마른 미소를 지었다.

다른 학생들도 저마다 찬사를 보내자 시스티나는 눈을 휘둥그레 뜰 수밖에 없었다. 방금 소동 덕분에 글렌을 사이에 둔 갈등도 어느새 전부 머릿속에서 날아간 모양이었다.

"참 나, 이거 원······."

글렌은 이마의 땀을 훔치고 파티장을 둘러보았다.

"이봐, 봤어? 방금 그거······."

"어. 크라이토스 학원의 레빈 크라이토스······ 그리고 알자노 학원의 시스티나 피벨…… 이 두 사람이 이번 후보생 중 틀림없는 최강이겠지."

"응. 둘 다 굉장한 기량과 캐퍼시티였어! 학생이 아닌 것 같아!"

"맞아. 과연 누가 메인 위저드의 자리를 차지할지…… 이 건 볼만하겠는걸."

학생마다 군데군데 모여서 그런 평가를 나누고 있었다.

'참 나, 왜 애들은 저렇게 최강이라는 말에 사족을 못 쓰 는 걸까?'

글렌으로선 쓴웃음밖에 나오지 않았다. 하지만 이렇게 시 스티나가 주위에서 고평가를 받는 걸 보니 그리 나쁜 기분 은 아니었다.

'그건 그렇고 하얀 고양이 녀석…… 훌륭한 스펠 인터벤션 이었어. 난 방법은 알아도 마력이 부족해서 못 쓰겠지만 말 이지! 정말 저 녀석은 가르치면 가르칠수록……'

그런 들뜬 기분으로 계속 주위를 관찰했다.

'……응?'

그러다 문득 눈치챘다.

이번 대표 선수 선발회의 행방을 예상하며 뜨거워진 파티 장 한켠에서, 고급스러운 옷을 입은 노인 옆에 서 있는 한 소녀가 학생들에게 둘러싸인 시스티나를 뚫어지게 바라보 고 있다는 사실을……

저 노인은 분명 크라이토스 마술학원의 학원장인 게이슨르 크라이토스였을 터.

그 옆의 금발을 땋아 올려서 묶은 소녀는 교복을 보아하니 아무래도 크라이토스 학원의 학생인 것 같았다. 용모는 왠지 레빈과 닮아서 역시 레빈처럼 무척 아름답고 단정했다.

'뭐, 뭐지?'

하지만 그 순간, 글렌은 오한을 느낄 수밖에 없었다.

그 소녀가 시스티나에게 보내는 눈빛이 너무나도 차갑고 어두웠기 때문이다. 결코 아무런 관계도 없는 사람에게 보낼 만한 시선이 아니었다.

"하하! 그래도 난 안 질 거다! 시스티나!"

"웅! 내일부터 시작되는 선발회에선 정정당당하게 싸워보자!"

"바라던 바야!"

하지만 멀리 있는 시스티나는 그런 사실을 알 리 없었다.

머지않아 첫날의 교류 환영회가 끝나고 참가자들은 그 자리에서 해산했다.

교류 환영회가 끝난 후, 성 릴리 여학원과 크라이토스 학원 학생들은 알자노 제국 마술학원에서 마련한 기숙사로 안내를 받았다.

연회의 뒷정리는 한밤중이 돼서야 끝이 났다. 글렌 일행은 본격적으로 겨울이 가까워진 시기이다 보니 페지테의 밤

특유의 살을 엘 듯한 냉기가 몸속으로 파고드는 것을 느끼며 학원을 뒤로했다.

그리고 건물 그림자가 마물처럼 춤추는 페지테의 밤거리를 걷기 시작했다.

"으~ 춥다. 이제야 겨우 집에 가는군. ……그 여우 기지배, 사람을 거칠게 부려먹기는……." ^{리제}

"아, 아하하…… 선생님은 리제 회장님에게 약점을 대체 몇 개나 잡히신 건가요?"

글렌이 옷깃을 세우면서 투덜거리자 루미아가 쓴웃음을 흘리며 물어보았다.

그런 두 사람 뒤에서는 시스티나와 리엘이 나란히 걷고 있었다.

"오늘은 엘자를 만나서 다행이야."

"그, 그래. 잘됐다, 리엘. ……하지만 이런 말을 하긴 좀 그렇지만, 엘자 양과 지나치게 친해지는 건 피하는 편이…… 좋을지도."

"……? 왜?"

"저기…… 그게…… 리엘에게는 아직 이르달지, 사는 세계가 다르달지……."

시스티나가 굳은 표정으로 말하자 리엘은 고개를 살짝 갸웃거렸다.

"그러고 보니 뭐야? 하얀 고양이. 오늘 왠지 너답지 않더라?"

그때 글렌이 뒤를 돌아보고 놀리는 것처럼 말했다.

"설마 레빈에게 대항의식을 드러내면서 자기 실력을 어필하다니 말야."

"으…… 그런 게 아니라…… 아뇨. 저기…… 죄송합니다."

시스티나는 완전히 부정할 수는 없었는지 겸연쩍은 얼굴로 시선을 내리깔았다.

"훗. 너, 진짜 어지간히 메인 위저드가 되고 싶나 보다?"

"예? 아…… 예. 하지만 역시 오만한…… 지나친 행동이었을까요?"

"바보 같은 소리. 오만하지 않은 마술사 따윈 이 세상에 없어."

글렌은 어깨를 으쓱였다.

"애당초 마술이라는 건 인간의 영역을 뛰어넘는 오만한 기술이야. 신께서 만드신 세계의 법칙에 개입해서 자신이 바라는 현실을 만들어내는…… 이게 오만한 게 아니라면 대체 뭐가 오만한 거겠어?"

"그건……."

"다들 남들과 다른 걸 얻고 싶어서, 그래서 마술에 뜻을 둔 거야. 마술은 인생이라는 하늘을 높이 날기 위한 날개지. 하늘을 나는 날개를 동경하지 않는 인간은 없어."

"……."

"하지만 지나치게 높이 날다간 태양에 불타 추락할지도

모르지. ……그것만큼은 유념해라."

"아, 예! 그건 명심……."

"뭐, 전부 세리카가 했던 말이지만."

"……진짜 선생님은 마무리가 항상 어설프시다니까요!"

글렌 일행이 그렇게 담소를 나누던 순간이었다.

"그래……. 넌 옛날부터 누구보다 높이 나는 애였어, 시스티나."

옆 골목에서 갑자기 한 소녀가 일행 앞에 모습을 드러냈다.

글렌에게는 낯이 익은 소녀였다. 아까 교류 환영회에서 시스티나를 계속 관찰하던 크라이토스 학원의 금발 소녀였기 때문이다.

"옛날부터 줄곧 그런 생각을 했어. ……빨리 추락해버렸으면 좋겠다고."

하지만 대체 어떤 인생을 보내야 저런 눈을 할 수 있게 되는 것일까. 오랜 원한과 괴로움이 이글거리는 듯한 어두운 소녀의 눈이 어둠 속에서 시스티나를 꿰뚫었다.

"엘렌?!"

시스티나는 그 소녀를 보자마자 눈을 크게 뜨고 외쳤다.

"역시 이번에도 넌 그런 눈으로 나를 보는구나. ……흥. 뭐, 알고 있었지만."

그러자 엘렌은 무척 불쾌한 표정으로 시스티나를 노려보았다.

"……하얀 고양이, 아는 녀석이냐?"

"그게…… 쟤는……."

시스티나가 말을 어물거리자 엘렌이라 불린 소녀가 대신 입을 열었다.

"내 이름은 엘렌. 엘렌 크라이토스. 당신들에게는 분명 이렇게 소개하는 편이 알기 쉽겠지. ……크라이토스의 본가, 레오스 크라이토스의 동생이라고."

그 순간, 글렌은 뭔가를 깨달은 듯 탄식을 내뱉었다.

크라이토스 **분가** 출신인 레빈 크라이토스.

크라이토스 **본가** 출신인 엘렌 크라이토스.

그리고 현재 본가와 분가가 맹렬하게 계승권 다툼 중인 크라이토스 백작가.

원래는 양지로 나올 수 없었던 분가의 레빈이 시스티나와 어깨를 나란히 하는 대표 선수 최고 유력 후보가 되었고, 시스티나는 본가 출신인 레오스의 전 약혼자…… 왠지 이야기가 무척 복잡해질 것 같은 예감에 글렌은 넌더리를 낼 수밖에 없었다.

"……그 크라이토스의 엘렌 양이 우리에게 대체 무슨 용건이지?"

"용건이 있는 건 시스티나뿐이에요. 오랜만에 재회한 소꿉친구에게 인사하러 오는 건 그리 이상한 일도 아니잖아요? 사실……."

엘렌은 경멸하는 듯한 눈으로 시스티나를 흘겨보고 말했다.

"넌 내가 여기 있을 줄 상상도 못 했겠지만."

"……!"

"네 얼굴만 봐도 알아. 「엘렌 같은 범재가 이런 최고 수준의 학생들이 경쟁하는 자리에 올 수 있을 리가 없다」고 생각했지?"

"그, 그렇지 않아! 이런 자리에서 널 만나게 돼서 난, 기쁜걸!"

한순간 굳어버렸던 시스티나는 황급히 반박했다.

"너, 너도 후보로 뽑힌 거지? 굉장하잖아! 실력이 엄청 늘었나 보네? 그럼 서로 대표 선수를 목표로 삼은 라이벌로서 정정당당하게 겨뤄보자. 서로 좋은 승부를……."

"네 그런 점이 열 받아. 진심으로는 그렇게 생각하지도 않으면서."

하지만 엘렌은 그 말을 단칼에 부정했다.

"라이벌? 좋은 승부? 흥! 넌 속으로는 이렇게 생각하고 있겠지. 「그래. 확실히 엘렌은 대표 선수로 뽑힐 만큼의 노력은 했나 보네. 그래도 내 적수는 못 돼, 유감스럽게도」……내 말이 틀려?"

"뭐……?! 난 그런……!"

"부정하지 마."

엘렌은 당황한 시스티나의 말허리를 끊고 말했다.

"옛날부터 그랬어. 넌 어디까지나 천재였고…… 난 어디까지나 범재였지."

엘렌의 어깨가, 입술이 떨렸고 주먹을 강하게 말아 쥐었다.

"넌 내 기분을 몰라. 날개의 길이, 하늘의 넓이는 결코 평등하지 않아. 너처럼 무한히 넓은 하늘과 강한 날개를 가진 인간은 좁은 하늘과 빈약한 날개밖에 갖지 못한 내 기분 같은 건 절대로 이해 못 해. 내가 어떤 심정으로 여기까지 왔는지……!"

너무나도 강렬한 증오와 분노의 감정에 노출된 시스티나는 어떻게 반응해야 좋을지 몰라 망연자실하게 서 있었다.

그러자 보다 못한 글렌이 머리를 벅벅 헤집으며 대화에 끼어들었다.

"후우…… 그래서? 크라이토스의 엘렌 양께선 대체 무슨 말씀이 하고 싶으신 건데?"

"별거 없어요. 단순한 선전포고니까요. 너에게 본때를 보여주겠어, 시스티나."

"……?!"

"넌 레빈과 라이벌 놀이를 하느라 분명 나 같은 건 안중에도 없었겠지만…… 그런 건 용서 못 해! 나를 봐, 시스티나! 너 때문에 난 이런 꼴이 됐어! 너 때문에 난 더는 한 걸음도 앞으로 나아갈 수 없게 됐다구! 날 이런 꼴로 만든 네가 날 보지 않는 건…… 다른 사람을 보는 건 용서 못 해! 난 나를 무의식적으로 깔보는 너한테 이겨서 메인 위저드가 되고 말겠어! 그것 말고는 내가 미래를 쟁취할 방법이 없으니까!"

"에, 엘렌……? 그게 무슨 소리…….."

"흥. 원래는 일일이 이런 소릴 하려고 찾아오지도 않아. 귀찮으니까. 하지만 이제 곧이야……. 이제 머지않았어, 시스티나. 이번에야말로 나는 너에게……!"

엘렌은 마치 닳아 해진 듯한 표정으로 서늘하게 웃었다.

"내일 선발회에선…… 각오해. 내가 할 말은 그것뿐이야."

그리고 일방적으로 말한 후 떠나갔다.

"시, 시스티……."

"응…… 괜찮아?"

루미아와 리엘이 걱정스럽게 말을 걸었다.

시스티나는 그 목소리가 들리지 않는지 그저 멍하니 중얼거릴 뿐이었다.

"엘렌…… 대체 무슨 일이 있었던 거니?"

하지만 그 질문에 대답해줄 수 있는 자는 아무도 없었다.

제 2 장 다크호스

—————.

—오랜만…… 시스티. 다시 만나게 돼서 기뻐…….

—아! 그렇구나. 너도 대표 후보생으로 뽑힌 거지? 굉장하잖아!

—응! 시스티. 난 이 자리에 어울리지 않을지도 모르지만…… 그래도 나, 정말 노력했다? 에헤헤…….

—그래. 그럼 서로 대표 선수를 목표로 힘내보자! 엘렌!

—응, 그러자! 시스티!

—————.

"—선—생……님! 선생님! 선생님! 선생님, 듣고 계세요?!"

"……으헉?!"

고막을 찌르는 소녀의 짜증스러운 목소리에 글렌의 의식이 현실로 돌아왔다.

"뭐, 뭐뭐뭐, 뭐야? 하얀 고양이!"

옆으로 시선을 돌리자 시스티나가 뚱한 표정을 짓고 있었다.

앞쪽에는 루미아와 리엘이 즐겁게 대화를 나누며 걷는 뒷모습이 보였다.

아직 아침안개가 낀 한산한 페지테의 거리.

이 익숙한 네거리와 안쪽으로 이어지는 언덕길은 익숙한 알자노 제국 마술학원의 통학로였다.

"정말이지! 제 이야기, 들으셨어요?"

"아…… 응. 들었어. 물론이지."

어젯밤 귀갓길에 엘렌과 마주친 시스티나는 그녀의 폭언에 몹시 낙담했었다.

오늘은 그런 최악의 밤이 지난 다음 날. 하룻밤 자고 일어나서 정신 상태가 조금 나아진 시스티나에게 엘렌의 정보를 듣는 도중이었다.

"소, 소꿉친구였다고 했지?! 너와 엘렌은! 루미아와 만나기 전에!"

글렌은 필사적으로 조금 전까지의 기억을 끄집어내며 말했다.

지금 뭔가 말도 안 되는 광경을 떠올린 기분이 들지만……
신경 쓰지 않기로 했다.

"맞긴…… 한데요."

시스티나는 화가 났으나 더 따져봤자 어쩔 수 없다고 판단하고 이야기를 계속했다.

"저랑 그 사건에서 목숨을 잃은 레오스가 어릴 때 자주 같이 놀았던 사이라는 건 선생님도 알고 계시죠? 휴가 때마다 크라이토스령에 놀러가서……."

"그게, 너희 아버지…… 레너드 씨와 레오스의 아버지…… 그라함이 친구 사이였다고 했던가?"

"예, 맞아요. 그래서 저기…… 필연적으로 레오스의 동생인 엘렌과도 같이 놀았는데…… 정말 아주 어렸을 때의 일이지만요."

시스티나는 한숨을 내쉬었다.

"레오스와 엘렌은 굉장히 사이가 좋은 남매였어요. 그러나 레오스는 마술에 재능이 넘쳤지만…… 그게, 안타깝게도 엘렌은…… 아무리 좋게 봐줘도……."

"……무슨 뜻인지 알아. 타고난 재능의 차이라는 건 좀처럼 극복하기 어려운 법이니까."

실제로 그것을 체감했던 글렌은 무겁게 고개를 끄덕이고 대답했다.

"불행하게도 크라이토스는 신흥 마술사 가문이에요. 그래서 크라이토스가는 완전히 재능 편중 주의라…… 일족 모두에게 냉대를 받았다고 해요. 엘렌은 크라이토스에 어울리지 않으니 양자로 보내야 한다고, 레오스가 있으니 필요 없다고 말하는 친척도 있었던 모양이라…… 하지만 아버지이자 당주였던 그라함 씨와 오빠인 레오스가 일족의 압력으로부터 필사적으로 지켜줬지만요."

"······그 레오스가 말이지. ······그렇군. 동생에게는 좋은 오빠였나 보네."

레오스 크라이토스. 아니꼬운 나르시시스트 자식이라고만 생각했는데, 역시 인간이라는 건 한 면만 봐서는 파악할 수 없는 것 같았다.

어쩌면 레오스가 그토록 막무가내로 시스티나에게 결혼을 강요했던 건 피벨가를 접수하는 것으로 자신의 지위를 공고히 해서 입장이 약한 동생을 가문으로부터 지키려고 했던 걸지도 몰랐다. ······진상은 이제 어둠속에 파묻혔지만 말이다.

혹시 다른 방식으로 만났다면 글렌과는 좋은 친구가 됐을지도 몰랐다.

"하지만 그라함 씨가 병으로 요절하셨고······ 엘렌의 유일한 버팀목이었던 레오스도 그 사건에서 목숨을 잃었으니······ 엘렌이 주위에서 얼마나 많은 압력을 받고 마음고생을 했을지는 저로선 상상조차 가지 않아요."

"이제 대충 알겠군. 현재 크라이토스 본가의 다음 세대는 엘렌밖에 없어. 레오스가 사망한 이상, 차기당주는 당연히 엘렌이겠지만······ 본가에는 레빈이라는 규격 외의 존재가 있지. 이거 원, 완전히 상속 다툼이었구만. 누가 더 차기당주에 어울리느냐 마느냐 하는······. 이래서 귀족이라는 것들은······."

글렌은 고개를 절레절레 저으며 투덜거렸다.

"그랬던 엘렌이 크라이토스 학원을 대표하는 후보생이 될 정도로 성장했고, 저한테 그런 식으로 선전포고까지 하다니…… 분명 지금까지 필사적으로 노력했던 거겠죠. 엄청난 지옥을 경험했을 거예요. 자신이야말로 크라이토스의 차기 당주에 걸맞다는 것을 증명하려고."

"하지만 그건 그렇다 치고 너한테 보이는 그 적의는 뭐야? 솔직히 네 재능에 대한 질투나 시샘 수준을 아득히 뛰어넘은 것 같다만."

"그건……."

잠시 입을 다물고 고민하던 시스티나가 이윽고 입을 열었다.

"역시…… 절 원망하는 거겠죠. 자신을 그런 지옥으로 떨어트린 원인 중 하나인…… 레오스가 죽게 된 원인 중 하나인 저를요……."

그리고 쓴웃음을 흘렸다.

"야, 하얀 고양이. 그건……."

글렌은 자책에 빠진 시스티나를 위로하려 했다.

"……예, 머리로는 알고 있어요. 고민해봤자 어쩔 수 없다는 것쯤은요. 하지만 레오스만 살아있었다면 분명 엘렌은 그런 끔찍한 경험을 하지 않아도 됐을 거라는 생각이 계속 들더라구요."

시스티나는 어둡고 무거운 한숨을 내쉬었다.

"……솔직히 어제 엘렌의 말을 들었을 땐 가슴이 뜨끔했어요."

"하얀 고양이."

"확실히 전부 엘렌이 말한 대로였어요. 역시 전 마음속 한구석에선 엘렌이 후보생으로 뽑힐 리 없다고 생각했고, 하물며 라이벌이나 좋은 승부라니…… 이제 와서 돌이켜 보면 전부 진심이 담기지 않은 겉치레였을지도 몰라요. 까놓고 말해 걔를 깔보고 있었던 거죠."

"……."

"전…… 또 모르는 사이에 자만하고 있었나 봐요. 전…… 엘렌이 처한 상황을 상상조차 못 하고…… 배려심 없는 말로 엘렌에게 상처를 준 거예요."

글렌은 침울해진 시스티나의 머리 위에 가볍게 손을 얹었다.

"그래. 그럴지도 모르지."

"……선생님?"

"본인도 눈치채지 못하고 무심코 저지른 일이 타인을 상처 입히는 건…… 확실히 괴로운 일이지. 하지만 그런 식으로 나중에 스스로 깨닫고 반성할 수 있다면 충분해. 실수를 저지르지 않는 인간 따윈 없어. ……넌 잘하고 있으니 걱정하지 마라."

그리고 머리를 쓰다듬어주자 시스티나의 뺨이 바로 홍조를 띄었다.

"……어, 어린애 취급하지 마세요!"

"훗. 넌 아직 애 맞거든?"

글렌은 쿡쿡 웃으면서 말했다.

"뭐, 흔해빠진 조언이다만…… 일단 엘렌의 마음에 응해주는 수밖에 없지 않을까?"

"……마음에 응해주라구요?"

"응. 듣자하니 그 녀석은 아무래도 널 이기기 위해, 자기 손으로 미래를 개척하기 위해 피를 쏟는 노력으로 실력을 쌓은 모양이더군. 하지만 그렇다고 해서 네가 일부러 져줄 수 있겠어? 메인 위저드의 자리를 양보할 수 있겠어?"

"그, 그건…….."

"무리지? 그건 가진 자의 여유와 적선…… 필사적인 엘렌에 대한 궁극의 모욕이야. 그런 짓을 저지른 시점에서 기다리는 건 영원한 절교뿐이지. 그리고 너도 질 수 없는 이유가 있잖아? 내 말이 틀려?"

"……."

"전력을 다해. 전력으로 엘렌과 마주 봐. 고민하는 건 그 후에 해도 늦지 않을 거다."

시스티나는 잠시 넋을 잃고 글렌의 옆얼굴을 올려다보았다.

"그렇, 겠네요. 예, 알겠어요! 감사합니다, 선생님!"

그리고 이제야 망설임을 떨쳐냈는지 힘차게 웃었다.

"그런데…… 선생님, 요즘 정말 많이 변하신 것 같네요?

마치 진짜 교사 같아요."

시스티나는 방금 어린애 취급을 받은 것을 복수하려는 것처럼 가벼운 농담을 던졌다.

"교사 맞거든? 바보!"

글렌이 머리를 움켜잡으려고 팔을 뻗었지만 시스티나는 깔깔 웃으며 피하더니 그대로 앞서가는 루미아와 리엘을 향해 달려갔다.

"……참 나, 건방지기는."

인상을 찌푸리고 있던 글렌은 곧 쓴웃음을 지었다.

사실 정말로 기분이 상한 건 아니었다. 요즘 이런 식으로 제자들과 지내는 시간은 의외로 나쁘지 않았다.

'그런데…… 뭐지?'

글렌은 불현듯 거품처럼 솟아오르는 위화감을 느끼고 얼굴을 찡그렸다.

시스티나와 엘렌의 문제는…… 왠지 그뿐만이 아닌 것 같았다.

확실히 표면상으로만 보면 방금 두 사람이 나눈 대화 내용과 한 치의 어긋남도 없었다.

가진 자와 가지지 못한 자의 갈등. 어떤 의미로는 학생다운 청춘의 한 페이지. 그 이상도 이하도 아니리라.

하지만…… 왠지 모를 위화감이 있었다.

훨씬 더 뿌리가 깊은 문제인 듯한, 누군가의 바닥을 알 수 없는 악의가 안쪽에 숨겨진 듯한…….

그런 기묘한 불안감을 떨쳐낼 수 없었다.

글렌은 학원에 도착한 후 일단 시스티나 일행과 헤어졌다.

자신에게 배정된 일을 처리하는 사이에 곧 그 시간이 찾아왔다.

그러자 글렌은 바로 마술학원 부지 북동쪽에 있는 콜로세움처럼 보이는 야외시설, 마술 경기장으로 이동했다.

선발회의 첫 번째 시험은 『마력 측정』이다.

오늘은 마술 경기장에 모인 대표 후보생 60명의 마력을 측정할 예정이었다.

학원의 강사들은 그 마력을 분담해서 측정하는 역할이었다.

당연히 글렌도 그 중 한 명이었다. 루미아와 리엘을 보조로 데리고 의욕 없는 걸음걸이로 경기장을 향해 걸어갔다.

"아…… 이제부터 끔찍한 단순 노동이 시작되겠구만……."

"아, 아하하…… 힘내세요. 선생님."

루미아가 격려했지만 글렌은 한숨을 내쉬었다.

"음…… 하얀 고양이 녀석은 벌써 경기장에 가 있는 건가?"

"예. 대표 후보생들은 전부 일찍 가서 모여 있다나 봐요. 측정 전에 정신통일이라든가 마력 순환 호흡 같은 사전 준비 작업이 필요하잖아요?"

글렌과 루미아가 그런 대화를 나누는 뒤에서는 리엘이 딸기 타르트를 우물거리며 따라오고 있었다.

이윽고 세 사람의 시야에 거대한 절구 같은 형태의 마술 경기장이 들어온 순간—.

갑자기 누군가가 글렌의 앞을 가로막았다.

"흥. 널 기다리고 있었다."

"켁! 너는……?!"

어딘지 모르게 음울하고 나른한 분위기의 낯이 익은 남자.

며칠 전 긴급 교직원 회의에 갑자기 쳐들어와서 릭 학원장에게 터무니없는 요구를 한 이 남자의 정체는, 다름 아닌 마술학원의 마도 고고학 교수 포젤 루포이였다.

"이야기는 들었다. 네가 글렌이지? 자, 가자. 어서."

당황해서 굳어버린 글렌의 멱살을 느닷없이 움켜잡은 포젤은 그대로 어딘가로 끌고 가려 했다. 무시무시한 완력이었다.

"뭐어?! 야, 잠깐! 포젤! 그게 대체 무슨……!"

"지금 이 학원에서 거친 일에 가장 익숙한 강사 이상의 인물이 누구냐고 물었더니 다들 네 이름을 거론하더군. 널 내 조수로 임명해주마. 내 일을 돕는 걸 영광스럽게 생각하도록."

"아니, 그게 아니라……."

"뭐. 보수 말인가? 그럼 나중에 내 사인이 들어간 책을 주마. 기쁘지?"

"필요 없거든?! 아니, 그게 아니라! 사람 말 좀 들어!"

어안이 벙벙한 루미아와 리엘 앞에서 포젤에게 강제로 끌려가던 글렌은 간신히 멱살을 풀고 뒤로 멀리 도약했다.

"처음부터 차근차근 설명하라고! 갑자기 무례하잖아! 대체 뭘 하려고 그러는데!"

"그야 뻔하잖아?"

포젤은 마치 이해력이 부족한 학생을 본 것처럼 한숨을 내쉬었다.

"지금부터 마술학원 부속 도서관의 금단 봉인서고 구역에 무단으로 침입할 거다. ……허가가 나지 않았으니 어쩔 수 없지. 그래서 거친 일에 익숙한 네 힘이 필요해."

"겨, 경비관 아저씨?! 여기 범죄자 예비군이 있어요오오오!"

지금까지 만난 자들과는 다른 타입의 변태가 등장하자 글렌은 머리를 감싸 쥘 수밖에 없었다.

"날 범죄에 가담시키려 하지 말라고! 애초에 너, 죽을 작정이야?! 관람 허가 직인이 없으면 미궁 이계(異界)와 수많은 마술 함정의 먹잇감이 될 텐데!"

"흥, 바라던 바다."

"뭐, 시라?!"

"고대 문명의 수수께끼를 해명할 수 있다면야. ……인간이란 원래 그런 존재잖아?"

"인간의 가치관을 전부 너랑 동일시하지 마! 아니, 그보다 너! 지금 사고를 잔뜩 쳐서 자택근신 중 아니었어?!"

"괜찮아, 문제없어. 내가 곧 법이니까."

"너, 진짜, 완전히 글러 먹은 인간이구나?!"

포젤과 직접 만난 건 이번이 두 번째지만 글렌은 벌써 그가 어떤 부류의 인간인지 뼈저리게 통감했다. 표면상의 분위기는 음울하고 나른해도 실제로는 행동력이 넘치는 사고뭉치. ……한 마디로 말해 무척 질이 나쁜 부류의 인간이었다.

"난 어서 빨리 이 훔친 조각상을 해석하고 싶어. 그런데 자택에 갇혀 있으면 분석 계열 마도서를 이용할 수도, 고대 문헌도 볼 수도 없잖아? 넌 그걸 알면서 하는 소리냐?"

포젤은 이상야릇한 조각상을 글렌의 얼굴에 불쑥 내밀며 말했다.

"뭘 모르는 건 너야! 아니, 그보다 그거 도굴한 물건이지?! 분명 반납했을……."

"하! 당연히 가짜와 바꿔치기 했지. 정말 바보 같은 녀석들이야."

"바보는 너거든?!"

글렌은 벌써 이 남자와 진심으로 최대한 거리를 두고 싶어졌다.

"훗, 그런 건 아무래도 좋아. 그보다 얼른 가자. 고대 문명 최대의 수수께끼…… 천공의 타움의 정체 일부를 함께 해명할 영예를 누리게 해주마. 기쁘지? 자, 어서."

포젤은 사람 말을 귓등으로도 듣지 않고 다시 글렌의 멱살을 잡고 끌고 가려 했다.

그러자 글렌은 한숨을 내쉰 후 포젤의 팔을 붙잡더니 그의 머리를 옆구리에 끼고 몸을 거꾸로 들어 올리며 뒤로 일부러 넘어졌다.

"으라차!"

"커허어어어어어어억?!"

그 결과, 포젤의 등이 뒤쪽 바닥과 성대하게 충돌했다.

"크흡…… 머, 멋진 브레인버스터…… 글렌 선생…… 과연 내가 눈여겨 본…… 풀썩."

"참 나, 이 자식은 진짜 뭐야……?"

글렌은 흰자를 드러낸 채 대자로 뻗은 포젤을 마치 쓰레기를 보는 듯한 눈으로 내려다보았다.

"저기…… 선생님, 포젤 선생님과 지인이셨어요?"

그러자 루미아가 영문 모를 질문을 했다.

"……? 아니, 그다지? 요전에 처음 만났는데? 뭐야? 너야말로 이 녀석을 알아?"

"아, 예. 뭐…… 시스티와 적지 않은 인연이 있는 분이시거든요."

"적지 않은 인연?"

글렌이 고개를 갸웃거리자 루미아가 쿡쿡 웃었다.

"예. 전에 아르포네아 교수님과 같이 『타움의 천문신전』을 탐색했을 때를 기억하세요?"

"뭐, 당연히 기억하지."

잊을 리가 없었다. 그들이 처음으로 마장성과 싸우게 된 여행이었으므로……

"그 얼마 전에 포젤 선생님이 어떤 유적의 탐색대를 모집하셔서 시스티가 지원했었는데…… 당시 포젤 선생님께서 이런저런 트집을 잡고 탈락시켰거든요. 그래서 시스티는 글렌 선생님의 탐색에 참가했던 거였어요."

"아~ 그때 하얀 고양이가 부자연스러운 태도를 보인 건 그런 사정이 있었구만?"

글렌은 어이가 없는 얼굴로 포젤을 다시 내려다보았다.

"그밖에도 시스티는 포젤 선생님께서 논문을 내실 때마다 꼭 챙겨 읽고 공감하거나, 비판하거나, 칭찬하거나, 깎아내리곤 해요. ……뭐랄까, 시스티에게 포젤 선생님은 싸움 친구 같은 분이신 셈이죠. 나이는 거의 부모자식 정도로 차이가 나지만요."

글렌은 그 순간 포젤이 긴급 직원회의에서 한 장광설을 떠올렸다.

'아, 왠지 익숙하다 싶더니만…… 그런 거였군.'

유유상종(類類相從)이라는 뜻이다.

납득했다. 무척 시시한 이유였다.

"뭐, 아무래도 상관없어. 이 자리에 하얀 고양이가 있었다면 열띤 토론을 벌였을지도 모르지만, 그 녀석은 지금 바쁘니 말이지. 그보다, 자. 서두르자."

글렌은 포젤을 내버려두고 가기로 했다.

"아, 예!"

루미아는 그런 포젤에게 재빨리 법의 주문을 걸어준 후 ^{힐러 스펠}

리엘을 데리고 글렌을 따라갔다.

"자, 그럼…… 오늘 너희들이 하게 될 건 마력 측정이다."

마술 경기장 안의 광장에 도착하자 이미 수많은 학생들이 모여 있었다.

알자노 제국 마술학원, 성 릴리 마술여학원, 그리고 크라이토스 마술학원의 대표 후보생 총 60명. 모두 이미 측정할 준비가 완료된 상태였다.

광장에는 파랗게 빛나는 신비한 액체가 담긴 거대한 유리 원통이 삼각형의 꼭짓점마다 하나씩 배치되어 있었다.

각 원통의 액체 안에는 작은 결정체가 둥둥 떠 있었고, 그 옆에는 모노리스형 마도 연산기가 지면에 그려진 마술법진을 통해 직접 원통과 연결되어 있었다.

세 학원의 학생들은 그 원통을 에워싸듯 모여 있었다.

"각 학원에서도 정기적으로 하고 있겠지만, 다시 최신 데이터를 채취할 거다."

"저기, 글렌."

그러자 옆에 서 있던 리엘이 궁금한 얼굴로 질문했다.

"이제부터…… 마력? 을 측정하는 거지?"

그리고 원통을 콕콕 찌르면서 고개를 살짝 갸웃거렸다.

"어떻게 재는 거야?"

"너, 인마…… 군에서 몇 번이나 이 마우저식(式) 마력 측정기로 쟀잖아. ……뭐, 됐다. 여기 있는 학생들에게도 사용법과 구조를 복습해주는 의미에서 다시 설명해줄게."

글렌은 유리 원통을 두드린 후 주위의 대표 후보생들을 둘러보며 입을 열었다.

"이건 마우저식 마력 측정기…… 제국에서 가장 널리 쓰이는 표준 규격 마력 측정 장치다. 이걸 쓰면 캐퍼시티, 마력 농도를 한 번에 잴 수 있어. 자, 그럼 그 캐퍼시티와 덴시티가 대체 뭔지…… 그래, 콜레트. 네가 대답해봐라."

"예? 그게……."

살짝 식은땀을 흘린 콜레트가 쩔쩔매며 대답했다.

"그게 어느 쪽이더라…… 분명 캐퍼시티가…… 그 사람이 육체라는 그릇에 보유할 수 있는 마나의 최대 총량이고…… 덴시티가…… 그 마나로 승화시킨 마력의 농도……였던가?"

"정답. 뭐야. 너도 1학년 첫 수업에서 배우는 문제 정도는 푸네? 장하다!"

"야호! 선생님한테 칭찬받았어! 훗, 어때! 봤냐! 알자노 학원 제군!"

"……바보 취급당한 거잖아요."

웬디는 게슴츠레한 눈으로 의기양양한 콜레트를 바라보

고 한숨을 내쉬었다.

글렌은 그런 시끄러운 녀석들은 무시하고 설명을 계속했다.

"일반적으로 육체라는 그릇에 호흡과 생명 활동 등으로 외부에서 취득한 마나는 내부 마나로 축적되지만, 이 마나량에는 한계가 있다 보니 일정치를 넘은 마나는 체내에 쌓이지 않고 체외로 배출돼. 이 축적 한계치가 바로 『캐퍼시티』다. 마술사가 행사하는 마술이라는 건 이 내부 마나를 마력 조작으로 승화시킨 마력으로 쓰는 거라 체내 마나량이 많을수록 더 많은 마술을 쓸 수 있어. 하지만 마나를 승화시킨 마력에도 당연히 개인차는 존재해. 같은 주문, 같은 마력량을 소비해도 마력 농도가 높으면 더 강력한 위력을 발휘하고 농도가 낮으면 그만큼 위력도 약해져. 이 승화시킨 마력의 농도와 질…… 그런 것들이 바로 『덴시티』다. 캐퍼시티가 크면 더 많은 주문을 쓸 수 있고, 덴시티가 높으면 더 강한 위력의 주문을 쓸 수 있다고 기억해두면 확실해. 일반적으로 남자는 내부 마나를 마력으로 승화시키는 감각. 즉, 덴시티가 우수한 편이고 여자는 외부 마나를 내부로 흡수하는 속도와 양. 즉, 캐퍼시티가 우수한 편이라 여겨지고 있어. 따라서 남자는 여자보다 강한 위력의 마술을 쓸 수 있고, 여자는 남자보다 마술을 더 많이 쓸 수 있다는 게 통설이야."

극히 일부를 제외하면 누구나 아는 지식이지만, 이 정도는 교과서를 보고 알아서 공부하라는 교사도 많다 보니 대충 넘어가는 경우가 많은 지식이기도 했다.

그래선지 글렌의 명쾌한 해설을 들은 학생들은 감탄하는 반응을 보였다.

"자, 그럼 그 지식을 바탕으로 이 마우저식 마력 측정기…… 이 유리 원통의 여기에 마술법진이 그려져 있지? 여기에 손을 대고 마나를 마력으로 승화시키면……."

글렌이 원통 옆쪽에 그려진 마술법진에 손을 대고 마력을 끌어내자 마술법진이 빛나면서 측정기가 작동했다.

"이 마술법진이 자동으로 그 마력을 흡수해. 그러면……."

원통 안에 떠 있는 결정체가 소리를 내며 커지기 시작했다.

"흡수한 마력으로 안에 있는 결정체가 주위의 특수한 마술 용액을 변환해서 성장하기 시작해. 흡수한 마력량이 결정체의 증가한 질량, 흡수한 마력 농도가 결정체의 근원소(根元素) 배열 구조에 반영되는 거지. 그것들을 이 모노리스형 마도 연산기로 측정해서 해석하면…… 루미아."

"예, 선생님."

글렌의 지시를 받은 루미아가 모노리스를 조작했다.

그러자 모노리스 표면에 빛으로 이루어진 문자와 도형이 그려지더니 이윽고 위쪽에 수치가 나타났다.

"이렇게 마우저 단위로 수치를 출력해주는 거다."

《캐퍼시티 : 1865. MP》

《덴시티 : 121. AMP》

"""""……"""""

그 수치를 본 학생들은 저마다 미묘한 얼굴을 했다.

마술사로서 극단적으로 적은 수치는 아니었지만, 세계 최고봉의 마술학원 강사치고는…… 그, 뭐랄까. 알아서 판단하자.

"참고로 일류라 불리는 수준의 마술사는 캐퍼시티가 약 3천, 덴시티가 약 150이니까…… 어, 어라? 왜 갑자기 눈물이 나는 거지? 흑……."

"서, 선생님!? 우, 울지 마세요! 선생님은 저기…… 마술지식이라든가, 격투기 실력이 굉장하시잖아요!"

눈에 손등을 대고 흐느끼기 시작한 글렌을 루미아가 황급히 위로했다.

이렇게 해서 마술제전 대표 선수 선발회의 첫 번째 시험인 마력 측정이 시작되었다.

세 개의 유리 원통 앞에 정렬한 학생들은 차례대로 본인의 마력을 측정했다.

그리고 나온 결과에 일희일비하는 소란이 벌어졌다.

"으음…… 《캐퍼시티 : 1643. MP》, 《덴시티 : 85. AMP》네요."

"오, 순조롭게 성장 중이잖아. 카슈."

"좋았어!"

루미아가 읽은 수치를 들은 카슈가 주먹을 불끈 쥐었다.

그들 또래 학생의 평균은 캐퍼시티가 1300~1400, 덴시티가 50~60 정도이니 꽤 우수한 수치였다.

"그건 그렇고 너 고작 반 년 사이에 마력이 참 많이도 늘어났군."

"홋! 선생님 말대로 매일 마력 연성 훈련을 꾸준히 하고 있거든요! 이 상태면 졸업할 때는 선생님을 뛰어넘을지도요?"

"멍청아. 너 정도 재능이면 뛰어넘는 게 당연해. 네가 그 정도도 못 되면 난 완전히 무능한 교사 확정이거든?"

마술학원에서 글렌이 가르치는 학생들 중에는 카슈처럼 장래에 자신보다 훨씬 대성할 거라고 예상되는 인물이 몇 명이나 있었다.

'그런데 이상하게도 불쾌하진 않단 말이지. ……이런 녀석들이 쑥쑥 성장하는 모습을 보는 건.'

과거의 자신이었다면 분명 질투와 시기심이 앞섰겠지만 인생이라는 건 참 알다가도 모를 노릇이었다.

글렌은 신기할 정도로 평온한 기분으로 루미아와 리엘의 도움을 받으며 학생들의 마력을 계속 측정했다.

이 자리에 모인 60명의 학생들은 과연 엄선된 우수생들다웠다.

평균 캐퍼시티는 약 1600~1800, 덴시티는 약 80~100.

전원이 이 또래치고는 굉장히 높은 수치를 보이고 있었다. 그리고 그중에서도 특히 탁월한 학생도 있기 마련이었다.

"웬디는…… 캐퍼시티 2024, 덴시티 94…… 어? 마침내 2천대에 진입했잖아?! 농도도 안정적으로 높고!"

"흐흥! 나블레스의 후계자라면 이 정도쯤은 당연하죠!"

"기블…… 캐퍼시티 1950, 덴시티 145…… 뭐? 145?! 이 농도…… 너, 대체 어느 틈에……?"

"흥. 끝났으면 이제 가도 됩니까?"

"흐흥? 선생님, 봤어요?! 내 수치를! 캐퍼시티가 2490이라구요!"

"저도요! 저도요! 캐퍼시티가 2510이랍니다! 칭찬해주세요!"

"그래, 굉장하네. 콜레트, 프랑신. 그런데 말이다……. 덴시티는 64에 62 너희들, 집중력이 너무 부족한 거 아냐? ……아니, 그래도 굉장하지만."

"호오…… 캐퍼시티 3240, 덴시티 125…… 이제 거의 준프로급이군. 과연 3학년 수석답다, 리제."

"후훗, 칭찬해주셔서 감사합니다. 선생님."

"캐퍼시티 2380, 덴시티 131…… 이건 진짜 의외인데…….
야, 자일. 너 진짜 정체가 뭐냐?"

"칫…… 신경 끄쇼, 선생."

가끔씩 특히 높은 수치가 나올 때마다 주위의 학생들은
감탄과 선망의 시선을 보내며 흥분했다.

물론 이 캐퍼시티와 덴시티 수치가 마술사로서의 실력을
의미하는 건 아니었다.

하지만 마술사의 가장 기본적인 능력인 건 틀림없는 사실
이었다.

그래선지 다들 관심을 가지고 지켜보며 열띤 토론을 벌이
고 있었다.

"지니! 내 충실한 시종! 당신은 얼마나 나왔죠?!"

"전 캐퍼시티 1620, 덴시티 83이네요. ……뭐, 이 안에서
는 화제가 될 리도 없는 지극히 평범한 수치네요."

"뭐, 당신은 기교파인걸요. 어쩔 수 없죠."

이런 식으로 마력 측정 작업은 순조롭게 진행되었다.

"역시 있는 곳에는 있기 마련이네요. 굉장한 사람들은."

루미아가 측정을 돕다가 글렌에게 말을 걸었다.

"그래. 이게 다 너희 어머니께서 애쓰신 덕분이겠지. 이런

우수한 녀석들이 재야에 묻히지 않고 정식 교육 기관에 모여서 높은 수준의 교육을 받는 시대가 온 건 말이야."

"그러게요."

루미아는 마치 본인이 칭찬을 들은 것처럼 기쁘게 웃었다.

"후훗, 이러고 있으니 다른 분들은 수치가 얼마나 나올지 궁금해지네요. 예를 들면 리엘이라든가, 아르포네아 교수님이라든가……."

"아, 리엘은 분명 6500에 180 정도였던가?"

"예?! 그렇게나요?! 굉장해요!"

"어, 제국군에서도 손꼽힐 수준이지. 평소에 늘 비상식적인 마술을 쓰는 탓일지도. 문제는 이 높은 수치를 전혀 못 살리고 있다는 점인데…… 참고로 세리카가 이걸로 측정하면 유리 원통이 폭발하더라. 측정 불능인 셈이지."

"아, 아하하…… 역시 아르포네아 교수님……."

루미아는 무심코 쓴웃음을 흘렸다.

"음~ 지금 난 얼마나 나오려나?"

"아, 그거 말인데…… 내 영적인 감각으로 판단하기에 아마 네 수치도 전보다 꽤 올랐을 거다. 전에 페지테 최악의 사흘간 기억해? 불꽃의 배가 출현했던."

글렌은 목소리를 낮추고 귓속말을 건넸다.

"……그때 《은 열쇠》를 쓰고 나서 넌 명백히 마력이 변질됐거든."

"예? 그런가요?"

"어. 너도 나중에 몰래 재볼래? 분명 엄청난 수치가……."

글렌이 루미아에게 그렇게 제안한 순간—.

와아아아아아아아아아아아아아!

갑자기 성대한 함성이 터졌다.

대체 무슨 일인가 싶어서 고개를 돌리자 건너편 원통 앞에 시스티나가 서 있었다.

방금 측정을 마친 모양이었다.

"괴, 굉장해애애애! 알자노 학원의 시스티나, 진짜 굉장하다고!"

"시스티나! 캐퍼시티 10820?! 덴시티 195?!"

"농담이지? 다섯 자리? 이, 이봐…… 레빈은 얼마였어?!"

"레빈도 캐퍼시티 4200에 덴시티 160 정도 아니었어?!"

"아니, 이 측정기 고장 난 거 아냐?!"

현격히 차원이 다른 수치가 나오자 큰 소란이 벌어졌다.

당사자도 설마 이런 수치가 나올 줄 몰랐는지 놀라서 눈을 깜빡거렸고, 레빈은 평소의 여유를 잃은 채 경악한 표정으로 그녀를 응시하고 있었다.

"서, 선생님…… 굉장해요. 시스티가……."

"아, 으응……. 이거 꿈 아니겠지?"

글렌과 루미아도 넋이 나간 얼굴로 시스티나의 수치를 바라보았다.

'캐퍼시티와 덴시티…… 몇 번이나 말하지만 이것들은 마술사의 힘을 가리키는 지표 중 하나일 뿐, 그 자체가 마술사의 실력인 건 아니야. 이를 테면 마술이라는 증기기관을 움직이는 질 좋은 연료를 얼마나 많이 가지고 있느냐일 뿐. 평범한 수치로도 초일류라 불리는 기교파 마술사가 된 케이스는 역사상 얼마든지 있어. 하지만 그 사실을 감안해도…… 이건 너무나도…….'

글렌은 멀리서 눈을 깜빡이는 시스티나를 응시하며 생각에 잠겼다.

동방에서는 한 번의 실전이 반년의 수련에 필적한다는 격언이 존재한다고 한다.

돌이켜 보면 시스티나는 요 반년 간 생사를 건 수라장을 몇 차례나 거쳐 왔다.

분명 뭔가가 개화하기 시작한 것이리라. 지금까지 그녀 안에 잠들어 있던 끝 모를 재능이 수많은 시련과 수라장을 거치며 이제야 겨우 화려하게 개화하기 시작한 것이다.

'하얀 고양이…… 너, 너란 녀석은……!'

글렌은 떨림이 멎지 않았다.

이때 본인은 눈치채지 못했지만 그의 온몸을 지배하고 있었던 것은 저런 굉장한 제자를 지도할 기회를 얻게 된 행운에 대한 참을 수 없는 기쁨이었다.

'너라면 **그 마술**을 완전히 습득할 수 있을지도 몰라! 내가 촉매를 써서 억지로 발동하는 꼴사나운 『모조품』이 아니라…… 세리카가 쓰는 것 같은 진정한……!'

글렌은 학생들에게 에워싸여서 당황하는 시스티나의 모습을 지켜보며 그런 생각을 했다.

그 후 딱히 이렇다 할 소란은 벌어지지 않았다.

그야 당연하리라. 시스티나 같은 완전히 규격을 벗어난 존재가 그야말로 규격을 벗어난 수치를 달성했기에…….

다소 좋은 성적을 내봤자 비교 대상이 워낙 무시무시하다 보니 다들 금세 흥미를 잃었다.

그나마 비교가 될 만한 성적을 내는 학생도 당연히 나올 리 없었다.

따라서 그 후의 마력 측정은 아무런 재미도 없는 단순 작업이 될 수밖에 없었다.

그리고 모두가 이대로 아무 일 없이 오늘 시험이 끝나리라 예상한 순간—.

그 사건이 일어났다.

"하암…… 다음~."

글렌은 졸린 눈을 비비며 후보생들의 마력을 측정하고 있었다.

"……응?"

그런 그의 눈앞에 말없이 나타난 것은 금발을 땋아 올려서 묶은 소녀, 엘렌이었다. 여전히 그녀는 세상 모든 것을 원망하는 듯한 음울한 얼굴을 하고 있었다.

"뭐야? 다음은 크라이토스의 엘렌 양이었구만."

"……."

엘렌은 글렌을 무시하고 말없이 유리 원통 앞에 섰다.

그 순간이었다.

"헤헷. 그만둬, 엘렌."

몇 명의 남학생이 야비하게 웃으며 그녀에게 말을 걸었다.

다들 크라이토스 학원의 교복을 입고 있었다.

"이런 많은 사람 앞에서 부끄러운 꼴을 당하고 싶은 거야?"

"그냥 솔직하게 후보에서 사퇴하라고. 이 크라이토스 학원의 수치 녀석."

"……."

엘렌은 원통에 그려진 마술법진에 손을 대려고 하다가 말없이 멈추었다.

그러자 크라이토스 학원의 학생들이 그런 그녀를 조롱하기 시작했다.

"너, 여기 오기 전에 마력 측정을 했었잖아?"

"으음~ 분명 캐퍼시티 900에 덴시티 40이었던가? 풋!"

그 정보를 들은 주위의 학생들도 웅성거리기 시작했다.

"뭐? 900에 40?"

"농담이지……? 그런 학생이 어떻게 후보생으로 뽑힌 거야……?"

까놓고 말해 낮은 수치였다.

또래 학생들과 비교해도 꽤 낮은 편이었다. 캐퍼시티와 덴시티가 곧 마술사의 실력인 건 아니지만 그렇다 쳐도 지나치게 낮았다.

그 정도면 가까스로 마술사를 자처할 수 있는 턱걸이 수준이었다.

"……."

하지만 엘렌은 부정하지 않았다. 말없이 굳어있을 뿐…….

"참 나, 크라이토스 본가 출신이라고 편애하기는."

"어쩔 수 없어, 아이크. 크라이토스 마술학원의 학원장인 게이슨이 현재 크라이토스가 본가 출신의 당주니까 말야. 억지로 저 녀석을 후보 리스트에 올려놓은 거겠지."

"그래, 그 망할 영감탱이. 본가 출신의 인간한테 명예를 주고 싶은 거겠지? 아무튼 분가에는 레빈이 있으니까. 이대로면 본가의 지위가 위태로워질걸?"

"정말 민폐라고. 엘렌보다 후보생에 어울리는 애들이 잔뜩 있었는데…… 크라이토스가의 체면 때문에 이렇게 자리를 하나 날려버린 셈이니 말야."

크라이토스 학원의 후보생 전원이 엘렌에게 비난하는 시선을 보냈다.

하지만 엘렌은 계속 침묵했다.

주위의 조롱을 그저 가만히 받아들일 뿐이었다.

"그, 그만해!"

그러자 바로 시스티나가 끼어들었다.

"이렇게 뽑혀서 온 이상, 이제 와서 그런 소릴 해봤자 어쩔 수 없잖아! 그리고 엘렌도 이 자리에 설 자격을 얻으려고 분명 필사적으로 노력을⋯⋯."

"⋯⋯닥쳐."

하지만 지옥 밑바닥에서 울리는 듯한 목소리로 시스티나의 변호를 막은 건 다른 그 누구도 아닌 엘렌 본인이었다.

"말했지? 너의 그런 여유부리는 태도가 싫다고."

"에, 엘렌⋯⋯?! 나, 난⋯⋯!"

그런 매몰찬 거부에 시스티나의 표정이 고뇌로 일그러졌다.

하지만 엘렌은 그 표정을 보고 조금 기분이 후련해졌는지 어둡고 차갑게 웃기 시작했다.

"그리고⋯⋯ 너, 뭔가 착각하는 거 아니니?"

"뭐?"

"말했지? 너한테 이기는 건 나라고. 넌 나를 보라고."

그리고 엘렌은 천천히 유리 원통의 마술법진에 손을 가져다댔다.

결정체가 급속도로 성장하고 모노리스 표면에 뜬 수치는—.

《캐퍼시티 : 9640. MP》
《덴시티 : 186. AMP》

"아……."

그 결과에 이 자리의 모두가 경악했다.

시스티나에 비해 약간 낮았지만 이 정도는 거의 오차 범위 수준이다.

호각. 시스티나와 마찬가지로 이 자리의 그 누구도 범접할 수 없는 차원의 수치였다.

"에, 엘렌…… 너?"

시스티나가 경악한 얼굴로 그 수치를 바라본 순간—.

"너란 애는 진짜 마음에 안 들어, 시스티나. 오만하고 역겹기 짝이 없어. 널 뛰어넘는 재능은 이 세상에 존재할 리 없다고 생각했겠지? ……정말 불쾌해."

엘렌은 마치 침을 뱉는 것처럼 차갑게 말한 뒤 등을 돌렸다.

"아……아니야! 나, 난 그런……!"

시스티나의 매달리는 듯한 목소리는 엘렌에게 닿지 않았다.

그녀는 마치 찬물을 끼얹은 것처럼 조용해진 경기장을 천천히 가로질렀다.

"거짓말이야……! 사기라고!"

그 순간, 레빈이 고함을 지르기 시작했다.

새파랗게 질린 얼굴로 엘렌의 등에 삿대질을 했다.

"이럴 리가 없어! 넌 분명 한 달 전까지만 해도 900에 40이었을 터!"

"그게 확실해?"

그 말을 들은 글렌이 레빈에게 물었다.

그러자 레빈 주위에 있던 크라이토스 학원의 학생들이 거의 동시에 고개를 끄덕였다. 저 창백하게 질린 얼굴들을 보아하니 아무래도 뒤에서 말을 맞춘 것처럼 보이지는 않았다.

글렌이 엘렌을 흘겨보자 그녀는 웃었다.

"후후후, 그래. 확실히 그랬었지. ……하지만 그 후로 엄청 노력했거든."

엘렌은 레빈을 돌아보며 웃었다. 등골이 오싹할 정도로 처절한 웃음이었다.

"아, 아무리 그래도…… 고작 한 달 만에 이 정도까지 늘어날 리는……!"

"상상력이 부족하구나, 레빈. 응. 난 정말 엄청나게 노력했어. 미적지근하고 평화로운 나날을 보내는 너희들은 상상조차 할 수 없는 『지옥』을 경험했지……."

"……?!"

레빈은 반사적으로 한 걸음 물러났다.

"그렇지만…… 응. 거기 계신…… 글렌 선생님?"

"……왜?"

엘렌이 자신을 지목하자 글렌은 대답했다.

"제 부정을 의심하신다면 신체검사든 재측정이든 얼마든지 받아들이죠. 마도 장치의 고장이 의심된다면 하는 김에 얼마든지 조사해보세요. ……뭐, 시간 낭비겠지만요."

"……그래. 일단은 그렇게 하마……."

글렌은 이마에 비지땀을 흘리면서도 대답했다. 대답할 수밖에 없었다.

여성 마술강사에게 엘렌의 신체검사를 부탁하고 당연히 다른 마도 장치로 재측정도 시도해보았다. 그뿐만 아니라 혹시 측정기가 고장 난 건 아닌지 마술로 구석구석까지 샅샅이 조사했다.

하지만 결과는 믿을 수 없는 현실을 증명할 뿐이었다.

엘렌 크라이토스. 시스티나에게 필적하는 그녀의 마력은 틀림없는 진실이라고.

그야말로 터무니없는 다크호스가 탄생한 순간이었다.

제 3 장 엘렌

"……이상해. 아무리 생각해도 이상하다고."

서류를 손끝으로 친 글렌은 관자놀이를 누르고 신음을 흘렸다.

심야의 교직원실에 혼자 남은 그는 램프 불빛 아래에서 서류와 하염없이 눈싸움을 벌이는 중이었다.

그 서류에는 크라이토스 학원에서 보낸 후보생 데이터가 정리되어 있었다.

지금 그가 보고 있는 건 엘렌의 자료였다.

"그 정도로…… 이상한가요?"

숙직실에서 홍차를 타온 루미아가 글렌의 찻잔에 따르며 말했다.

"응. 인간이 타고난 초기 기초 캐퍼시티에는 개인차가 있어. 엘렌 크라이토스…… 이 녀석은 선천적으로 마력이 극단적으로 낮은 체질이야. 영체의 영역(靈域)과 영락(靈絡)에 무슨 질환이 있는 것도 아닌데 말이지. 이런 초기 기초 캐퍼시티를 가지고 마술사로서 살아가는 건 불행이나 다를 바 없다고."

글렌은 한숨을 내쉰 뒤 책상 위로 서류를 내려놓았다. 그리고 루미아가 살며시 내민 홍차로 목을 축이면서 차갑게 식은 몸에 온기를 불어넣었다.

"하지만 엘렌은 크라이토스야. 마술사가 되는 것 외의 인생은 허락되지 않아. 그래서 엘렌은 크라이토스 마술학원에 입학해서 오빠인 레오스와 아버지 그라함의 혹독한 지도를 받으며 필사적으로 노력한 것 같아. 조금씩이지만 그 성과도 나왔지. 캐퍼시티 945에 덴시티 43…… 간신히 마술사를 자처할 수 있는 아슬아슬한 수준까지."

"그랬군요……."

"그래. 확실히 수치는 낮지만…… 나한테는 그 수치가 터무니없이 무겁게 느껴지는군."

"하, 하지만…… 그럼?"

"응, 그래서 기묘하다는 거야."

글렌은 루미아가 말하고자 하는 바를 먼저 언급했다.

"그 마우저식 마력 측정기는…… 정밀도가 높은 게 장점이지만, 기재의 점검과 소모품이 돈 먹는 벌레야. 함부로 자주 쓰진 못해. 이 마술학원에서도 세 달에 한 번 측정하는 게 고작이지. 그래서 엘렌의 최종 데이터는 약 한 달 전에 측정한 이 캐퍼시티 945에 덴시티 43인데……."

"고작 한 달 만에 캐퍼시티 9640, 덴시티 186까지 올랐다는 건가요?"

"그래. 믿기 어렵지만 부정행위는 없었어. 이게 엘렌의 실력이야. ……젠장, 그럴 리가 있겠냐."

글렌은 도저히 모르겠다는 듯 머리를 감싸 쥐었다.

"하, 하지만 시스티도 그만큼 늘어난 거잖아요?"

"확실히 생사의 경계 속에서 캐퍼시티가 갑자기 크게 각성할 때도 있긴 해. ……하얀 고양이가 바로 그 케이스지. 하지만 그것도 사실 잠재 캐퍼시티가 있기 때문이야."

"잠재 캐퍼시티요?"

루미아가 되묻자 글렌은 고개를 끄덕였다.

"캐퍼시티에는 잠재 마력과 현재(顯在) 마력이라는 게 있는데…… 하얀 고양이는 잠재…… 요컨대 본인의 의사로 조작할 수는 없지만, 상한치로는 존재하는 마력을 처음부터 가지고 있었어. 그 잠재 마력이 의식적으로 이용할 수 있는 마력으로 현재화(顯在化)한 덕분에 갑자기 캐퍼시티가 폭발적으로 늘어난 것처럼 보일 뿐이지. 그런 잠재력이 있었기에 하얀 고양이는 그런 엄청난 성장이 『가능』했던 거야. ……마술 이론적으로는."

"그랬군요……."

"하지만 그래도 반 년이야. 거기까지 반 년이나 걸렸어. ……이걸 봐. 엘렌 녀석의 잠재 능력은…… 거의 제로였어. 애당초 발전 가능성이 전혀 없었는데도 이런 급성장을 한 건 아무리 생각해도 이상하다고."

잠시 침묵 후 루미아는 조용히 물어보았다.

"그렇다면…… 만약 잠재 마력이 없는 사람이 지금보다 캐퍼시티를 훨씬 늘리려면…… 어떤 수단이 필요한가요?"

"그야 뻔하지. 『시간』이야. 마력 연성에 막대한 시간을 투자하는 수밖에 없어."

글렌은 자못 당연하다는 투로 대답했다.

"인간의 영체에 존재하는 열 개의 세피라…… 왕관, 지혜, 이해, 자애, 준엄, 미(美), 승리, 영광, 기반, 왕국— 이 열 개의 세피라에서 정해진 경로로 순환시킨 마나는 마력으로 승화해. 이걸 매일 꾸준히 반복하면서 마나를 느끼고, 마나를 순환시키고, 더 강한 마력으로 승화시키고, 영적인 감각을 조금씩 단련하는 것…… 그것이 바로 마력 연성 수행법이야. 너희들도 매일 하고 있잖아?"

"아, 예. ……그럼 캐퍼시티는 늘리려면 늘릴 수는 있다는 거군요?"

"그래. 하지만…… 이런 식으로 고작 한두 달 만에 급격히 늘어나진 않아. 데이터상의 성장 페이스로 추측하건대 엘렌이 이 영역에 도달하려면 적어도 수십 년의 시간이 필요할 거다. 그것도 노쇠에 의한 캐퍼시티 감퇴기와 성장력 감퇴라는 방해요인을 완전히 무시했을 경우에만 말이지. 그러니 엘렌이 이런 수치를 내는 건 현실적으로 불가능해."

"하지만…… 실제로 나와 버린 거군요?"

"그게 문제라고. ……누가 봐도 명백히 이상한데도, 이상한 점은 어디에도 없었어. 측정기의 고장이나 예비 마력 촉매의 부정사용을 의심해봤지만, 아주 깨끗하더군."

글렌은 한숨을 내쉬고 홍차를 다 마신 컵을 내려놓았다.

"결국…… 엘렌도 시스티나처럼 최근 한 달 사이에 뭔가 엄청난 일을 겪어서 급격한 성장을 이루었다고밖에 설명할 길이 없단 말이지……."

"확실히 그건 신기한 일이지만…… 딱히 문제 될 건 없지 않나요? 시스티에게 강력한 라이벌이 생긴 것뿐이니……."

그렇다. 딱히 문제 될 건 없었다. 어쩌면 자신도 모르게 시스티나를 편애하고 있어서 예상치 못한 강력한 라이벌의 등장에 동요한 것뿐일지도 몰랐다.

무서울 정도로 장래가 유망한 학생이 한 명 더 나온 것뿐, 까놓고 말해 시스티나와 엘렌이라는 천재가 등장한 기적의 세대가 도래한 것뿐이었다.

'하지만…… 뭐지? 이 불쾌감은……?'

글렌은 이마에 비지땀을 흘리며 마른침을 삼켰다.

'왠지…… 뭔가 엄청나게 중요한 걸 놓치고 있는 듯한…… 정체 모를 누군가가 무대 뒤에서 대본을 짜고 있는 듯한…… 하지만 아무도 그걸 눈치채지 못한 채, 무대 위에서 우스꽝스럽게 일희일비하고 있는 듯한…… 대체 뭐지? 이 불안한 느낌은…….'

글렌이 그런 두서없는 생각에 빠진 순간이었다.

"그, 그리고 보니…… 내일 선발회의 두 번째 시험은 필기 시험이었죠?"

글렌이 불안해하는 것을 눈치챈 루미아가 일부러 밝은 목소리로 화제를 바꾸었다.

"아, 응……. 마술사로서의 종합적인 지식을 측정하는 테스트지."

"후훗, 시스티의 특기 분야네요."

그리고 방긋 웃었다.

"시스티, 분명 지금쯤 집에서 필사적으로 공부하고 있을걸요?"

"그렇겠지. 그 녀석은 노력하는 천재니까."

그런 그녀의 배려를 눈치챈 글렌도 웃으며 대답했다.

"그런데 어떤 시험인가요?"

"아, 이번에는 시간이 없어서 부정행위를 저지르는 걸 막고 공평을 기하기 위해, 학원에서 엄중 관리하는 마도 연산기에서 무작위로 뽑은 마술 문제들을 출제하기로 했어."

"무작위 출제요?"

"그래. 데이터베이스 안에는 과거에 학원 강사나 교수들이 만든 대량의 시험문제가 있는데, 그중 스무 문제가 무작위로 뽑혀서 나올 거야. 한 문제당 50점에 부분 점수도 있는 방식으로. 뭐, 학생의 부정행위쯤이야 이 정도면 충분히 막을 수 있을 테니까."

"그, 그렇군요……. 그럼 확실히 컨닝은 무리겠네요."

"부정행위를 들키면 그 자리에서 실격이야. 설마 그런 짓을 할 녀석은 없겠지만 말이지. 그리고 문제 경향도 지식보다 지혜를 묻는 거에 가까워. 학년별로 점수 차이가 거의 나지 않는 평등한 문제지."

글렌은 어깨를 으쓱이며 웃었다.

"최고 점수는 1000점이지만…… 아마 내일 시험 결과는 아무리 잘 봐도 950이 끝일 거다."

"예? 950점이요? 어째서요?"

그리고 고개를 갸웃거리는 루미아에게 쓴웃음을 짓고 대답했다.

"한 문제만 정신 나간 수준으로 어려워. 엄청나게 배배 꼬아놓은 쓰레기 문제가 섞여 있거든. 무작위로 뽑은 결과, 내일 시험에서 그게 나와. 대체 누가 그런 문제를 만든 건지……."

글렌은 시험 문제지를 펄럭이며 루미아에게 보여주었다.

"이건 나도 못 풀어. 아니, 우리 학원에선 아무도 못 풀걸. 해답과 해설을 읽어도 전혀 모르겠어. 부분 점수를 따는 것조차 무리야. 그러니 그 한 문제의 점수를 뺀 950점이 내일 시험의 최고 점수가 되겠지."

"으음…… 그 어려운 문제만 지금 빼면 안 되나요?"

루미아는 씁쓸하게 웃으며 물었다.

"그게…… 벌써 준비가 거의 끝난 상황이라…… 뭐, 어쩔 수 없지. 다들 같은 문제를 풀어야 하니 공평하다면 공평하잖아?"

"……그건 그렇겠네요."

"자, 그럼."

글렌은 서류 정리를 돕다가 옆에서 잠든 리엘을 업고 일어났다.

"뭐, 일은 끝났으니 슬슬 돌아갈까? 도와줘서 고마웠다, 루미아."

"아뇨, 별말씀을요."

"집까지 바래다줄게."

"감사합니다. 신세 좀 질게요."

이렇게 해서 세 사람은 내일 후보생들의 시험 이야기로 꽃을 피우며 집으로 돌아갔다.

그리고 다음 날.

알자노 학원, 성 릴리 여학원, 크라이토스 학원의 대표 선수 후보생 총 60명은 필기시험장인 마술학원 본관 대강의실에 모여 있었다.

글렌을 포함해서 시험 감독관을 맡은 알자노 제국 마술학원의 강사들이 강의실 책상 앞에 나란히 앉은 학생들에게 두꺼운 책자 형태의 문제지와 답안용지를 뒤집어서 나누어주었다.

글렌은 도중에 힐끔힐끔 학생들의 상황을 확인했다.

저마다 다른 방법으로 시험 시작 전의 긴장된 시간을 보내고 있었다.

"으어~ 난 필기에 약한데. 일단 공부는 해왔지만."

"여기서 어떻게든 고득점을 따두고 싶네요."

카슈는 찡그린 얼굴로 머리를 긁적였고 웬디는 제법 여유 있는 표정이었다.

"……."

한편, 뒷자리에 있는 기블과 리제는 교과서를 펼쳐서 묵묵히 읽고 있었다.

근면한 두 사람다웠다.

"……칫."

또 한편으로는 창가 자리에 앉은 자일이 진심으로 싫은 얼굴을 하고 혀를 차며 머리 뒤로 깍지를 낀 채 창밖을 바라보고 있었다.

"아아아아앗! 난 못 들었어……. 못 들었다고……. 이런 필기시험이 있었다니……. 끝장이야! 다 망했다고!"

"괘, 괘괘괘, 괜찮아요! 아무튼 저희는 귀족인걸요! 따, 따따따, 딱히 필기시험이 전부인 것도 아니고! 저희는 귀족인걸요! 틀림없이 귀족 파워로 어떻게든 될 거예요!"

콜레트와 프랑신은 마치 오늘 세상이 멸망한다는 절망적

인 소식이라도 들은 것 같은 창백한 얼굴로 눈물을 글썽이면서 동요하고 있었다.

"사전에 고지했고, 귀족은 관계없고, 어떻게 될 리 없잖아요. 이 바보 아가씨들아."

그 뒤에서는 지니가 한심한 표정으로 독설을 퍼붓고 있었다.

"……."

"……홋."

맨 뒷자리에서는 시스티나가 약간 긴장한 얼굴로 명상을 하는 중이었고, 레빈은 여유 있는 표정으로 손을 맞잡은 채 침착하게 앉아 있었다.

'그럼…… 엘렌은?'

그 순간, 불현듯 다크호스의 존재를 떠올린 글렌은 엘렌의 모습을 찾았다.

그리고 곧 발견할 수 있었다.

'……저기군.'

엘렌은 여전히 음울한 표정으로 멍하니 허공을 바라보고 있었다.

큰 시험 전에는 다들 많건 적건 긴장하는 기색을 보이기 마련이다. 하물며 좋은 점수를 받으려는 사람일수록 더더욱. 언뜻 보기엔 여유 만만한 레빈에게서도 역시 높은 집중력과 날카롭게 긴장된 분위기가 느껴졌다.

하지만 엘렌에게는 그런 것이 전혀 느껴지지 않았다. 마치 의욕이 없는 것처럼 보일 정도였다.

'……저쪽에서 보낸 엘렌의 개인 정보에 따르면…… 저 녀석의 종합 필기 성적은…… 뭐, 아무리 잘 봐줘도 중간보다 약간 위……. 만약 어제의 선언대로 시스티나에게 이기려면 여기서 조금이라도 실점하는 걸 막아야 할 텐데…….'

이번 대표 선수 후보 선발회에서 필기시험의 배점은 그리 높지 않다. 다른 시험에서 충분히 만회할 수 있지만 그렇다고 해서 완전히 무시해도 되는 건 아니었다.

따라서 엘렌은 더더욱 이 시험에 필사적인 모습을 보여야만 했다.

'그런데 저런 의욕 없는 태도라니…… 필기는 버린 건가? 아니면…….'

글렌은 저 나른한 모습에서 왠지 모를 불안감을 느꼈다.

"그럼 지금부터 시험을 시작하겠다! 미리 말해두지만, 부정행위를 저지른 자는 그 자리에서 바로 실격이다! 이 시험장에는 감시 결계를 비롯한 갖가지 부정행위 방지 마술이 걸려 있으니 우리의 눈을 피할 수 있으리라 생각지 말도록!"

총감독관인 할리의 선언과 동시에 선발회 두 번째 시험인 필기시험이 시작되었다.

문제지 첫 장을 넘기는 소리가 일제히 울려 퍼진 후 깃털 펜으로 잉크를 찍는 소리가 들리고 시험장 특유의 독특한 분위기가 공간을 단숨에 지배했다.

'하하하, 고생들 해라.'

하지만 감독관은 학생들과 반대로 마음이 편했다. 글렌은 시험장 구석에 비치된 의자에 앉아서 하품을 하며 주위를 은근슬쩍 살폈다.

곧 학생 대부분이 문제의 높은 난이도에 당황하는 것을 눈치채고 속으로 애도를 보내면서 어깨를 으쓱였다.

'자, 그럼 하얀 고양이는…… 어쩌고 있으려나.'

글렌은 멀리서 시스티나의 모습을 확인했다.

역시 그녀도 고전하는 중인 모양이었다.

찡그린 얼굴로 잠시 문제지 첫 문항과 눈싸움을 했다.

하지만 잠시 머리를 굴리다가 뭔가가 번뜩였는지 답안용지에 조금씩 답을 쓰기 시작했다.

'흠…… 일단 걱정할 필요는 없을 것 같군.'

입가에 절로 미소가 지어졌다.

'자, 그럼…… 다른 녀석들은……?'

그리고 차례차례 다른 학생들의 상황을 확인하다 어느 순간—.

'……응?'

글렌은 무심코 눈을 크게 뜨고 그 여학생을 응시했다.

엘렌이다. 엘렌이 엄청난 속도로 펜을 움직이며 답을 적고 있었다.

학생 대부분이 조금 적다가 고민하는 걸 반복했고, 그 시스티나조차 가끔 손을 멈추고 깊이 생각에 잠길 정도로 어려운 문제들인데도 펜을 움직이는 엘렌의 손에는 아무런 망설임도 없었다.

'……지, 진짜야? 저 녀석…… 응? 어어?!'

그리고 글렌은 눈치채고 말았다.

엘렌은 문제지를 **펼치지도 않은 상태**였다는 것을…….

모든 학생이 문제지를 답안용지 옆에 펼쳐놓고 번갈아 보면서 풀고 있는데 그녀만 문제지를 보지도 않고 거침없이 답을 적고 있었던 것이다.

'……뭐야? 필기는 이제 완전히 포기하고 적당히 칸만 채우는 건가?'

그 이해할 수 없는 광경을 본 글렌이 그렇게 생각한 그때였다.

"……!"

엘렌은 그제야 자신이 문제지를 펼치지 않은 사실을 눈치챈 것처럼 재빨리 문제지를 펼쳤다.

'……처음에 문제만 확인하고 본인이 직접 문제지를 덮었거나, 혹은 알아서 덮여버린 건가……. 뭐, 대충 그런 거겠지? 하지만 뭐지? 이 불쾌감은…….'

역시 어제 느꼈던 것 같은 영문 모를 뭔가가 등 뒤에서 꿈틀거리고 있는 느낌이었다.

'기분 탓…… 기분 탓……이겠지?'

그렇다. 기분 탓이다. 엘렌이 그 후로도 문제지를 거의 보지 않는 것처럼 보이는 건…… 분명 기분 탓이리라.

글렌은 시험장 안쪽의 감독석에 앉은 할리를 힐끔 쳐다보았다.

그는 다양한 마술을 구사해서 학생들이 부정행위를 저지르지 않는지 감시 중이었다. 할리만 한 실력을 지닌 마술사의 이목을 속이는 건 학생의 역량으로는 불가능하다.

설령 세리카가 고유 마술【나의 세계】로 시간을 멈추고 부정행위를 저지른다 해도 막는 건 어렵지만 할리라면 사후에 부정행위를 저지른 증거만은 확보할 수 있으리라.

그런 할리가 지금 아무런 반응도 보이지 않고 있었다.

즉, 엘렌은 부정행위를 저지르지 않았다는 뜻이다.

'……기분 탓, 맞겠지?'

글렌은 그 정체를 알 수 없는 섬뜩함을 전력을 다해 무시했다.

이튿날의 필기시험은 그런 식으로 순조롭게 진행되었다.

이래저래 해서 오전 내내 치러진 필기시험은 점심시간을 알리는 종소리가 울리는 동시에 종료했다.

그 순간, 시험장 안에 충만했던 팽팽한 분위기가 누그러졌다. 시험 감독관들이 학생들로부터 문제지와 답안용지를 회수했고 학생들은 차례대로 시험장에서 퇴장했다.

이것들은 마술이 부여된 특수한 답안용지였다.

나중에 시험 감독관이 특별한 마술로 처리하면 자동으로 채점이 되는 편리한 물건이었다.

그러므로 시험 결과는 점심시간이 끝나자마자 바로 발표될 예정이었다.

오늘은 내일 선발 시험을 대비해 오후 수업은 전부 휴강이다.

그래선지 교내에서는 벌써 방과 후가 되기라도 한 것처럼 풀어진 분위기가 만연했다.

"얘들아, 고생 많았다."

맛있는 냄새가 풍기는 교내 학생식당의 긴 테이블 중 한 자리를 차지한 글렌은 산더미처럼 쌓인 미트볼과 파스타를 포크로 찌르며 주위에 앉은 학생들에게 그렇게 말했다.

지금 그의 주위에는 시스티나, 기블, 카슈, 웬디— 필기시험을 마친 2반의 대표 후보생들뿐만 아니라 루미아, 리엘, 테레사, 린, 세실, 로드, 카이를 비롯한 같은 반 학생들도 모여서 약간 늦은 점심을 먹으며 방금 시험을 마친 학생들과 대화를 나누는 중이었다.

"하하…… 진짜 무지 어렵던데요, 선생님. ……대체 뭐죠? 그 문제들은."

"동감이에요. 평소에 늘 선생님의 지혜를 중시하는 수업을 받지 못했다면 풀 엄두도 나지 않았을 거예요."

카슈와 웬디가 지친 얼굴로 한숨을 내쉬었다.

"당신은 어땠나요? 기블."

"뭐, 그럭저럭."

"큭…… 딱 봐도 잘 본 느낌이네요."

기블이 안경을 올려 쓰고 퉁명스럽게 대답하자 웬디는 눈을 게슴츠레하게 떴다.

"하지만…… 다들 나름 잘 본 것 같아서 다행이네."

"응, 그러게. 어쩌면 카슈는 시험이 끝난 후에 보는 사람이 딱할 정도로 엄청 낙담하는 게 아닐까~ 하고 걱정했었는데."

"야, 나 여기서 듣고 있거든?"

린과 세실의 대화에 카슈가 씁쓸하게 웃으며 끼어들었다.

"애초에 보는 사람이 딱할 정도로 엄청 낙담한 애들이라면 저기 있잖아?"

그리고 엄지로 한 곳을 가리켰다.

"틀렸어……. 다 끝났어. ……아마도 망친 것 같아…… 중얼중얼……."

"치, 치사해요! 반칙이라구요! 항의! 단호히 항의하겠어요! 고귀한 귀족인 제가 대체 누군 줄 알고!"

"후우~ 이래서 몸을 쓰는 수행만 하지 말고 머리도 좀 더 단련하라고 몇 번이나 말했건만……."

같은 테이블 한켠에 앉은 콜레트와 프랑신과 지니를 비롯한 성 릴리 여학원 학생들이었다.

"으음…… 이건 물어볼 필요도 없을 것 같은데…… 너희는 시험 어땠냐?"

"마, 말도 꺼내지 마아아아아아아아아!"

"알자노 학원 분들에게는 배려심이라는 게 부족하다구요!"

카슈가 조심스럽게 묻자 콜레트와 프랑신이 고함을 질러대기 시작했다.

원래 그녀들은 글렌에게 점심을 권유하러 왔지만 이런저런 소동(카오스) 끝에 지금은 2반 학생들과 함께 식사를 하는 중이었다.

조금 세상 물정에 어둡고, 콧대가 세고, 가끔 폭주하는 버릇이 있는 아가씨들이긴 하지만 결코 나쁜 아이들은 아니다 보니 2반 학생들과도 금세 친해진 듯했다.

"아니, 그보다 너희는 그걸 풀었다고? 진짜로?"

"거짓말이죠?! 제발 거짓말이라고 해주세요!"

콜레트와 프랑신이 간절한 표정으로 물었다.

"뭐, 난 필기 성적은 그다지 좋은 편이 아니라…… 한 절반쯤 풀었나?"

그러자 카슈가 머리를 긁적이며 쓴웃음을 짓고 대답했다.

"후우, 오늘 전 컨디션이 별로였답니다. 7할쯤 풀었으려나요?"

웬디는 약간 침울한 기색이었다.

"여유잖아. 이 정도쯤은."

기블은 여느 때처럼 냉담한 목소리로 대답했다.

"에잇, 알자노 학원 학생들은 괴물밖에 없는 거냐!"

"이 인텔리 집단 같으니라구……."

그 반응들을 본 콜레트와 프랑신은 이를 갈 수밖에 없었다.

그러자 뜻밖에도 기블이 약간 아쉬운 목소리로 말했다.

"하지만 뭐…… 마지막 문제는 어렵더군. 유감스럽게도 그 문제는 전혀 손도 대지 못했어. ……시스티나, 넌 어땠지?"

"마지막 문제? 아, 그거? 시간과 공간의 상정 극값을 내는 사고 실험 문제? 아~ 그건 나도 도저히 못 풀겠더라……."

작은 스콘을 조금씩 뜯어먹던 시스티나도 분한 표정으로 대답했다.

"그렇군. 너도 무리였나. 하긴, 그 문제만 명백히 차원이 다르더군. ……문제를 만든 인간의 악의가 느껴질 정도로."

"그, 그치?!"

그러자 콜레트와 프랑신이 반응했다.

"그 마지막 문제! 난 무슨 뜻인지조차 모르겠던걸!"

"예, 저도요!"

"진짜 그 문제만 없었더라면~!"

"맞아요! 그 문제만 없었더라면……!"

"그런다고 아가씨들의 시험 결과가 바뀔 일은 없거든요? ……아, 여기 푸딩은 맛있네요."

그리고 지니가 마치 약속이라도 한 것처럼 독설을 퍼부었다.

참고로 리엘은—.

"자, 리엘. 아~."

"아~ 우물우물."

"어때? 리엘. ……맛있어?"

"응, 맛있어. ……엘자도 아~ 해줄까?"

"응? 뭐어?! 아, 안 돼! 리엘! 그랬다간 나, 죽을지도 몰라!"

"……응? 어째서?"

맞은편 자리에서 장밋빛으로 물든 얼굴로 행복에 잠긴 엘자와 마주 앉은 채 둘 만의 세계를 만들고 있었다.

그러는 사이에도 2반 학생들과 성 릴리 여학원 학생들은 즐겁게 담소를 나누었다.

"……후훗. 왠지 기뻐 보이시네요, 선생님? 입가가 풀리셨어요."

루미아가 웃으며 글렌에게 말을 걸었다.

"글쎄? 그런가?"

글렌은 이 화제를 더 언급하지 않으려는 듯 포크로 파스타를 잔뜩 둘둘 말아서 입에 넣었다.

"에잇, 필기시험 따윈 이제 됐어! 그보다 이번 대표 후보전에서 가장 배점이 큰 건 내일부터 시작되는 세 번째 시험! 후보생 전원이 참가하는 결투전이잖아!"

"저희는 그쪽이 특기인걸요! 두고 보세요! 알자노 학원 여러분!"

"헤헷. 우리도 그리 쉽게 지지는 않을걸?"

콜레트와 프랑신의 선전포고에 카슈가 기세등등하게 대답했다.

'청춘이구만.'

글렌은 입 안 가득 넣은 파스타를 우물거리며 그 광경을 지켜보았다.

이렇게 점심시간은 화기애애한 분위기로 지나갔다.

즐거운 점심시간이 끝나고 마술학원 본관 정문 앞 현관에 있는 게시판에 필기시험 결과가 일제히 공개될 예정이었다.

"선생님, 선생님! 어서 가자고요!"

"거 참, 진정 좀 해……."

학생식당에서 점심식사를 마친 글렌 일행은 그대로 결과를 확인하기 위해 복도를 걷고 있었다.

"하지만 왠지 좀 두려운걸~. 나, 몇 점이나 받았으려나?"

"으아아아아~! 사형 선고 시간이다아아아아아~!"

글렌은 카슈와 콜레트가 불안한 표정으로 걸어가는 뒤에서 루미아, 프랑신, 웬디와 대화를 나누며 이동하는 중이었다.

여기서 저 모퉁이만 돌면 바로 본관의 정문이다.

그 순간―.

"글렌."

"응?"

갑자기 뒤에서 쌀쌀맞은 목소리가 들렸다.

글렌이 뒤를 돌아보자 이브가 왠지 화가 난 듯한 얼굴로 서 있었다.

"어? 무슨 일이야? 이브."

"바쁜 와중에 미안한데…… 일이야."

일? 글렌이 눈을 깜빡이자 이브는 한숨을 내쉬고 설명했다.

"포젤 루포이 교수가 허가도 받지 않고 학원 부속 도서관의 봉인 지역에 침입했어."

"뭐어?!"

"거긴 무허가로 들어가면 공간이 일그러지는 이계잖아? 그래서 못 나오게 된 모양이라…… 방금 통신 마술로 구조 요청이 들어왔어. 「글렌 선생에게 날 데리러올 권리를 주마」라면서."

"……진짜 패주고 싶다."

그 변태 마스터 3호(1호 : 체스터 남작, 2호 : 오웰)가 한껏 거드름을 피우며 지껄이는 모습을 떠올린 글렌은 관자놀이에 시퍼런 힘줄을 세웠다.

"진짜 나한테만 왜 이렇게 이상한 녀석들이 꼬이는 거지?"

"그러게. 동정해."

이브가 그렇게 동의한 그때―.

"어?"

"……왜."

글렌이 감정을 읽을 수 없는 눈으로 바라보자 이브는 눈살을 찡그릴 수밖에 없었다.

"아, 아무튼! 교수는 당신을 구조자로 지명했어. 그러니……."

"「바보 자식」이라고 전해."

글렌이 등을 돌리며 그렇게 말하자 이브는 어리둥절한 얼굴로 눈을 깜빡였다.

"그렇게만 전해줘! 2, 3일간 방치 플레이형을 당해보면 정신 좀 차리겠지. 내 입으로 이런 말을 하긴 좀 그렇다만, 그런 변변찮은 바보 자식은 이 기회에 머리나 좀 식혀보라고 해. 그럼 난 이만!"

"뭐?! 앗, 기다려! 아, 진짜!"

글렌은 당황하는 이브를 내버려둔 채 빠른 걸음으로 그 자리를 떠났다.

글렌 일행이 현관에 도착하자 이미 인파가 생겨 있었다.

여기 모인 건 후보생들뿐만이 아니었다.

선발회의 진행 상황이 궁금한 알자노 제국 마술학원의 일반 학생들도 모여 있었다. 요즘 교내의 가장 큰 이슈는 이러니저러니 해도 역시 선발회인 모양이었다.

"흠…… 이거 원, 결과만 확인하는 것도 보통 일이 아니겠는걸."

글렌은 학생들을 헤치며 게시판 앞으로 나아갔다.

"저기, 선생님. 이번 필기시험은…… 평균이 어느 정도 나올까요?"

루미아는 그런 글렌의 뒤를 미안한 얼굴로 따라가며 물어보았다.

"으음~ 마술 지식보다 마술사의 지혜를 묻는 문제들이었으니 높은 학년이라고 딱히 좋은 점수를 받진 않았겠지. 그래도 세계 최고봉의 마술 교육 기관으로 유명한 알자노 제국 마술학원의 교사 및 강사진이 만든 문제들이니……."

글렌은 잠시 고민한 후 말했다.

"1000점 중 450~500점이면 합격선이겠지."

"와아…… 절반이면 잘 본 편이군요."

루미아는 모호하게 웃을 수밖에 없었다.

그리고 일행은 마침내 게시판 앞에 도착했다.

현관에 있는 게시판은 전부 세 개였다.

성적순에 따라 왼쪽 위에서부터 오른쪽 아래로 이름을 기재한 모양이었다.

먼저 게시판의 오른쪽 아래로 이동한 글렌은 자신과 특히 접점이 많은 학생들의 이름과 점수를 빠르게 확인하기로 했다.

꼴찌부터 올라가니 2초 만에 콜레트와 프랑신의 이름이 나왔다.

콜레트 320점, 56위.

프랑신 355점, 55위.

"으아아아아아아아아아아아~! 역시이이이이이?!"

"안 돼애애애애애애애애애애애애애애~!"

그 순간, 콜레트와 프랑신은 머리를 감싸 쥐며 비명을 질렀다.

"으, 음…… 뭐, 요전까지만 해도 수업을 땡땡이치고 놀거나 제멋대로 스터디 그룹(웃음)을 만들었던 것치곤 좋은 성적이네. 노력한 흔적이 보여."

글렌은 모호한 표정으로 완전히 풀이 죽은 두 소녀의 어깨를 두드리며 위로했다.

"선생니임…… 그, 그럴까요?"

"에, 에헤헤헤…… 그 정도까진 아니랍니다."

그러자 둘 다 바로 쑥스러워하기 시작했다. 참 쉬운 녀석들이었다.

"자, 그럼 다음은……."

글렌은 이어서 성적이 낮은 순부터 이름을 확인했다. 그러자 한참 후에 아는 이름을 찾을 수 있었다.

"오, 카슈. 제법이잖아. 545점. 28위군."

"오옷?! 해냈어! 성적순에서 중간을 넘은 건 처음이야!"

카슈는 변경 시골의 가난한 농가에서 태어난 삼남이었다. 어릴 때부터 영재 교육을 받은 다른 후보생들과 달리 시작이 한참 늦은 셈이었다. 그 점을 고려하면 충분히 좋은 성적이라 볼 수 있으리라.

"……아, 넌 의외로 성적이 좋았구나? 지니."

"뭐, 전 바보 아가씨들과 달리 원래 나름대로 공부를 했으니까요."

지니는 640점에 24위였다. 성 릴리 여학원 학생 중에선 가장 높은 성적이었다.

"……아니, 그보다 자일…… 저 녀석은 진짜 정체가 뭐지?"

글렌은 685점 21위라는 글자 옆에서 자일 울퍼트라는 이름을 발견하고 아연실색했다.

다시 말하지만 이번 시험을 본 60명은 필기시험 성적만 보고 뽑힌 학생들은 아니어도 각 학원을 대표하는 성적 우수자들이었다. 그걸 감안하면 이건 불량아들의 대장이 받기에는 지나치게 좋은 성적이었다.

"자, 그럼 여기부터는 모두가 주목하는 상위 클래스군……."

글렌은 옆 게시판으로 시선을 돌렸다. 그곳에는 이쪽과는 비교도 할 수 없는 인파가 웅성거리고 있었다.

아무튼 이쪽은 상위 스무 명의 이름이 적힌 게시판이니 당연하다면 당연한 반응이리라.

"자자, 좀 지나갑시다~."

조금 전처럼 학생들을 뚫고 지나간 글렌이 게시판 앞에 도착하자 바로 결과가 눈에 들어왔다.

......

웬디 나블레스　775점　13위.

......

기블 위즈덤　860점　7위.

......

리제 필마　915점　4위.

......

레빈 크라이토스　935점　3위.

......

시스티나 피벨　950점　2위.

......

엘렌 크라이토스　1000점　1위.

"……뭐라고?!"

글렌은 눈을 부릅떴다.

시스티나를 칭찬하려던 말이 어느새 쏙 들어갈 정도였다.

엘렌 크라이토스 1000점 1위.

절대로 나올 리 없는 숫자가 머릿속을 새하얗게 표백시켰기 때문이다.

"농담이지? 대체 어떻게 된 거야! 문제 중 하나는 절대로 풀 수 없는 문제였다고?! 950점이 사실상 최고 점수였어! 그런데 어떻게 이런……?!"

주위에서 당황하는 가운데 글렌은 게시판에 손을 대고 그 결과를 향해 고함을 질렀다.

"선생님…… 그만하세요."

그러자 한 학생이 글렌의 소매를 잡아끌면서 말렸다.

시스티나였다. 글렌이 눈치채지 못했지만 조금 전부터 거기 있었던 모양이다.

시스티나는 분하면서도 믿을 수 없는 듯한…… 도저히 톱클래스의 성적을 받은 걸로는 보이지 않는 복잡한 표정으로 그 결과를 바라보고 있었다.

무리도 아니리라. 그녀도 마지막 문제를 보고 이 문제는 차원이 다르다고 통감했을 터. 그녀의 수준으로는 절대로 풀 수 없는 문제라는 걸 깨달았을 터.

그런데도 엘렌은 그 문제를 풀었고, 정답을 맞혔다. 실력차를 과시했다.

사실 시스티나도 충분히 압도적인 성적이었지만 이 결과를 보니 솔직하게 기뻐할 수가 없었다.

"이래서 난 네가 싫어, 시스티나."

그리고 엘렌은 어느 틈에 마치 유령처럼 시스티나 옆에 서 있었다.

"오만하기 짝이 없는 너라면 어차피 「필기시험이라면, 마술사의 지혜 대결이라면 내가 이길 게 뻔해」라고 생각했겠지? 그 자연스럽게 사람을 깔보고 업신여기는 태도가……

진심으로 열 받아. 짜증나서 견딜 수가 없어."

"에, 엘렌…… 그, 그러니까 난 그런……"

하지만 시스티나는 결국 입을 다물고 주먹을 쥔 채 고개를 숙일 수밖에 없었다.

그 반응을 본 엘렌은 불쾌한 듯 코웃음을 친 후 그대로 인파를 헤치며 이 자리에서 떠나려 했다.

하지만 글렌은 이대로 그녀를 보내줄 수 없었다.

"이봐, 엘렌 크라이토스. 너, 무슨 짓을 한 거지?"

"뭐가요? 전 아무것도 안 했어요. 이게 제 실력인걸요."

"시치미 떼지 마. 이번 선발회는…… 너만 뭔가 이상해. 뭔가 늘 부자연스러워. ……대체 뒤에서 무슨 짓을 한 거지? 목적이 뭐야?"

"……아무것도 안 했다고 했잖아요. 생트집은 그만 잡으시죠."

엘렌은 불쾌한 얼굴로 글렌의 말을 쳐냈다.

"후우…… 요컨대, 글렌 선생님은 제 부정행위를 의심하시는 건가요? 그럼 제가 부정행위를 저질렀다는 증거를 제시해주시죠. 어서요."

"……!"

분하지만, 반박할 말이 없었다.

모든 상황이 그녀의 결백을 증명했다. 엘렌은 정말 본인의 실력으로 1000점 만점이라는 기적적인 점수를 달성한 것이다.

"이야기는 끝나셨나요? 선생님. 그럼 전 이만 가볼게요."

"……."

"아무래도 선생님께선 시스티나를 꽤 편애하시나 보네요. ……공들여 키운 학생이 다른 학원에서 갑자기 툭 튀어나온 저 같은 학생에게 진 건 분하시겠지만…… 교사가 한 학생을 그렇게까지 펀드는 건 그리 보기 좋지 않네요."

"……너."

"그럼 선생님…… 안녕히."

이 자리에 모인 학생들의, 마치 정체 모를 괴물을 보는 듯한 시선을 한 몸에 모은 엘렌은 그 말을 남긴 채 조용히 떠나갔다.

방과 후. 마술학원의 교직원실.

"……으음? 대체 뭐야? 이 문제는. 이거 정말 해법이 있기는 해?"

이번 필기시험의 마지막 문제를 본 이브가 기가 막힌 목소리로 중얼거렸다.

"애초에 글렌, 당신이 못 푸는 문제를 내가 풀 수 있을 리 없잖아."

그리고 문제지를 책상 위에 내팽개치며 투덜거렸다.

"당신은 그 엘렌이라는 애를 어지간히 의심하는 모양인데…… 결국 부정행위는 없었잖아? 그 할리 선생이 감시했었다며? 그럼 부정행위는 있을 수 없어."

"……."

"물적 증거가 없는 이상, 이건 그 학생의 실력이야. 우리들 감독 측은 그렇게 평가를 내릴 수밖에 없어. 내 말이 틀려? 수상하다는 이유로 평가를 마음대로 바꾸진 못해."

"그건 그렇지만…… 그 엘렌이란 녀석은 아무리 생각해도 이상하잖아. 틀림없이 뭔가가 있어! 모든 게 다 부자연스럽다고!"

이브의 지당한 반박을 글렌은 계속 물고 늘어졌다.

"시끄러워. 이쪽은 내일부터 시작될 결투전을 준비하느라 바빠. 이상한 일로 신경 좀 쓰게 하지 마. 그렇지 않아도 당신 대신 그 포젤이라는 열 받는 남자를 구하러 다녀오느라 짜증나 죽겠는데! 아니, 그보다 대체 뭐야? 그 전근대적인 남존여비 사상의 남자는! 너무 무례해서 하마터면 불태워버릴 뻔했다구!"

생각해보니 어지간히 괘씸했는지 이브가 분통을 터트렸다.

"윽, 여러모로 미안……."

글렌은 한숨을 내쉬었다. 이브라면 이 부자연스러운 상황에서 뭔가 쓸 만한 조언을 해줄 거라고 기대했지만 아무래도 타이밍이 너무 나빴던 모양이다.

"……실례했다."

글렌이 등을 돌리고 떠나려 한 순간―.

"……아, 기다려. 글렌."

갑자기 이브가 불러 세웠다.

"당신은 이 대표 선수 선발회의 뒤에 뭔가가 있다고 보는 거지? 언뜻 보기엔 아무런 위기감도 없는 이 평화롭고 따분한 선발회의 이면에……."

"……."

글렌은 무언으로 긍정했다.

"……그 감각을 소중히 해."

하지만 돌아온 것은 빈정거림이 아닌 뜻밖의 대답이었다.

"당신은 지난 싸움에서 일리아의 달의 요람을 간파해냈잖아? 아마 당신에게는 그 자리에서 취득한 적은 정보량으로도 그 누구도 눈치채지 못한 가능성을 무의식적으로 도출해내는 보기 드문 힘이 있어. ……어쩌면 그거야말로 마술사로서는 삼류에 불과한 당신이 군 시절에 살아남을 수 있었던 이유가 아닐까 싶어."

"……그래?"

"응. 당신에게는 비교적 터무니없는 양의 마술적인 지식과 이해력이 있어. 그런 당신이니까 직면한 현상을 그 지식과 무의식적으로 대조해서 아직 말로는 설명할 수 없는 어떤 가능성을 느낀 걸지도 몰라. 우리는 눈치챌 수 없는 위기 상황을 말이지. ……그 점은 나도 의심하지 않아."

"……설마 네가 날 이런 식으로 평가해줄 날이 올 줄은 상상도 못 했군."

"시끄러. 아무튼 뭔가 알게 된 게 있으면 보고해. 내용에 따라선 협력해주지 못할 것도 없으니까."

그리고 이브는 서류를 챙겨서 일어났다.

"어디 가려고?"

"마술 경기장. 내일 준비를 해야 한다고 했잖아?"

그렇게 말한 이브는 출입구를 향해 종종걸음으로 이동했다.

"그런가. ……바쁜데 내 상담을 받아줘서 고맙다, 이브."

"흥."

이브는 코웃음을 친 후 그대로 교직원실을 나가버렸다.

'하지만 뭐랄까…… 진짜 아무것도 모르겠단 말이지.'

교직원실에 홀로 남은 글렌은 아직도 문제지와 눈싸움을 하는 중이었다.

'이브는 저렇게 말했지만…… 정말로 그냥 『왠지 불쾌한 것뿐』인데……. 역시 내 기분 탓이었나?'

결국 이브가 떠난 후로도 글렌은 계속 엘렌에 대해서만 생각하고 있었다.

아마 그녀가 문제지를 펼치지 않고 문제를 푸는 모습을 목격했기 때문이리라.

왠지 이상할 정도로 의심스러웠다. 마술로 부정행위를 찾지 못했어도 그 광경이 머릿속에 강렬하게 남은 탓에 의심을 완전히 떨쳐낼 수가 없었다.

그 광경만 아니었다면 이 정도까지 엘렌을 의심할 일도 없었으리라.

'어쩌면…… 난 내가 생각하는 것보다 내 학생이자 제자인 하얀 고양이가 엘렌에게 진 게 분해서 억지로라도 흠을 찾아내려고 하는 걸까?'

그렇다면 어지간히 몹쓸 인간이다. 글렌은 무심코 한숨이 나왔다.

하지만 역시 위화감이 있었다.

그 페지테 최악의 사흘간— 메기도의 불 사건 때와 같은…….

혹은 《달》의 일리아가 자신 앞에 나타났을 때와 같은…….

그런 『비정상적』인 순간마다 느껴지는 위화감이 지금은 엘렌에게서도 느껴졌다.

"그건 그렇고…… 엘렌 녀석, 대체 어떻게 이 문제를 푼 거지?"

글렌은 엘렌이 푼 스무 번째 문제를 다시 처음부터 읽어보았다.

"역시 몇 번을 봐도 감도 안 잡혀. ……해법을 알고 있어도 무리야. ……혹시 그 녀석, 엄청난 천재였나?"

그건 그렇고 이 정신 나간 문제를 만든 건 대체 누구일까.

갑자기 그게 신경 쓰인 글렌은 책상 위에 있는 모노리스형 마도 연산기를 켰다.

이 안에는 필기시험의 문제 후보가 대량으로 들어 있었다.

촉박한 일정 탓에 체크도 대충한 건지 문제지 작성자는 문제 내용과 출제자도 확인하지 않고 그대로 시험에 내버렸다.

제국의 대표를 선출하는 시험인데도 참으로 성의 없는 일 처리였다.

"참 나, 이 정신 나간 문제를 만든 바보 자식의 이름은……."

글렌은 씁쓸하게 웃으며 문제 리스트를 살폈다.

그리고 거기서 나온 이름을 본 순간, 무심코 인상을 찌푸릴 수밖에 없었다.

"그건 그렇고 엘렌 녀석은 대체 어디로 간 거지?"

글렌은 엘렌을 찾느라 교내를 헤매고 있었다.

무슨 일이 있어도 꼭 확인하고 싶은 의문이 생겼기 때문이다.

우연히 마주친 크라이토스 학원의 학생에게 엘렌이 어디 있는지 물어보았고, 그 정보를 종합한 결과 아무래도 지금 그녀는 본관 옥상에 있는 모양이었다.

"왜 하필 그런 곳에?"

글렌은 의아함을 느끼면서도 옥상으로 가는 계단을 올랐다.

이윽고 5층 계단을 끝까지 오른 그의 앞에 옥상 출입구가 나타났다.

손잡이를 잡고 밀어서 나가려 한 순간—.

"훌륭하군! 아주 훌륭한 결과다! 이 상태로 내일부터도 부탁하마, 엘렌!"

문 너머에서 낯선 남자의 목소리가 들렸다.

"뭐지? 엘렌 말고 또 누가 있는 건가?"

글렌은 소리가 나지 않도록 문을 아주 살짝만 열었다.

그리고 양여닫이 문틈사이로 옥상을 들여다보았다.

'저건······.'

가장 먼저 금발을 땋아 내린 소녀의 뒷모습이 보였다. 엘렌이다.

그리고 그녀의 맞은 편에 있는 노인은······.

'······분명 크라이토스 마술학원의 학원장인······ 게이슨 르 크라이토스였던가?'

아무래도 이 두 사람이 뭔가 대화를 나누는 중인 것 같았다.

"그걸로 된 거다, 내 손녀야! 하면 할 수 있지 않느냐! 너도 이제야 우리 크라이토스의 이름을 댈 수 있을 만큼 성장한 모양이군! 난 그런 널 자랑스럽게 생각한다!"

"예······ 감사합니다, 할아버님."

열변을 토하는 게이슨과 반대로 엘렌의 반응은 한없이 차가웠다.

하지만 게이슨은 개의치 않고 기쁨에 취한 표정으로 계속 말을 퍼부었다.

"그래! 우리가 바로 긍지 높은 크라이토스의 원류다! 저 레빈 같은 분가 애송이의, 하물며 잡종 따위에게 가문을 넘길 수는 없지! 너도 그렇게 생각하지?!"

"예…… 크라이토스가의 영광은 순수한 푸른 피를 가진 우리 손에 있어야만 하죠."

"흠, 흠. 너도 이제 뭘 좀 아는구나. 하지만 그러기 위해선 네가 힘을 보여줘야만 해. 그래…… 바로 네가 메인 위저드로 뽑혀야만 하는 거다!"

'제길……. 저 녀석들, 대체 무슨 이야기를 나누고 있는 거지?'

문 너머인 데다 옥상은 넓었다. 게다가 오늘은 바람이 강한지 아까부터 바람 소리가 시끄러웠다.

덕분에 글렌이 있는 위치에서는 거의 아무것도 들리지 않았다.

'조금…… 아니, 상당히 양심에 찔리는 짓이지만…….'

글렌은 흑마(黑魔) 【사운드 컬렉트】를 몰래 영창했다.

소리를 원격으로 조작해서 두 사람의 대화를 자신의 귀로 이동시켰다.

"한탄스럽게도 지금 크라이토스가에서는 가문의 약진을 위해 더 우수한 인간이 당주가 돼야 한다는 논조가 강해지고 있다! 그래서 본가 출신이 아닌 분가 출신의 레빈을 지지하는 어리석은 놈들까지 생기고 있는 실정이지! 이렇게 통탄스러울 데가! 그런 잡종이 크라이토스가를 다스리다니……

이건 틀림없이 긍지 높은 우리 가문의 역사에서 가장 큰 오점이 될 터!"

"……."

"그래서 난 낙오자였던 널 억지로 대표 후보생 자리에 앉혀놓은 거다. 메인 위저드의 자리가 얼마나 큰 명예와 수많은 훈장을 가져다주는 지는 너도 잘 알고 있겠지? 너는 그걸 전부 손에 넣어서 일족의 어리석은 놈들을 납득시켜야만 해. 너야말로 크라이토스의 당주에 걸맞다는 것을…… 증명해야만 하는 거다!"

그렇게 일방적으로 말을 퍼부어댄 게이슨은 만족스러운 표정으로 엘렌의 어깨를 두드렸다.

"……훗. 내일부터 치를 세 번째 시험…… 기대하고 있겠다, 엘렌."

"예……. 전부 저에게 맡겨주세요, 할아버님."

그리고 게이슨은 글렌이 숨은 문 쪽으로 걸어왔다.

'……헉, 난리 났다!'

반사적으로 중력을 조작해서 천장에 달라붙은 글렌은 게이슨이 문을 지나 계단으로 내려가는 모습을 숨죽인 채 지켜보았다.

그리고 소리 없이 바닥에 착지한 후 다시 문틈사이로 엘렌의 모습을 확인했다.

그녀는 옥상 철책 너머로 펼쳐진 페지테의 경치를 바라보고 있었다.

"속 편하게 지껄이기는!"

하지만 곧 발작을 일으키더니 철책을 발로 강하게 걷어찼다.

"기대한다고? 메인 위저드가 되라고? 말은 쉽지! 진짜 꼴도 보기 싫어! 빌어먹을 노친네! 빨리 죽어버리면 좋을 텐데! 제길! 제길!"

어지간히 쌓인 게 많은지 엘렌은 히스테리를 부리며 계속 철책을 걷어찼다.

"후우! 후우! 뭐가 크라이토스야! 그딴 건 내 알 바 아니거든?! 하지만 이제 곧…… 이제 머지않았어! 난 이제 곧 메인 위저드가 될 수 있어! 그럼 모든 게 끝나! 그러면……!"

그 순간—.

뭔가에 감격한 엘렌이 고개를 숙인 채 문을 향해 마구잡이로 달려왔다.

너무나도 갑작스러운 일이라 이번에는 주문을 쓸 틈이 없었다. 숨을 틈도 없었다.

엘렌은 난폭하게 문을 열어젖히더니 안도 확인하지 않고 그대로 몸을 날렸다.

"으헉?!"

"꺄악!"

그래서 당황한 글렌과 정면에서 충돌한 탓에 뒤로 넘어지고 말았다.

"아, 이런…… 미안!"

하지만 체간이 튼튼한 글렌은 꿈쩍도 하지 않았다. 어색하게 뺨만 긁적일 뿐이었다.

엘렌은 바닥에 주저앉은 채 경악한 눈으로 그런 그를 올려다보았다.

"당신이 어떻게 여길?! 당신이 이곳에 오는 전개는 지금까지 단 한 번도……."

"따, 딱히 훔쳐본 건 아니거든?! 정말이다?!"

글렌은 변명하며 황급히 주위를 살폈다.

"그, 그보다 다친 데는 없어? 으음……?"

그러자 엘렌 옆에 뭔가가 떨어져 있는 것이 보였다.

시계였다. 은사슬이 달린 회중시계였다.

"이, 이거 네 거지? ……정말 미안하게 됐다."

글렌이 아무 생각 없이 그 시계를 주워들려는 순간이었다.

파직!

"아얏!"

정전기 같은 통증을 느끼고 손을 거두었다.

"방금 그건 뭐지……? ……응? 뭐야 이건?"

다시 조심스럽게 시계를 들어서 확인해보니 무척 특이하게 생긴 시계라는 것을 알 수 있었다.

먼저, 시계판이 없어서 내부 구조가 훤히 드러나 보였다. 톱니바퀴와 태엽 외에도 처음 보는 기묘한 형태의 부품과

정체를 알 수 없는 결정체가 가득 채워져 있었고, 그 구성품 하나하나마다 작고 가느다란 기호 같은 게 빼곡하게 새겨져 있었다. 그리고 어떤 식으로 움직이는 건지 상상도 할 수 없는 방식으로 시침과 분침과 초침이 째깍째깍 소리를 내고 있었다.

"……꽤 특이한 시계네?"

그리고 그 시계 옆에는 작은 구멍이 있었다. 이 신기하게 생긴 물건을 어디까지나 시계로 본다면 용두(龍頭)가 있어야 할 위치였다.

'어, 어라? 용두가 없어? 서, 설마 떨어트린 충격으로 망가져서 빠진 건가?!'

글렌은 새파랗게 질린 얼굴로 주위를 두리번거렸다.

'이거 아무리 봐도 엄청 비싼 물건이잖아! 변상하라고 했다간 큰일인데!'

안절부절못하며 시계와 주위를 번갈아 살핀 그때—.

'……응? 뭐지? 이 테두리에 새겨진 문자는?'

문득 눈치챘다.

'어…… 이건 고대문자잖아? 그것도 꽤 오래된.'

요즘 글렌은 알리시아 3세의 수기의 해독 작업에 매달리고 있었다. 그 암호 해독에 상당히 깊은 고대어 지식이 요구되다 보니 이젠 어느 정도는 읽을 수 있었다.

'……그러니까 이건『르 킬』?'

르 킬. 처음 듣는 단어였다. 발음까진 알아도 의미는 전혀 알 수 없었다.

글렌이 잠시 생각에 빠진 순간—.

"돌려주세요!"

엘렌이 글렌의 손에서 시계를 낚아챘다.

그리고 다양한 각도에서 시계를 확인했다.

당연히 용두가 없는 것도 봤겠지만 엘렌은 아무 말 없이 시계를 품속에 넣었다. 원래 처음부터 없었던 모양이다.

"……실례하겠습니다."

그리고 옥상을 떠나려고 했다.

"야, 잠깐 기다려. 너한테 할 말이 좀 있어. 실은 그것 때문에 여기까지 온 거거든."

글렌은 그제야 원래 목적을 떠올리고 엘렌은 불러 세웠다.

"뭐죠?"

"오늘 필기시험 말인데…… 너, 스무 번째 문제를 대체 어떻게 푼 거냐?"

"……질문의 요지를 모르겠는데요?"

엘렌은 또 그 이야기냐는 듯 불쾌하게 인상을 찡그렸다.

"몇 번이나 말씀드렸지만, 제 실력으로 푼 거예요. 왜 그렇게까지 의심하시는 거죠?"

"그렇군~. 실력이라고~? 너, 참 어지간히 공부를 열심히 했나 보다?"

"예, 엄청나게요."

"굉장한걸, 엘렌. 설마…… 네가 그 세계적으로 유명한 제 ^(셉텐데)7계제 세리카 아르포네아에 필적하는 마술사였다니 말야. 하하, 웃기고 앉았네 진짜."

"……?!"

글렌의 말을 들은 엘렌은 눈을 부릅뜰 수밖에 없었다.

"그 문제는 말이지, 옛날에 세리카가 만든 문제였어. 심지어 논문으로도 발표한 적이 없어서 세리카밖에 모르는 마술 이론을 적용한 거지. 그 바보 녀석, 학생용 시험 문제집에 왜 그딴 문제를 넣은 거냐고 설교해주고 싶은 참이다만…… 지금 내가 하고 싶은 말은 그런 게 아냐. 뭔지 알겠어?"

"……"

"넌 어떤 방법으로 문제와 해답을 입수한 거지? 그러고 보니 너, 시험을 시작했을 때 문제지를 펼치지도 않고 풀고 있었지? 기분 탓이라고 생각했는데…… 역시 그런 거였지?"

엘렌은 대답하지 않았다. 침묵했다.

"이걸 알게 된 이상 이젠 모든 게 의심스러워. 너, 마력 측정 때는 대체 무슨 속임수를 쓴 거지?"

"증거는? 제가 필기시험 문제를 사전에 입수하고, 마력 측정 때 부정행위를 저질렀다는 증거는요?"

"없어. 애초에 평소의 나였다면 고작 컨닝이나 치트 따위에 이 정도까지 트집을 잡진 않아 . 하지만……"

글렌은 다시 엘렌을 쳐다보았다. 어두운 눈, 음울한 분위기, 말도 안 되는 캐퍼시티, 절대로 불가능한 컨닝, 절대로 풀 수 없는 시험 문제…….

"……왠지 불길한 예감이 들어. 널 이대로 내버려두면 돌이킬 수 없는 일이 생길 것 같은 불길한 예감이……."

"……."

"넌 틀림없이 뭔가를 했어. 이건 이미 확신이야. 그러니 난 널 철저하게 조사해볼 셈이다. 미안하지만, 퇴행 최면 마술 사용의 허가를 받아서 네 최근 며칠간의 기억을 조사해주지. 기껏해야 학생이 세리카가 만든 문제를 완벽하게 풀었다고 하면 위에서도 납득할 거다."

그 순간―.

"후우…… **완전히 규칙 위반**이네요. 설마 정말로 이걸 눈치채는 사람이 나타날 줄이야."

엘렌은 깊이 숨을 내뱉은 후 어깨를 살짝 으쓱였다.

"일단 이건 선의에서 드리는 충고예요. 글렌 선생님. 제 일에 관여하지 말아주세요."

"……그럴 수는 없어."

강한 의지를 담아서 말한 글렌은 엘렌에게 다가가 팔을 움켜쥐었다.

그러자 갑자기 옥상에 한층 더 강한 바람이 스쳐 지나갔다.

"안 그러면…… **당신, 죽을 거예요.**"

엘렌이 마치 최후통첩처럼 그렇게 중얼거린 그때였다.

무시무시한 충격이 글렌의 몸을 엄습했다.

"……어?"

입안에서 철분 특유의 맛이 느껴지는 동시에 입가에서 피가 흘러내렸다.

급속도로 온 몸에서 힘이 빠져나가며 무릎이 휘청였다.

"그래서 말씀드렸는데. ……이래서 전 감이 좋은 사람이 싫어요."

글렌의 팔을 뿌리친 엘렌은 뭔가를 체념한 권태로운 표정으로 그를 돌아보았다.

글렌은 그제야 깨달았다.

왠지 이상하게 가슴 언저리가 공허하다 싶었다.

불길한 예감은 적중했다. 글렌이 시선을 내리자 가슴 정중앙에 마치 도너츠 같은 큰 구멍이 생겨 있었던 것이다.

"하, 하하…… 진짜? ……이렇게까지…… 하기야? 쿨럭!"

글렌이 핏덩이를 토했다. 끈적끈적한 액체가 옥상 바닥을 두들겼다.

힘없이 고개를 들자 엘렌의 뒤에는 기묘한 이형(異形)의 존재가 서 있었다.

등에 날개가 달린 소녀였다. 몸 절반이 기계였고 톱니바퀴와 태엽과 나사와 스프링을 비롯한 기묘한 형태의 부품들이 대부분 밖으로 드러나 있었다. 거기다 머리, 몸통, 양팔, 양다리, 날개가 고문 구속구로 묶인 데다 눈가리개를 차고 재갈까지 문 그 모습은 마치 애벌레와 흡사했다.

그 구속구에 달린 수많은 사슬은 허공을 향해 뻗어 있었다. 하지만 아무리 시선을 돌리고 눈에 힘을 줘도 그 끝이 어디로 연결되어 있는지 보이지 않았다.

마치 인간을 산채로 상상하는 것조차 끔찍한 고문 끝에 억지로 기계로 개조한 것 같은 역겹고, 무참하고, 모독적인 모습. 똑바로 쳐다보기만 해도 과거에 저 소녀를 유린했을 악의와 광기에 구역질이 치밀고 이성을 잃을 것만 같았다.

'뭐지? 저 괴물은……. 어디서 나타난 거야? 지금 나한테 무슨 짓을 한 거지……?'

그런 의문을 고찰할 여유는 이미 어디에도 없었다.

앞으로 쓰러진 글렌은 자신이 만든 피웅덩이 속에 잠기고 말았다.

"이걸로 질렸으면 이젠 두 번 다시 제 일에 관여하지 말아 주세요. 사실…… 다음 기회 따윈 없겠지만요."

"으어…… 아…… 크윽…… 아……."

"그건 그렇고 문제지를 펼치지 않아서? 저도 신중함이 많이 떨어지긴 했지만, 고작 그 정도의 사소한 위화감으로 용케도 여기까지 눈치채셨네요. ……후."

엘렌이 뭔가 말했지만 이젠 아무래도 상관 없었다.

'……어? 진짜? ……나…… 진짜 죽는 거야?'

급속도로 눈이 감기고 어둠으로 추락하는 의식 속에서 글렌은 경악하고, 아연실색했다.

지금까지 몇 번이나 죽을 고비를 넘겨 왔다.

이 학원에 부임한 후에도 그건 마찬가지였다.

하지만 지금 느끼고 있는 죽음의 감각은 여태까지와 비교조차 할 수 없었다.

이제 곧 자신의 인생은 끝난다. 죽음.

그 실감이 절대적인 사실로 변해서 글렌의 마음과 영혼을 엉망으로 짓밟았다.

'……제길. 난…… 아직…… 그 녀석들의 성장을…… 장래를…… 끝까지 보지 못했건만…….'

더는 손가락 하나 움직일 수 없었고 눈동자는 아무런 빛도 감지하지 못했다.

하지만 그런 글렌의 눈에는 지금까지 만난 사람들이 차례대로 스쳐 지나갔다.

세라, 알베르트, 이브, 버나드, 크리스토프…… 군 시절의 동료들을 시작으로 세리카를 비롯한 학원 관계자들, 카슈, 웬디, 기블을 비롯한 2반 학생들…… 그리고—.

루미아의 미소와—.

리엘의 졸린 듯한 무표정과—.

마지막으로…… 건방진 은발 소녀가 자신을 향해 웃어 주었다.

'……미안하다.'

마음속으로 그렇게 읊조린 글렌의 의식이…… 이윽고 사라졌다.

그의 육체는 영구히 생명활동을 정지하고 말았다.

―――――.

제 4 장 재기

―――――.

"……선……생……님! 선생……님!"

시끄럽다.

"……선생님! 선생님! 선생님? 선생님도 참!"

……무지 시끄러웠다.

조금 전부터 귓가에서 날카롭게 울리는 목소리에 뇌를 지배하고 있던 잠기운이 의식에서 급속도로 벗겨져 나갔다.

"정말이지! 이제 그만 좀 일어나시라니까요, 선생님!"

"……뭐야……?"

글렌은 체념한 듯 교탁에서 고개를 들고 졸린 눈을 문질렀다.

"좀 참아주라……. 나, 요즘 엄청 바빴거든?"

"선생님이 바쁘신 건 알지만! 그래도 너무 늘어지셨다구요!"

글렌의 콧잔등에 들이민 늘씬한 손가락. 시선을 들자 햇빛을 반사하는 눈부신 은발과 선명한 비취색 눈동자가 글렌의 안구와 영혼에 틀어박혔다.

시스티나였다. 그녀는 요정처럼 가련한 미모를 사정없이

구기고 있었다.

"자자, 시스티. 선생님께선 이제부터 고생하셔야 하니까……."

"응. 글렌, 불쌍해."

그리고 그런 그녀를 달래듯 루미아가 쓴웃음을 지었고, 그 뒤에선 리엘이 졸린 얼굴로 중얼거렸다.

몽롱한 상태로 주위를 둘러보니 이곳은 2학년 2반의 교실 안이었다.

카슈, 웬디, 기블, 테레사, 세실, 린, 로드, 카이…… 평소의 멤버들이 글렌을 바라보며 어이가 없는 얼굴로 쓴웃음을 짓고 있었다. 정말로 평소와 다름없는 광경이었다.

"하하하, 선생님. 정신 좀 빠짝 차리세요~."

"정말로요! 이제 곧 다른 학원의 학생분들도 오실 테니 정신 좀 차리시라구요!"

"……어라? 으음? ……오늘 무슨 일이 있던가?"

카슈와 웬디의 말에 글렌이 어리둥절한 얼굴로 눈을 깜빡이자 시스티나가 바로 성을 내기 시작했다.

"진짜 언제까지 그런 잠꼬대나 하고 계실 건데요?! 오늘 우리 학원에서 열릴 마술제전 제국 대표 선수 선발회에 성 릴리 마술여학원과 크라이토스 마술학원의 학생들이 올 예정이잖아요! 이미 싸움은 시작된 거라구요!"

"……."

그제야 몽롱했던 의식이 천천히 기억을 헤집기 시작했다.

"⋯⋯그러고 보니 그랬지. 크하, 귀찮구만."

쿵! 글렌은 맥이 빠진 듯 책상에 있는 힘껏 머리를 찧었다.

그리고 시간은 분주히 흘러갔다.

해이해진 글렌을 시스티나가 나무랐고, 우연한 계기로 그녀가 존경하는 조부의 뒤를 쫓기 위해 메인 위저드를 목표로 삼았다는 이야기를 듣고 내심 응원해주기로 했다.

곧이어 먼 길을 찾아온 성 릴리 마술여학원과 크라이토스 마술학원의 대표 후보생들을 예정대로 맞이했다.

그리고 시작된 교류 환영회.

거기서는 시스티나, 기블, 카슈, 웬디가 이번 선발회에 건 포부를 입에 담았고 2반 학생들은 그런 그들을 격려했다.

그러는 사이에 오랜만에 만난 콜레트와 프랑신이 소동을 일으켰고 그때 마침 등장한 호적수— 레빈 크라이토스가 상황을 진압하는 동시에 시스티나와 서로의 실력을 알아보고 대항심을 불태웠다.

그렇게 연회 분위기가 한창 무르익은 후—.

"으~ 춥다. 이제야 겨우 집에 가는군. ⋯⋯그 여우 기지배,
사람을 거칠게 부려먹기는⋯⋯."

"아, 아하하⋯⋯ 선생님은 리제 회장님에게 약점을 대체 몇 개나 잡히신 건가요?"

글렌이 옷깃을 세우며 투덜거리자 루미아가 쓴웃음을 흘리며 물어보았다.

그런 두 사람 뒤에서는 시스티나와 리엘이 나란히 걷고 있었다.

"오늘은 엘자를 만나서 다행이야."

"그, 그래. 잘됐다, 리엘. ……하지만 이런 말을 하긴 좀 그렇지만, 엘자 양과 지나치게 친해지는 건 피하는 편이…… 좋을지도."

"……? 왜?"

"저기…… 그게…… 리엘에게는 아직 이르달지, 사는 세계가 다르달지……."

시스티나가 굳은 표정으로 말하자 리엘은 고개를 살짝 갸웃거렸다.

"그러고 보니 뭐야? 하얀 고양이. 오늘 왠지 너답지 않더라?"

그러자 글렌이 뒤를 돌아보더니 놀리는 것처럼 말했다.

"설마 레빈에게 대항의식을 드러내면서 자기 실력을 어필하다니 말야."

"으…… 그런 게 아니라…… 아뇨. 저기…… 죄송합니다."

시스티나는 완전히 부정할 수는 없었는지 겸연쩍은 얼굴로 시선을 내리깔았다.

"훗. 너, 진짜 어지간히 메인 위저드가 되고 싶나 보다?"

"예? 아…… 예. 하지만 역시 오만한…… 지나친 행동이었을까요?"

"바보 같은 소리. 오만하지 않은 마술사 따윈 이 세상에 없어."

글렌은 어깨를 으쓱였다.

"애당초 마술이라는 건 인간의 영역을 뛰어넘는 오만한 기술……."

그리고 세리카가 했던 말을 빌리며 계속 담소를 나누었다.

'그건 그렇고……'

그런 가운데 글렌은 조금 전의 교류 환영회에서 내심 신경 쓰였던 일을 떠올리며 옆쪽 골목길을 쳐다보았다.

'크라이토스 마술학원의 게이슨 학원장 옆에 있던 금발 여학생이 왠지 날 계속 힐끔거리면서 경계하던데…… 내가 혹시 무슨 짓을 저질렀던가?'

그렇다. 시스티나와 레빈이 대치하는 동안 글렌은 자신을 주목하는 날카로운 시선을 눈치채고 있었다.

그 시선의 주인은 크라이토스 학원의 교복 차림에 금발을 땋아 내린 여학생이었다. 하지만 글렌은 그런 시선을 받을 만한 이유로 전혀 짚이는 바가 없었다.

애당초 그 소녀를 본 건 오늘이 처음이었던 것이다.

'뭐, 그 자리에 있었으니 크라이토스 쪽 대표 선수 후보생이겠지. 앞으로 얼굴을 마주칠 기회가 있을 테니 그때 몰래 이유나 물어볼까……'

그런 생각을 하며 다시 옆쪽 골목길을 힐끔 흘겨보았다.

그러자 시스티나가 그 행동을 이상하게 여겼는지 이유를 물어보았다.

"그러고 보니 선생님…… 아까부터 계속 이 주변의 골목길을 신경 쓰시던데…… 무슨 이유라도 있으세요?"

"응? ……어? 어라?"

확실히 듣고 보니 조금 전부터 무의식적으로 골목길을 체크하고 있었던 것 같은 기분이 들었다. 이유는 전혀 모르겠지만…….

"저기…… 골목길에 누가 있었나요?"

"……아니, 그냥?"

글렌은 그렇게 대답할 수밖에 없었다.

하지만 어째선지 이제 곧 무슨 일이 일어날 거라는 예감이 들었다. 누군가가 갑자기 골목길에서 나와서 시스티나에게 시비를 걸 듯한 예감이…….

"후우…… 내가 지금 뭔 짓을 하는 건지."

글렌은 깊은 한숨을 내쉬었다.

왜 그런 예감이 든 건지는 도무지 알 수 없었다.

'아무래도…… 진짜 피로가 쌓인 모양이네.'

그런 생각을 하면서도 마지막으로 스쳐 지나가는 옆 골목을 들여다본 순간—.

"……?!"

글렌의 심장이 비명을 질렀다.

골목 안쪽에 한 소녀가 서 있었기 때문이다.

마치 망령 같은 모습이었다. 푸르스름하게 빛나는 반투명한 몸. 새카맣게 덧칠된 공간에 그 소녀의 모습만이 흐릿하게 형태를 드러내고 있었다.

글렌은 등에 식은땀을 흘리며 전율했지만 자세히 보니 그 소녀의 얼굴과 등에 달린 이형의 날개가 낯이 익었다.

"넌, 남루스?!"

그렇다. 골목 안쪽에서 글렌을 응시하는 그 소녀는, 가끔 글렌 일행을 도와주는 신출귀몰한 수수께끼의 소녀는— 루미아와 똑 닮은 소녀 남루스였다.

—육체를 잃고 지금은 정신뿐인 존재다.

전에 그런 이야기를 들은 적이 있지만 평소에는 그나마 실체에 가까운 형태를 유지한 채 나타나곤 했다.

하지만 이번에는 마치 정말로 유령 같은 모습이었다.

"남루스?! 야, 너! 그런 데서 대체 뭐 하는 거야?!"

"예?! 남루스 씨가 있는 건가요?!"

글렌의 목소리에 반응한 시스티나, 루미아, 리엘이 따라서 골목길을 들여다보았다.

"으음…… 저기, 선생님? 남루스 씨는 어디 계신 건가요?"

"잠깐만요, 선생님. ……이상한 농담 좀 하지 마세요."

하지만 시스티나와 루미아에게는 보이지 않았는지 그런

말을 하고 글렌을 올려다보았다.

"뭐?! 야, 너희 눈은 장식이냐?! 지금 저기 있잖아!"

글렌은 골목 안쪽에서 마치 유령처럼 서 있는 남루스를 가리켰다.

"······?!"

그 순간, 글렌은 눈치챘다. 남루스는 입술에 검지를 세운 채 눈으로 뭔가를 호소하고 있었다.

저 세계적으로 유명한 제스처의 의미는 한 가지밖에 없으리라.

'······조용히 하라고?'

글렌이 고개를 슬쩍 갸웃거리자 남루스가 고개를 끄덕였다. 그리고 그녀는 검지로 자신을 계속 가리켰다.

이 제스처의 뜻도 이해했다. 요컨대, 따라오라는 소리다.

남루스는 등을 돌리더니 골목길 안쪽으로 천천히 이동했다.

"······."

"저기, 잠깐만요. 선생님. ······남루스 씨가 대체 어디 있는 거냐구요."

잠시 입을 다물자 시스티나가 당연히 짜증을 내기 시작했다.

"······노, 농담이었습니다~! 쫄았냐? 응? 쫄았지?!"

"예에?! 이, 이 바보 멍청이가 진짜!"

"아, 아하하······."

"······?"

글렌이 어색하게 웃으며 거짓말을 하자 시스티나는 고양이처럼 털을 곤두세우며 화를 냈고, 루미아는 쓴웃음을, 그리고 리엘은 무슨 상황인지 몰라 눈을 깜빡거렸다.

그리고 글렌은 그런 세 사람을 둔 채 골목 안쪽을 향해 달려가기 시작했다.

"나, 갑자기 급한 용건이 생각났어! 진짜 급해! 서두르지 않으면 큰일 나!"

"앗, 잠깐만요! 선생님! 대체 어딜 가시는 건데요!"

시스티나가 당황한 목소리로 외치자 잠시 돌아보았다.

"그런고로 리엘! 시스티나와 루미아를 부탁하마!"

"응. 잘 모르겠지만, 맡겨줘. 루미아랑 시스티나는 내가 지킬게."

시야 한구석에서 리엘이 고개를 끄덕이는 것을 확인한 글렌은 골목 안쪽으로 사라진 남루스의 뒤를 쫓았다.

글렌은 복잡한 뒷골목을 달리고, 또 달렸다.

갈림길마다 잠시 모습을 드러내는 남루스를 따라 계속 안쪽으로 달려 나갔다.

머지않아 글렌은 페지테 뒷골목에 숨겨진 작은 공터로 나왔다.

사방이 건물로 막혀 있어서 별 하늘이 마치 액자 안에 담겨 있는 것처럼 보였다.

『이제야 왔구나, 글렌. ……늦었잖아.』

남루스는 그런 공터 한복판에서 그를 기다리고 있었다.

"여, 오랜만이다. 남루스. 나 원 참, 성 릴리 애들도 그렇고 너도 그렇고 오늘은 이상하게 그리운 얼굴들을 만나는구만. ……뭐, 아무렴 어때."

글렌은 호흡을 가다듬으며 남루스에게 다가갔다.

"일부러 나한테만 모습을 보이다니…… 대체 무슨 용건이야? 네가 모습을 드러낼 때는 대부분 큰 사건이 일어나니까 솔직히 좀 사양하고 싶은데 말이지. 애당초 뭐야? 그 당장에라도 사라질 듯한 유령 같은 모습은? 평소라면 좀 더……."

『조급해하지 마. 순서대로 설명할 테니까. 그래…… 일단 내가 가장 먼저 하고 싶은 말은 이거야.』

그리고 남루스는 한숨을 내쉬더니 토라진 표정으로 입을 열었다.

『5045번.』

"뭐? 5천…… 뭐?"

『5045번이야. 당신이 이 일주일을…… 으음, 뭐시기 대표 선수 선발회던가? 당신이 그걸 반복한 횟수야.』

"……."

도무지 영문을 알 수 없는 이야기를 들은 글렌은 두통을 느끼기 시작했다.

"미안. 무슨 소리인지 전혀 모르겠어. 좀 더 알기 쉽게……."

『말 그대로의 의미야!』

그러자 남루스가 한껏 짜증을 내며 소리쳤다.

『당신은 이 일주일을 몇 번이나 계속 반복했다고! 백 년 가까이 변하지 않는 광경을 지켜봐야 했던 내 기분도 좀 헤아려주면 어디가 덧나?!』

"야…… 남루스. 너, 머리는 괜찮냐?"

글렌은 전혀 믿지 않는, 마치 바보 취급하는 눈으로 남루스를 쳐다보았다.

"뭐, 설령 그런 일이 일어났다고 해도 증거를……."

『아, 진짜! 시간이 없으니까 입 좀 다물어!』

그러자 남루스는 반투명한 손을 내밀더니 글렌의 이마에 손가락을 가져다댔다.

"나, 남루스……?"

『이제야 겨우…… 이유는 모르겠지만, 이제야 겨우 당신과 접촉에 성공했어. 이 기회를 절대로 놓칠 수는 없단 말야……!』

그렇게 말한 남루스가 눈을 감았다.

『글렌, 몇 천 번이나 되는 루프의 기억을 한 번에 되돌리면 용량 초과로 당신의 뇌와 정신이 망가질 거야. 그러니 최근 열 몇 번의 기억만 한정적으로 되살려줄게.』

"뭐? 그러니까 대체 무슨……."

파지직!

다음 순간, 글렌의 뇌에 벼락 같은 충격이 내달렸다.

"으, 으어어어어어어억?!"

되살아났다. 글렌의 머릿속에서 마치 주마등처럼……

하염없이 되풀이되는 일주일이, 세상에서 단절된 궤적의 기억이 되살아났다.

"아…… 이, 이건……?!"

처음 열 몇 번의 루프는 거의 비슷한 전개였다.

첫째 날에는 시스티나가 깨워서 교류 환영회에 참가.

이틀째에는 첫 번째 시험인 마력 측정. 사흘째에는 두 번째 시험인 필기시험.

그리고 나흘째부터는 세 번째 시험인 『마술 결투전』이 시작되었다.

글자 그대로 60명의 후보생들이 일대일 마술 전투를 되풀이하며 성적을 겨루는, 이번 대표 선수 선발회에서 가장 배점이 큰 시험이었다.

그중에서도 시스티나와 엘렌은 압도적인 강함을 자랑하며 계속 승리를 거두었지만, 결국 마지막에 이기는 건 늘 시스티나였다.

도중에 약간 다른 전개가 발생해도 이 결과만큼은 매번 똑같았다.

'그리고 그 후에 폐회식이 열리고…… 에드와르도 할아버

지가 지루한 훈시 끝에 메인 위저드의 이름을 발표해. 그건 당연히……'

시스티나였다. 가장 배점이 큰 결투전에서 전승을 거두었으니 그야 당연했다.

확실히 엘렌도 잘 싸웠다.

마력 측정에서는 거의 시스티나와 비슷한 수치를 냈고 필기시험에서는 오히려 한 발 앞서나갔다.

그리고 결투전에서도 시스티나를 상대로 건투했지만 무슨 수를 써도 시스티나를 이길 수 없었다. 몇 번을 반복해도 이 결과만은 변하지 않았다.

결국 엘렌은 시스티나의 경지에는 도달하지 못했던 것이다.

'그리고…… 그게 마지막이야. 바로 처음으로 이어지는 거지.'

그렇다.

메인 위저드로 시스티나의 이름이 발표된 순간, 모든 것이 어둠속에 잠기고―.

―……선……생……님! 선생……님!

―……선생님! 선생님! 선생님? 선생님도 참!

―정말이지! 이제 그만 좀 일어나시라니까요, 선생님!

―시스티나가 자신을 깨우는 시점에서 루프의 처음이 시작되는 것이다.

글렌은, 아니. 지금 알자노 제국 마술학원에 모인 모든 이가 모르는 사이에 이 반복되는 일주일을, 무한에 가까운 시간을 되풀이하고 있었던 것이다.

그리고 글렌은 **그것**을 떠올리고 말았다.

"읍……."

언제나 늘 똑같은 광경이 반복됐지만 저번만큼은 전개가 달랐다.

지금까지 한 번도 경험하지 못했던 전개였다.

사흘째의 필기시험이 끝난 후 글렌은 엘렌을 조사하기 시작했다.

그가 움직인 이유는 엘렌이 세리카가 만든 문제를 푼 것에서 기인한 위화감과 의심 때문이었다. 그래서 그녀를 조사하지 않고는 견딜 수가 없었던 것이다.

이렇듯 루프의 기억을 되찾고 상황 전체를 부감(俯瞰)할 수 있게 된 지금은 알 수 있었다.

그 전까지의 루프에서는 엘렌도 세리카의 문제를 풀지 못해서 시스티나와 똑같은 950점밖에 내지 못했다.

그래서 그 능력에 부자연스러움을 느끼면서도 굳이 나서지는 않았다.

하지만 저번 루프에서 엘렌은 마침내 세리카의 문제를 이해하고 해법을 찾아낸 건지 시스티나를 뛰어넘는 최고 점수를 기록하고 말았다.

그게 바로 글렌이 여태까지와 다른 행동을 취하게 된 계기가 된 것이다.

그리고 글렌은 진실을 확인하기 위해 엘렌을 추궁했고…… 기묘한 괴물에게 살해당하고 말았다. 정체를 알 수 없는 수단으로 가슴에 큰 구멍이 뚫려서…….

그것이 글렌 시점에서의 저번 루프의 마지막이었다.

기억이 전부 돌아온 건 아니지만 아마 남루스의 말대로 이건 수천 번의 루프 중에서 기적적으로 일어난 지금까지와 『다른』 전개였으리라.

"읍…… 으, 우웨애애애액!"

그 생생한 죽음의 감촉을 떠올린 글렌은 반사적으로 입을 틀어막고 몸을 웅크렸다.

『……아무래도 기억해낸 모양이네.』

남루스는 그런 글렌을 차가운 눈길로 내려다보고 말했다.

"뭐, 야……. 대체 뭐냐고! 제길! 이게 대체 어떻게 된 상황인 건데!"

모르겠다. 머리가 깨질 것처럼 아팠다. 오한과 구역질이 멎지 않았다.

그걸 아는지 모르는지 남루스는 즐거운 목소리로 말했다.

『후후후, 글렌. 저번에는 당신이 죽은 다음이 걸작이었어. 옥상에서 피투성이가 된 채 쓰러진 당신의 시신을 발견한 학생들의 반응이 어땠는지 알아? 「서, 선생님?!」, 「어째서?!

대체 누가 이런 짓을?!」 ……다들 시끄럽게 엉엉 울어대는

거 있지?』

　"……?!"

　『특히 시스티나와 루미아와 리엘이 얼마나 심하게 울었는

지 알아? 그리고 그 얼간이…… 분명 이브랬던가? 그 여자

도 창백하게 질린 얼굴로 필사적으로 몸을 떨면서 울음을

참고 있었어!「자기 탓」이라고 자책하면서. 아하하하하하!』

　남루스는 마치 뭔가에 자포자기한 것처럼 크게 웃음을 터

트렸다.

　『정말 우스꽝스러웠어! 루프가 있으니까 금방 원래대로 돌

아갈 텐데 말야! 그것도 모르고 왜 그렇게 호들갑을 떠는지

참! 실제로 그 후에 바로 루프가 시작…….』

　그 순간, 남루스는 글렌이 마치 악귀 같은 얼굴로 자신을

노려보는 것을 깨닫고 몸을 움츠리며 입을 다물었다.

　"……야, 그만해."

　『……미안.』

　지옥 밑바닥에서 울려 퍼지는 듯한 글렌의 목소리에 남루

스가 솔직히 사과했다.

　『나도 좀 제정신이 아니었어. ……그야 내 주관 시점으로

는 백 년 가까이 상황이 전혀 움직이질 않았는걸. 계속 같

은 광경만…… 덤으로 어째선지 당신들에게 간섭도 할 수

없었고…… 당신들과는 말도 통하지 않은 채 줄곧 외톨이로

지내야 했단 말야.』

　방금 그 위험 발언은 아무래도 일종의 발작 증상이었나 보다. 남루스는 괴로우면서도 짜증도 나는, 뭐라 형언하기 복잡한 표정으로 시선을 피했다.

　"……아무튼 이 빌어처먹을 상황은 이해했어. 하지만 왜 좀 더 일찍 가르쳐주지 않은 거지?"

　『방금 지금까지는 간섭할 수 없었다고 했잖아. ……반복되는 이 일주일의 시공간만 통상 시간축의 흐름에서…… 분기 세계에서 단절되어 있었어.』

　"……?"

　『진리의 편린을 아주 약간만 밝히자면, 전에 난 육체를 잃고 이 세계의 레이라인에 달라붙은 사념체에 가까운 존재라고 말했던 거 기억해? 더 정확히 말하자면, 내 근원적인 존재의 본질은 이 세계와는 다른 세계…… 외우주에 있고, 거기서 내 존재의 일부를 레이라인…… 아마라 경락을 통해 이쪽 세계에 날려서 그걸 인터페이스 삼아 당신들과 접촉하고 있는 거야. 이런 번거로운 방법을 쓰는 이유는 내 근원적인 본질은 당신들 인간이 도저히 이해할 수 없는 존재이기 때문이지. 아니, 이해한다면 이성을 잃고 미쳐버릴걸. 그래서 당신들 인간도 그나마 이해할 수 있는 모습— 무명(無名)으로 나타난 거야.』

　방금 뭔가 엄청나게 중요한 정보를 들은 기분이 들었지만 지금은 그걸 따지고 있을 때가 아니었다.

"음? ……요컨대, 넌 개념존재의 분령(分靈) 같은 건가?"

『뭐, 엄밀히 따지면 다르지만, 그렇게 받아들여도 상관없어. 아무튼 원래의 나는 이 세계의 「밖」에 있어. 그래서 이 반복되는 일주일이 그 「밖」과 완전히 단절된 탓에 당신과 접촉할 수 없었던 거야.』

"잠깐만. 그럼 이야기가 뭔가 이상한데? 아직도 반복되는 일주일은 계속되고 있잖아? 그렇다는 건 아직 「밖」과 연결되지 않았다는 뜻이잖아. 그런데도 넌 어떻게 나와 접촉한 거지?"

그러자 남루스가 울컥한 얼굴로 말했다.

『그걸 내가 어떻게 알아! 오히려 왜 갑자기 당신과 접촉이 가능해진 건지…… 이쪽 세계와 회선이 연결된 건지 내가 더 알고 싶다구!』

"……야."

『확실히 당신과 나 사이에는 「어떤 강고한 인연」이 있어. 아마 그 인연 덕분에 지금 난 당신하고만 접촉할 수 있는 게 아닐까 싶어. ……원인은 불명이지만.』

"그러고 보니 하얀 고양이와 루미아는 네 모습이 안 보이는 것 같더군……."

『그런데도 지금까지는 당신에게 간섭할 수 없었어. 그만큼 단절이 강했기 때문이야. 저기, 글렌. 내 말 좀 들어봐. 난

이 반복되는 일주일을 「밖」에서 계속 관찰하고 있는데, 어째선지 가끔 「보이지 않는 부분」이 있었어. 그리고 마침내 일어난 이 변화…… 루프 중에 일어난 예외 중의 예외인 저번 루프…… 사흘째에 당신이 누군가에게 살해당한 루프. 실은 난 당신이 누구에게 살해당한 건지 「보지 못했어」.』

"……?!"

『그리고 어째선지 그 일을 계기로 나와 당신의 회선이 일시적이나마 미약하게 연결됐어. ……당신, 저번 루프에서 대체 뭘 한 거야?』

"그렇게 물어본들…… 내가 알 리 있겠냐."

『잘 생각해봐. 중요한 일이야.』

"그래봤자 모르겠는 걸 어쩌라고. 이 루프에 변화가 생길 만한 특별한 일을 한 기억은 없어. 하지만…….."

글렌은 주먹으로 손바닥을 강하게 쳤다.

"사태의 흑막은 파악했어. 엘렌이야."

『엘렌? 아, 그 패배자?』

"넌 참 입이 험하구만. 뭐, 아무튼 엘렌…… 틀림없이 그 녀석이 이 루프를 시작한 녀석이야. 그 녀석은 분명히 기억을 계승한 채 이 일주일을 반복하고 있었어. 하긴, 몇 천 번이나 반복했으니 세리카의 문제도 풀 수 있게 된 거겠지. 그리고 마력 연성…… 영적 감각의 단련은 육체 단련과 달리 **지각 (知覺)의 유무**를 통해 결과가 나와. 즉, 마력 연성의 경험을 기억으로 계승하면서 백 년이나 반복했다면 그런 캐퍼시티가 나올 만 하겠지. 육체도 가장 성장이 빠른 시기이니까. 엘렌의 이상할 정도로 높은 능력의 비밀은 바로 그거였어."

"그 패배자는 대체 왜 이런 짓을 시작한 건데? 방법은 그렇다 쳐도 동기는?"

남루스의 질문에 글렌은 옥상에서 들은 게이슨과 엘렌의 대화를 떠올렸다.

"아마…… 엘렌은 가문의 중책을 짊어지고 있어. 그래서 무슨 일이 있어도 이번 선발회에서 이겨야만 했겠지. 그래서 이길 때까지 이 일주일을 반복할 수밖에 없었던 거야. ……아마 그게 동기였겠지."

『그래. 그렇다면 결국 헛수고였네. 그런 방법까지 동원했는데도 시스티나에겐 단 한 번도 못 이기다니 말야.』

"그릇의 크기가 근본적으로 달라. 슬픈 일이지만, 세상에는 「그런 불합리한 일」도 있기 마련이거든. ……「아무리 노력해도 이길 수 없는 상대」라는 게 말야."

극한까지 단련해도 천재인 시스티나에게는 이길 수 없었다.

그것이 범재인 엘렌의 한계이자 벽이었던 것이다.

그 벽을 넘으려면 새로운 뭔가를 깨달아야 하지만 이런 단절된 세계와 시간 속에서는 아무래도 무리가 있으리라.

범재가 막무가내로 혼자 검을 수련해봤자 천재의 검에는 절대로 도달할 수 없는 것과 마찬가지다.

범재가 천재에게 이기려면 적어도 긴 역사 속에서 수많은 선조가 갈고닦은 검술을 훌륭한 스승 밑에서 기초부터 배우는 기본 전제가 필요하다.

　갑자기 튀어나온 돌연변이에 가까운 재능에는 역사의 무게로 대항하는 수밖에 없는 것이다.

　"아무튼 문제는 엘렌 녀석이 어떻게 이 반복되는 상황을 만들었냐는 건데…… 어쨌든 돌파구는 그 녀석밖에 없어. 내가 한 번 속을 떠보지."

　『그래…….』

　그 순간, 남루스의 모습이 신기루처럼 일렁이기 시작했다.

　"어……? 나, 남루스?"

　『시간이 다 됐나봐.』

　그리고 천천히 어둠속으로 녹아들기 시작했다.

　『글렌, 명심해. 세계는 모순을 용납하지 않아. 그건 당신도 알지?』

　"아, 응……. 그야 마술의 기본 이론이니까."

　『몇 천 번이나 루프한 이 시공간은…… 거의 한계에 도달했어. 이대로 계속 루프하다간 시공간이 원래의 시간축에서 튕겨나가 격리될지도 몰라. ……이걸 봐.』

　"……?!"

　남루스가 눈을 감고 집중하자 글렌을 둘러싼 세계가 갑자기 돌변했다. 세계— 공간이 뒤틀리고 일그러지며 허공에 수많은 균열이 생긴 것처럼 보이기 시작했다.

글렌의 눈으로 봐도 당장 세계 그 자체가 붕괴할 것만 같은 상태였다.

"이, 이건……?!"

『인간의 감각으로 이해할 수 있도록 시공간의 일그러짐을 보여준 거야. 보다시피 당신의 세계는 부자연스러운 루프를 반복한 탓에 이미 붕괴 직전이야.』

남루스가 손가락을 튕기자 다시 세계의 모습이 원래대로 돌아왔다.

하지만 완전히 뒤틀려버린 세계의 진정한 모습을 본 글렌은 숨을 삼킬 수밖에 없었다.

『이대로 시간축에서 떨어져 나간다면 당신들은 더 이상 어디로도 나아갈 수 없는, 같은 일주일을 영원히 반복할 뿐인 상황에 처하게 될 거야. ……응, 영원히.』

"……영원히……."

『글렌, 제발 이 루프에서 탈출해줘. 당신에게는 역할이 있어. 당신은 이런 새장 속에서 멈춰서면 안 돼. ……미래와, 그리고 과거를 위해. 그리고 무엇보다 당신 자신을 위해서. 그러니…….』

마치 애원하는 것처럼 말한 남루스의 흐릿한 모습은 이윽고 글렌의 시야에서 완전히 사라지고 말았다.

"……미래와 과거를 위해서라."

글렌은 잠시 멍한 눈으로 남루스가 사라진 공간을 바라보았다.

"솔직히 역할인지 뭔지는 잘 모르겠다만."

그리고 조용히 생각에 잠겼다.

역시 가장 먼저 떠오르는 것은 자신의 학생들. 그리고 시스티나와 루미아와 리엘.

인생이라는 길을 나아간 끝에 분명 자신은 도달할 수 없었던 빛나는 미래를 쟁취할 학생들의 모습이, 미소가 머릿속을 스쳐 지나갔다.

"……그 녀석들의 미래를 이대로 단절시키게 내버려둘 수는 없겠지."

그런 결의를 가슴에 품은 글렌은 등을 돌리고 별 하늘이 내려다보는 공터를 뒤로했다.

다음 날. 이틀째인 오늘은 첫 번째 시험인 마력 측정이 있는 날이다.

아침이 오자마자 글렌은 지금까지의 루프대로 마력 측정장을 향해 이동했다.

시스티나는 이미 가 있을 시간대라 곁에 있는 건 루미아와 리엘뿐이었다.

"이제부터 끔찍한 단순 노동이…… 시작되는 것뿐이면 좋았겠지만."

"예? 선생님. 방금 뭐라고 하셨어요?"

"아니, 아무것도 아니다."

루미아가 고개를 갸웃거렸으나 글렌은 고개를 저으며 대답했다.

'자, 그럼…… 슬슬 등장하겠군.'

이윽고 마력 측정장인 마술 경기장 근처에 도착하자 갑자기 누군가가 글렌의 앞을 가로막았다.

"흥. 널 기다리고 있었다."

마술학원의 마도 고고학 교수인 포젤이 이번 루프에서도 똑같은 패턴으로 나타난 것이다.

'진짜 패턴이 변하지 않는 녀석이네…….'

루프의 기억을 어느 정도 계승한 글렌은 이 타이밍에 포젤이 항상 등장하는 것을 사전에 알고 있었다.

"이야기는 들었다. 네가 글렌이지? 자, 가자. 어…….'

"으라차!"

"뜨아아아아아아아아아아아아아아앗?!"

그래서 포젤에게 접근하자마자 가차 없이 집어던져 버렸다.

"흐귝?!"

등부터 바닥에 내팽개쳐진 포젤은 곧 의식을 잃고 말았다.

"……공교롭게도 난 너 같은 바보를 상대하고 있을 여유가 없거든."

글렌은 그런 포젤에게는 눈길도 주지 않고 마술 경기장으로 이동했다.

"……서, 선생님?"

하지만 루미아는 평소와 다른 글렌의 모습에 불안한 시선을 보낼 수밖에 없었다.

마술 경기장 안의 광장에 도착하자 이미 수많은 학생들이 모여 있었다.

알자노 제국 마술학원, 성 릴리 마술여학원, 그리고 크라이토스 마술학원의 대표 선수 후보생 총 60명. 모두 이미 측정할 준비가 완료된 상태였다.

여느 때처럼 광장 한복판에 있는 건 세 개의 유리 원통형 마도 장치.

세 학원의 학생들은 그 원통을 에워싸듯 모여 있었다.

그리고 역시 여느 때처럼 학생들이 대화를 나누며 각오를 다지거나, 가벼운 준비 운동 겸 마력 연성을 시작하는 가운데―

"……자, 그럼 엘렌은 어디에 있지?"

글렌은 주위를 두리번거리며 엘렌의 모습을 찾았다.

"선생님, 뭐 하세요? 마력 측정, 시작 안 하세요? 이제 시간이 다 됐는데요."

"기다려. 그건 나중에 하자."

의아한 얼굴로 묻는 시스티나를 손으로 제지한 글렌은 다시 엘렌을 찾았다.

그리고 곧 발견했다. 그녀는 경기장 구석에서 태연한 얼굴로 서 있었다.

글렌은 학생들을 뚫고 그녀에게 다가갔다.

"선생님? 어……? 저기 있는 건 크라이토스 학원 애들…… 세상에. 혹시 엘렌? 엘렌이니?!"

어젯밤에 귀가하는 도중에 엘렌이 모습을 드러내지 않았기 때문인지 이번 루프에서는 엘렌을 보는 게 처음인 시스티나가 깜짝 놀라서 외쳤지만…… 아무래도 상관없었다.

글렌은 개의치 않고 엘렌을 향해 다가갔다.

"엘렌!"

그러자 엘렌도 그제야 글렌의 접근을 눈치챘다.

"……글렌 선생님? 저한테 무슨 용건이라도 있으신가요?"

엘렌은 시치미를 떼고 말했지만 이윽고 위화감을 느낀 모양이었다.

"……어? 잠깐. 나, 이번에는 아직 선생님과 접촉하지 않았는데……."

"너한테는 여러모로 묻고 싶은 게 많아."

그 순간, 엘렌의 얼굴이 창백하게 질렸다.

"세상에…… 설마 당신도 기억을 계승한 건가요? 지금까지 이런 일은 한 번도…… 큭!"

동요한 엘렌은 등을 돌리더니 달아나기 시작했다.

"멈춰!"

하지만 바닥을 박차고 재빠르게 거리를 좁힌 글렌에게 팔을 잡히고 말았다.

"큭?! 놔요! 이거 놓으라구요!"

"이 멍청아! 너라면 놔주겠냐!"

주위의 학생들이 당황한 표정으로 서로를 마주보는 가운데, 두 사람은 큰 소리로 말다툼을 벌이기 시작했다.

"몇 번이나 말했잖아요! 전 그냥 내버려두라구요!"

"웃기지 마! 너, 지금 상황이 어떤지 알기나 해?!"

"알아요! 안다구요! 이제 조금만 더! 조금만 더 하면 전 시스티나에게 이길 수 있을 거예요! 그러니까…… 지금은 아무것도 묻지 말아주세요! 제발!"

틀렸다. 이 녀석은 아무것도 모르고 있다.

글렌은 화가 머리끝까지 솟구치는 것을 참으며 몸부림치는 엘렌의 팔을 난폭하게 잡아당겼다.

"여기선 좀 그러니까 따라와. 전부 실토하게 해주지."

"그, 그러니까 안 된다구요! 이 행동은 완전히 **규칙 위반**이란 말예요! 당장 절 놔주세요! 제 일에 상관하지 마시라구요! 당신…… 그렇게 죽고 싶은 거예요?!"

엘렌이 날카롭게 거절을 표시한 순간—

바로 얼마 전에 경험했던 충격이 다시 글렌의 가슴팍을

엄습했다.

그 순간, 주위의 소란이 찬물을 끼얹은 것처럼 잦아들었다.

이 자리의 모두가 경악한 나머지 넋을 잃은 얼굴로 글렌을 바라보았다.

그런 주위의 반응을 확인한 글렌이 조심스럽게 가슴 언저리를 내려다봤다.

"커헉?! 제길⋯⋯! 또, 또냐⋯⋯!"

그곳에는 예상대로 큰 구멍이 뚫려 있었다. 피가 분수처럼 쏟아졌다.

"⋯⋯어?"

"⋯⋯서, 선생님⋯⋯?"

시스티나도, 루미아도, 리엘도, 그리고 다른 학생들도⋯⋯.

그 너무나도 갑작스럽고 정체를 알 수 없는 현상을 보자마자 석상처럼 굳어버렸다. 말조차 꺼내지 못했다. 시간이 완전히 멈추어버린 것이다.

그리고 빈사 상태의 글렌은 눈을 부릅떴다.

어느새 엘렌의 옆에는 인간과 다른 끔찍한 뭔가가 서 있었다.

반쯤 기계화된 상태로 구속구에 묶인 날개 달린 소녀— 저번 루프에서도 모습을 드러낸 그 모독적인 이형의 소녀였다.

"그, 녀석은……! 대체, 정체가…… 뭐, 커헉?!"

글렌은 피를 토하고 마치 간질 환자처럼 몸을 떨면서도 질문을 던졌다.

그러자 엘렌은 글렌에게 다가오더니 그에게만 들리도록 귓속말을 건넸다.

"파수꾼[룰러]이에요. 이 단절된 일주일의."

"……룰러? 콜록! 쿨럭!"

"당신이 어떻게 저번 루프의 기억을 계승한 건지는 모르겠지만…… 소용없어요. 이 일련의 루프에는 몇 가지 규칙이 정해져 있거든요. 『저에게 간섭하고, 제 목적을 방해하는 자의 배제』. ……이게 바로 그 규칙 중 하나예요."

"……규……칙……?"

"아, 안심하세요. 전 딱히 사람을 죽이고 싶은 건 아니에요. 그래서 이 단절된 일주일의 루프 중에 누군가가 룰러에게 죽는다면, 그건 『특수한 루프의 방아쇠』로 취급돼요. 그것도 규칙 중 하나거든요. ……자, 보세요."

그 순간—

시계침이 움직이는 듯한 소리가 작게 울렸다.

그러자 엘렌의 옆에 서 있던 이형의 기계 소녀가 변형을 시작했다.

몸이 두 번, 네 번 구부러지고, 팔이 접히고, 다리가 수납되고, 목과 몸통이 나사처럼 빙글빙글 회전하면서 안으로 들어가더니 눈 깜짝할 사이에 작아졌다.

대체 무슨 구조와 원리인지는 모르겠지만, 명백히 질량 보존의 법칙을 무시하며 작아지고, 작아지고, 또 작아졌다.

몇 초 후. 그 소녀는 엘렌 손바닥 안에서 째깍째깍 소리를 내며 시간을 새기는 회중시계로 변모했다.

본 기억이 있었다. **용두가 없는 그 기묘한 시계**였다.

그러자 엘렌은 그 시계침이 글렌에게 보이도록 향했다.

시계침은 반시계 방향으로 맹렬하게 회전하고 있었다.

"자, 보세요. 이 시계는 제대로 작동하고 있죠? 이 세계선의 시간은 여기서 끝나고, 되감겨서 처음 설정한 시점으로 회귀할 거예요."

"그, 그…… 시계는…… 대체 뭐지?!"

글렌은 피를 토하며 물었다.

하지만 엘렌은 대답하지 않고 등을 돌리더니 살며시 거리를 벌렸다.

"이 시계가 있는 한 아무도 절 방해할 수 없어요. 뭐, **다음**이 시작될 때까지는 꽤 괴로우시겠지만…… 알아서 잘 견뎌보세요."

아무도 움직이지 못하는 시간 속에서 엘렌은 천천히 떠나갔다.

지금의 글렌에게는 당연히 그런 그녀의 뒤를 쫓을 여력도, 체력도 없었다.

"제, 기랄……!"

글렌은 이번에도 자신이 만든 피웅덩이를 향해 쓰러지고 말았다.

그리고 그것을 계기로 얼어붙었던 시간이 겨우 움직이기 시작했다.

꺄아아아아아아아아아아아아아아아아아아악!

비명, 절규, 소음.

멀어지는 의식 속에서 그런 소리들이 앞으로 쓰러진 글렌의 몸을 엄습했다.

"서, 선생니이이이임! 어, 어째서?! 왜 이런 일이?!"

가장 먼저 달려온 시스티나가 울면서 빈사 상태의 글렌을 안아들었다.

"거짓말…… 힐러 스펠이 전혀 안 통해……. 선생님…… 아, 아아…… 안 돼……."

루미아도 넋을 잃은 얼굴로 울면서 글렌의 상처를 누르고 있었다.

"글렌……? 싫어…… 안 돼! ……죽지 마. ……죽지 마, 글렌!"

그 무표정한 리엘조차 비통한 얼굴로 울고 있었다.

"선생님?! 정신 차리세요! 대체 무슨 일이 있었던 거냐고요?!"

"자, 장난이죠?! 예? 이것도 평소처럼 장난인 거죠?!"

"선생님! 이런 건 말도 안 돼요. ……선생니이이이임!"

카슈도, 콜레트도, 웬디도, 프랑신도, 그 기블조차도—.

갑자기 영문도 모른 채 죽어가는 글렌을 에워싼 채 저마다 다른 방식으로 울고 있었다. 도저히 수습할 수 없는 상황이었다.

'……아아…… 진짜 시끄럽구만…….'

가라앉는 의식 속에서 글렌은 이제 거의 보이지 않는 눈으로 다시 한 번 학생들의 표정을 훑어보았다.

'하, 하하…… 남루스 녀석…… 바보 아냐?'

글렌은 자조적으로 웃었다.

'……이 얼굴들이 걸작이라고? 웃기는 농담이네. ……머리가 이상한 거 아냐?'

지금 이 순간, 글렌이 느낀 감정은 단 하나뿐이었다.

구멍이 뚫린 가슴에 떨리는 손을 가져다댄 글렌은 이렇게 생각했다.

'……**가슴이 아파**…….'

그것을 마지막으로 글렌의 의식은 깊고 어두운 심연의 밑바닥에 가라앉고 말았다.

—여기가 이번 루프의 끝.

그리고 시점은 Ω로부터 A로 회귀한다—.

제5장 외통수

————.

마술제전 참가를 위해 알자노 제국 마술학원에서 열린 대표 선수 선발회.

알자노 제국 마술학원, 성 릴리 마술여학원, 크라이토스 마술학원— 제국 3대 마술학원에서 선출된 총 60명의 대표 선수 후보생들.

첫날에 열린 교류 환영회에서는 다소의 파란이 있었지만 별 탈 없이 끝났고 마침내 선발회가 개시되었다.

이틀째는 마력 측정.

사흘째는 필기시험.

마술사로서의 지극히 기본적인 소양을 측정한 후, 나흘째부터는 본격적으로 대표 선수를 선정하는 세 번째 시험인 『마술 결투전』이 치러질 예정이었다.

이 시험은 대표 후보생 자신을 제외한 59명과 전부 일대일로 싸워서 그 성적을 기록하는 방식이다.

마술사 간의 실전에서는 상대의 특기 분야와 습득한 주문에 따라 상성이 갈리기 마련이지만 이런 방식의 시험에서 상성은 그다지 중요한 요인이 아니었다. 울든 웃든 마지막까지 기록한 승점의 수에 따라 마술사로서의 『실력 차』가 명확하게 드러나는 방식이므로.

이렇듯 총 60명이라는 숫자가 참가하는 만큼 시합 수 자체가 엄청나게 많았다.

그런데도 열 개의 시합장에서 나흘 안에 끝내야 하니 스케줄이 굉장히 촉박했다. 한 시합당 10분이라는 제한 시간이 있긴 해도, 학생들은 시합장을 전전하며 하루에 평균 열넷에서 열여섯 번의 시합을 치러야만 했다.

이러다 보니 당연히 마력 페이스 배분과 내구력도 필요했고 때로는 승산이 적은 시합을 기권해서 마력을 온존하거나, 때로는 강적을 상대로 진심을 드러내지 않고 무승부를 노리며 시간을 끄는 전략적인 판단도 필요했다.

『지는 싸움은 하지 말고 이길 수 있을 때 이겨라.』

—그것이 바로 마술 전투의 대원칙이기에…….

무슨 일이 일어날지 모르는 마술제전. 눈앞의 승리에 얽매이지 않고 추세를 살피며 물러날 때와 나아갈 때를 구분하는 냉정한 판단력도 시험받는 자리인 것이다.

그런 모의 마술전투 일정과 시합은 순조롭게 진행되었다.

전체적인 평균 성적은 알자노 제국 마술학원의 학생들이 높았다. 성 릴리 여학원과 크라이토스 학원은 그보다 약간 뒤처지는 형태였다.

전통적인 강호의 의지를 보여준 셈이지만 그 이상으로 이브라는 우수한 군사 교련 교관의 교육을 받은 덕분이었으리라.

그리고 글렌과 인연이 깊은 학생들도 저마다 눈부신 활약상을 보였다.

카슈의 승률은 약 40%.

언뜻 낮아 보이지만 이번 모의 마술전투에는 제한 시간 내에 결판이 나지 않는 『무승부』 판정이 있었다. 그걸 감안하면 결코 낮은 성적은 아니었다. 한 수 위의 적수를 상대로도 끈질기게 버텨서 무승부를 따내고 있었다. 출신과 학년도 고려하면 굉장히 건투하고 있는 편이리라.

웬디의 승률은 약 50%.

기량만 보면 이보다 나은 승률이 예상됐지만 아무래도 자잘한 실수가 많다 보니 이길 수 있는 시합에서도 지는 케이스가 드문드문 보였다.

성 릴리 여학원에서는 역시 예상대로 콜레트, 프랑신, 지니가 특히 두드러지는 성적을 보이고 있었다.

지니의 승률은 약 60%.

콜레트와 프랑신에 이르러서는 거의 70%에 육박했다. 콜레트의 마투술(魔鬪術)과 프랑신의 소환술 기량은 시합장 안의 모두가 인정할 정도였다.

"거기까지! 승자, 기블 위즈덤!"

"뜨아아아아아아아아아아아! 젠장! 졌어!"

"흥."

그중에서도 뜻밖이었던 것은 기블. 놀랍게도 승률이 거의 80%나 됐다.

처음에는 그리 주목받지 못했지만 성 릴리 쪽에서 무척 기세가 좋았던 콜레트와 프랑신에게 연승을 거두자 일약 스타가 되었다.

"설마 그 콜레트와 프랑신을 상대로 저렇게 쉽게 이길 줄이야……."

"저 녀석…… 2학년 2반의 기블 위즈덤이지?"

"저 반에는 시스티나 외에도 저런 굉장한 녀석이 있었구나……."

적정 시찰 중인 다른 후보생들과 관객석에서 관전 중인 학생들도 저마다 찬사를 보내기 시작했다.

"젠장…… 대체 뭐냐구, 기블 자식. ……싸우는 방식이 너무 야비하잖아."

방금 시합에서 기블에게 패하고 힘없이 대기실로 돌아온 콜레트가 눈물을 글썽이며 투덜거렸다.

"그죠?! 연금술로 골렘을 늘어세워놓고, 함정을 깔고, 그 틈 사이로 마술 저격이라니…… 남이 당하기 싫은 짓만 골라서 하는걸요, 저분! 진짜 성격이 못됐어요!"

그 전 시합에서 기블에게 진 프랑신이 울상이 된 얼굴로 동의했다.

"뭐…… 기블 씨? 저분은 딱 봐도 정말 오랫동안 꾸준히 노력해온 타입이네요. 재능에 의지하느라 경험치가 낮은 아가씨들께는 아직 버거운 상대겠죠."

지니는 그런 두 소녀를 위로했다.

그밖에도 크라이토스 학원의 레빈이 예상대로 타의 추종을 불허하는 압도적인 성적을 거두어서 모두의 주목을 모으거나, 그 뒤를 바짝 추격하는 리제도 레빈과의 직접 대결에서 무승부를 이끌어내기도 했고, 그 와중에 자일은 승률 약 80%…… 약삭빠르게 리제에 필적하는 성적을 거두고 있었다.

다른 특이 케이스로는 알자노 제국 마술학원의 1학년 중에서 유일하게 후보생으로 뽑힌 여학생이 뜻밖에도 높은 승률을 올리며 건투 중이었다.

이렇듯 바쁘게 움직이는 시합 전개에 관전 중인 학생들은 대체 누가 대표 선수로 뽑힐지, 누가 메인 위저드가 될지 예상을 주고받으며 크게 흥분할 수밖에 없었다.

물론 그건 글렌의 반 학생들도 예외는 아니었다.

"정말 굉장해! 다들, 잘 싸우고 있잖아!"

"응. 카슈 군도, 웬디도, 기블 군도…… 다들, 정말 열심히 하고 있어."

관객석에서 시합을 관전하는 세실과 린은 손뼉을 쳐가며

크게 기뻐했다.

"야, 야. 이거 혹시 우리 반에서 대표 선수가 나오는 거 아냐?"

"응, 기블은 특히 기대해 봐도 될 것 같지?!"

"앞으로의 시합 전개가 기대되네요, 선생님."

로드와 카이가 흥분한 옆에서는 테레사가 글렌에게 그렇게 말을 걸었다.

'……시시해. 질렸어.'

하지만 그저 글렌은 흐리멍덩한 눈으로 시합장을 내려다볼 뿐이었다.

그렇다. 이미 질려버렸다.

까놓고 말해 그는 이미 결과를 다 알고 있었다.

글렌은 그 이형의 기계 소녀에게 다시 살해당한 후, 이미 몇 번의 루프를 경험한 상태였다.

확실히 시합 내용 자체는 매번 미묘하게 달랐지만 큰 흐름에는 전혀 변화가 없었다. 항상 똑같은 전개다.

'아~ 이제 슬슬 그게 시작되겠군…….'

글렌이 의욕 없이 그런 생각을 한 순간—.

와아아아아아아아아아아아아아!

갑자기 주위에서 큰 환호성이 터졌다.

학생들이 가장 주목하는 시합이 제7시합장에서 시작되었기 때문이다.

마술 경기장, 제7시합장. 지금 그곳에서는 두 소녀가 대치 중이었다.

"시스티나! 각오해! 이번에야말로…… 반드시 너에게 이기겠어!"

"어? 이번에야말로? ……저기, 엘렌? 너, 정말 괜찮아? 첫날부터 줄곧 안색이 안 좋아 보이는데…… 마치 당장에라도 죽을 것처럼……."

"시끄러워! 닥쳐!"

시스티나와 엘렌이었다.

두 사람의 모습이 시합장에 나타나자 다시 한 번 관객석에서 환호성이 터졌다.

"이 시합을 기다렸다고! 지금까지 전승 중인 선수들끼리의 대결!"

"이건 누가 이길지 한 치도 예상을 못 하겠어! 안 그래요? 선생님!"

'아니, 난 알고 있다만.'

로드와 카이가 그렇게 말을 걸었지만, 글렌은 내심 넌더리를 내는 가운데 시합이 시작되었다.

"《위대한 바람이여》! 《위대한 바람이여》!"

"《대기의 벽이여》!"

엘렌이 거칠게 【게일 블로】를 난사했으나 시스티나는 냉정하게 【에어 스크린】을 펼쳐서 공격을 흘려냈다.

"그럴 줄 알았어! 《힘이여 무(無)로 돌아가라》!"

그러자 엘렌은 바로 【에어 스크린】을 무효화시킨 후—.

"《뇌정의 자전이여》!"

시스티나를 향해 전격을 방출했다.

"……?!"

마치 자신의 행동을 전부 파악하고 있는 듯한 즉각적인 대응에 시스티나는 대항 주문을^{카운터 스펠} 쓸 틈도 없이 반사적으로 몸을 비틀어서 피했다.

"하아아앗! 《허공에 외쳐라·소리를 남기는·풍령(風靈)의 포효》!"

엘렌은 마나 바이오리듬이 회복되자마자 즉시 공격을 날렸다.

압축 공기 진동탄이 호선을 그리며 균형을 잃은 시스티나를 노리고 날아들었다.

'엘렌 녀석은 실제로 잘 싸우고 있어.'

글렌은 그런 시합 전개를 싸늘한 눈으로 내려다보고 있었다.

'하얀 고양이의 능력, 움직임, 버릇, 약점…… 몇 천 번의 루프를 거듭하면서 아주 잘 연구했군. 그 집념에는 경의를 바칠 만 해. 하지만…….'

글렌은 한숨을 내쉬며 중얼거렸다.

"하얀 고양이와 넌 근본적인 재능 자체가 다르다고, 엘렌."

그 순간—.

거친 폭풍이 균형을 잃었던 시스티나의 몸을 감싸더니 강제적으로 자세를 수정하며 폭발적인 가속도를 더해주었다.

흑마 【래피드 스트림】의 고속 연속 발동— 슈투름이었다.

크게 반원을 그리며 엘렌의 뒤로 이동한 시스티나는 하늘 높이 도약했다.

"《마탄이여》! 《아인스》! 《츠바이》! 《드라이》! 《피어》! 《퓐프》!"

그리고 동시에 흑마 【매직 불릿】을 연속 발동.

손가락에서 방출된 다섯 발의 마력탄이 엘렌을 향해 거침없이 쏟아졌다.

하지만 엘렌은 이것도 알고 있었던 것처럼, 읽고 있었던 것처럼, 이미 몇 번이나 본 것처럼 【포스 실드】를 전개해서 막으려 했다.

"《모여서 뭉치는 바람이여》!"

흑마 【에어 블록】. 공기를 압축해서 보이지 않는 발판을 생성한 시스티나는 그걸 밟으며 슈투름을 발동했다.

그리고 엘렌의 머리 위를 단숨에 뛰어넘어서 전개된 마력 장벽의 후방에 착지했다.

"《뇌정의 자전이여》!"

"큭?! 《재앙은 흩어져라》!"

완전히 허점을 드러낸 등을 향해 【쇼크 볼트】가 날아오자, 엘렌은 【트라이 배니시】를 영창해서 전격을 무효화시켰다.

"하아아아아앗!"

하지만 시스티나는 틈을 주지 않고 오른손으로 더블 캐스팅을 구사해 【쇼크 볼트】를 날렸다.

제아무리 엘렌이라도 이건 주문으로 대응할 수 없었는지 몸을 비틀어서 피했다. 오히려 용케 피했다고 찬사를 보내야 마땅한 움직임이었다.

하지만 바로 슈투름을 구사하며 돌진해오는 시스티나를 막기 위해 사전에 설치해둔 매직 트랩을 발동하려 한 그때—.

"핫!"

"……?!"

시스티나가 바닥에 발을 내딛는 동시에 스펠 인터벤션을 발동. 엘렌의 매직 트랩을 간단히 무효화해버렸다.

"그런…… 넌 이것조차 대처할 수 있는 거야……?"

이번 루프의 조커였던 매직 트랩을 간단히 파훼당한 엘렌은 그저 아연실색할 수밖에 없었다.

"《질서 있으라^{캔슬}》!"

심지어 시스티나는 온존해둔 백마(白魔) 【리듬 캔슬】이라는 패까지 꺼냈다.

지금까지의 전투로 카오스 쪽에 기울어졌던 마나 바이오 리듬을 단숨에 로우 상태로 되돌리며 엘렌의 빈틈을 노리고 주문으로 맹공을 펼쳤다.

"큭?! 으으윽?!"

이렇게 된 이상 엘렌은 대응에 급급할 수밖에 없었다.

처음에는 호각이었던 전황은 어느새 완전히 시스티나 쪽으로 기울어 있었다.

'엘렌…… 확실히 너는 잘 싸웠어. 이 계속 반복되는 루프 속에서 하얀 고양이를 아주 잘 연구했지. 이대로면 언젠가는 이길 수 있을지도 몰라. ……이 일주일이 단절 되지 않았다면.'

래피드 파이어, 슈투름, 더블 캐스팅, 스펠 인터벤션.

이것들은 이미 체득한 자에게 제대로 된 가르침을 받아야만 쓸 수 있는 특수 마술 기능이다. 따라서 단절된 일주일을 아무리 반복해봤자 엘렌은 절대로 쓸 수 없는 기술이었다. 범재가 독학한다고 쉽게 익힐 수 있는 얄팍한 기술이 아닌 것이다.

원래는 일부의 천재가 무의식적으로 쓰던 기술을 수백 명의 마술사가 긴 세월에 걸쳐서 조금씩 이론적으로 체계화하고, 연습법을 개발해서 누구나 배울 수 있는 『기술』로 승화시킨 것이기 때문이다.

하물며 엘렌이 아무리 치밀한 작전과 대책을 세워봤자 시스티나에게는 굉장히 높은 수준의 주문 즉흥 개변 기술이 있었다.

이것과 시스티나의 특기이기도 한 응용력이 높은 바람 계통 마술이 상승 작용을 이루어낸 덕분에 그녀는 어떠한 상황에도 임기응변으로 대처할 수 있었다. 다만 이런 개변 주문에는 대량의 마력이 필요하다는 약점이 있지만, 시스티나에게는 그것들을 실전에서 사용하고도 남을 만큼의 압도적인 캐퍼시티가 있었다.

하지만 엘렌의 무기는 극한까지 단축한 한 소절 영창과 수 천 번의 루프를 통한 대전 상대의 전술 행동 패턴화뿐이었다.

결국 범재인 엘렌으로선 수 천 번의 루프를 그저 버티고 있는 게 고작이었다.

'……전력 차가 심각하군.'

확실히 루프를 통해 얻은 상대의 패턴화한 정보와 대량의 마력이라면 다른 학생들은 얼마든지 이길 수 있으리라. 하지만 지금까지 누적된 실전 경험과 수련으로 유연하게 전투 방식을 바꿀 수 있는 시스티나에게는 통하지 않는 잔재주에 불과했다.

앞으로 몇 천 번을 루프해봤자 엘렌은 시스티나를 이길 수 없으리라.

여기까지가 엘렌의 한계였다. 적어도 이 단절된 세계 안에서는…….

제자리걸음을 멈추고 새장 밖의 미래를 향해 나아가지 않는 한 결코 이길 수 없으리라.

와아아아아아아아아아아아아아아아아아아아아아아아아!

글렌이 멍하니 그런 생각을 하는 사이에 관객석에서 어마어마한 환호성이 터졌다.

"승자! 시스티나 피벨!"

시합장을 돌아보자 가볍게 호흡을 가다듬는 시스티나와 분한 얼굴로 바닥에 쓰러진 엘렌이 시야에 들어왔다.

엘렌은 전격에 휘감겨서 꼼짝도 못 하는 상태였다.

"이겼다! 시스티나야! 역시 시스티나가 이겼어!"

"굉장해! 역시나!"

시스티나에게 모이는 찬사, 부러움, 존경.

"뭐, 엘렌도 잘 싸웠지."

"응. 약간 움직임이 굼떴지만…… 상대의 행동을 전부 파악하고 있는 것 같은 대응이 굉장했어. 뭔가 집념 같은 게 느껴지더라. 나이스 파이트야."

"맞아. 쟤도 잘 싸웠어. 하지만 상대가 나빴지."

엘렌에게 모이는 위로, 동정.

"굉장하잖아, 엘렌!"

그리고 시스티나는 이마의 땀을 훔치며 무지에서 비롯된 언어의 칼날로 엘렌의 마음을 난도질했다.

"마치 내 움직임이나 생각을 전부 미리 알고 있는 듯한…… 읽고 있는 것 같았어! 정말 강해졌구나!"

"……!"

"이번에는 운 좋게 내가 이겼지만, 다음에 싸울 땐 결과가 어떻게 될지 모르겠어. ……진심으로 그렇게 생각해. 그러니……."

시스티나는 밝게 웃으며 악수를 요구했다.

이 루프를 인식하지 못하는 그녀로선 최선의 대응이었으리라.

하지만 그 말은, 그 행동은 지금의 엘렌에게는 너무나도 잔혹했다.

"시끄러워! 네가 대체 나의 뭘 안다는 건데!"

바닥에 엎드린 엘렌은 분한 나머지 눈물을 흘리며 격노했다. 격노할 수밖에 없었다.

"에, 엘렌……?"

"내 하늘은 좁아……. 너무 좁단 말야! 아무리 날개를 단련해봤자 난 이 이상 날지 못해! 그런데 무한히 넓은 하늘을 가진 네가 내 기분을 이해할 수 있을 리 없잖아!"

"에, 엘렌? 지금 무슨 소릴 하는지 영……."

하지만 엘렌의 응축된 원망과 질투의 표정을 본 시스티나는 입을 다물 수밖에 없었다.

"대체……대체 왜 못 이기는 건데? 이토록 루프했는데도…… 이토록 노력했는데도……! 어째서 난 단 한 번도 못 이기는 거냐고오오오!"

엘렌은 그대로 인사도 하지 않고 소매로 눈가를 가린 채 경기장을 떠났다.

"에, 엘렌……? 넌 대체……."

시스티나는 그저 넋을 잃은 얼굴로 그 뒷모습을 지켜볼 수밖에 없었다.

　멀리 떨어진 관객석에서 그 광경을 지켜보던 글렌은 한숨을 내쉬었다.

　'이걸로 오늘 마지막 일정인 폐회식에서 에드와르도 할아버지가 시스티나의 메인 위저드 등극을 발표하면…… 다시 처음으로 되돌아가겠지.'

　지긋지긋하지만 이 흐름을 막을 방법이 없었다. 어떻게 막아야 할지 짐작도 가지 않았다.

　이 루프에는 골치 아픈 규칙이 몇 가지나 존재했기 때문이다.

　글렌은 최근의 루프로 판명된 규칙들을 머릿속에서 정리했다.

　'먼저 『엘렌에게는 간섭이 불가능』해. 엘렌의 행동을 방해하거나 시계를 뺏으려 하면…… 바로 그 이형의 괴물이 나타나서 정체불명의 수단으로 목숨을 빼앗아. 미리 방어 마술을 전개해도 소용없었어. 일격에 사망이야. ……이건 절대로 막을 방법이 없어.'

　글렌은 온갖 수단을 동원해서 그 시계를 빼앗으려 했지만 모조리 실패했다.

　늘 중요한 순간에 그 괴물이 나타나서 속수무책으로 살해당하고 말았다.

역시 엘렌의 말대로 그 이형의 괴물은 파수꾼이었다.

이 반복되는 일주일 속에서 룰러는 무적이다. 그런 까닭에 엘렌에게 뭔가 간섭을 해서 루프를 멈추는 건 불가능했다.

네 번 정도 살해당한 시점에서 뼈저리게 깨달았다. 그래서 시계를 빼앗는 건 이미 완전히 포기했다.

'골치 아픈 건 그것뿐만이 아니지…….'

글렌이 또 하나의 『치명적인 문제점』을 떠올리려 한 순간.

"그것 봐. 시스티나가 이겼잖아?"

옆에서 시합을 관전한 이브가 여느 때처럼 팔짱을 낀 채 퉁명스러우면서도 왠지 자랑스러운 목소리로 말을 걸었다.

"저 엘렌이라는 애. 꽤 오랫동안 단련한 것 같지만, 저건 완전히 독학이야. 노력은 인정해도 움직임이 너무 어색해. 그런 애한테 이 홍염공이 직접 가르친 시스티나가 질 리 없잖아? 적절한 지도자도, 육성 계획도 없이 막무가내로 수련한다고 이길 수 있을 만큼 마술의 세계는 만만하지 않아. 뭐, 여기서 말해봤자 어쩔 수 없겠지만."

왠지 이브답지 않게 말수가 많았다.

글렌은 그런 그녀의 옆얼굴을 빤히 쳐다보았다.

"왜 그렇게 쳐다봐? 글렌. 기분 나쁘게."

"아무것도 아니야."

……사실 아무것도 아닌 게 아니었다.

그런 이브의 옆얼굴을 보고 저번 루프의 기억이 되살아났기 때문이다.

————.

반복되는 사흘째의 밤, 필기시험이 끝난 마술학원의 교직원실에서 있었던 일이다.

"……뭐? 이 선발회 기간이 반복되고 있다고?"

"그래."

글렌은 내일부터 시작될 결투전 준비로 바쁜 이브에게 자신이 경험했던 일을 전부 솔직하게 털어놓았다.

—아무튼 뭔가 알게 된 게 있으면 보고해.

—내용에 따라선 협력해주지 못할 것도 없으니까.

언제였는지 모르겠지만 이브에게 들었던 말이 불현듯 떠올랐다.

이미 이건 글렌 혼자서 대처할 수 없는 상태였다. 협력자가 필요했다.

그래서 글렌은 밑져야 본전으로 이브에게 상담한 것이다.

"……"

처음에는 반신반의라기보다 무슨 바보를 보는 듯한 눈의 이브였지만 글렌의 이야기가 진행될수록 표정이 진지해졌다.

"……일단은 믿어볼게. 이 일주일이 루프하고 있다는 것도, 시계에 관한 것도, 저번 루프에서 당신이 이형의 괴물에게 살해당했다는 것도."

이윽고 이브는 손에 든 자료를 책상 위에 던져버린 후 작게 한숨을 내쉬었다.

"진짜?!"

하지만 막상 먼저 이야기를 꺼낸 글렌은 무심코 경악할 수밖에 없었다.

"뭐야? 그 반응은."

"아니, 설마…… 네가 이런 황당무계한 이야기를 믿어줄 줄은 몰라서……."

"일단 논리적으로는 어긋난 점이 없으니까. 확실히 그거라면 엘렌의 이해할 수 없는 능력과 성적에도 나름 납득이가. 당신이 나한테 한 방 먹이려고 한 소리라면 이야기는 별개겠지만."

"그럴 리가 없잖아! 난 엄청 절박하다고!"

"응, 그래. 당신은 변변찮은 인간인 데다 섬세함이라곤 눈 곱만큼도 없는 글러 먹은 남자지만, 이런 시시한 거짓말을 할 사람은 아니야."

아무도 인식할 수 없는 현상을 믿어줄 사람은 없으리라 생각했기 때문인지 이브가 이토록 쉽게 믿어준 사실이 정말 기뻤다.

어쩌면 이브는 좋은 녀석일지도 모르겠다.

"자, 그럼 당신이 한 이야기가 날 속이려는 농담이 아니라 사실이라면…… 먼저 찾아야 할 건 엘렌과 시계가 아니라……."

그리고 이브가 상쾌하게 일어서서 뭔가 중요한 말을 하려한 바로 그 순간─.

파열음과 동시에 튄 피가 글렌의 뺨을 적셨다.

"……어?"

이건 이브의 넋나간 목소리.

"……뭐야, 이게……. 거, 거짓말……이지? 콜록! 쿨럭!"

아연실색한 이브의 입가에서 피가 흘러내렸다.

그리고 그녀의 가슴에는 건너편이 보일 정도로 큰 구멍이뚫려 있었다.

"아……."

글렌은 경악했다.

그리고 자신의 경솔한 행동을 바다보다 깊게 후회했다.

'그러고 보니 엘렌은 분명 **몇 가지** 규칙이 있다고 했었어!'

그런데 왜 지금까지 이런 규칙을 예상치 못한 것일까.

왜 규칙이 하나뿐이라고 철썩 같이 믿었던 것일까.

'아마 『제삼자가 루프 정보를 입수하면 그 제삼자를 배제한다』…… 같은 규칙이 있었던 거야! 그야 그렇겠지! 엘렌은시스티나에게 이길 때까지 루프를 멈출 생각이 없어! ……그렇다면 제삼자의 방해를 경계해서 그런 규칙을 추가하는 게당연하잖아!'

글렌은 남루스의 힘으로 기억이 『되살아났을』 뿐이다. 입수와는 미묘하게 달랐다.

자신이 엘렌의 계획에서 벗어난 예외적인 존재라는 사실을 완전히 잊고 있었던 것이다.

그리고 대체 어느 틈에 나타난 건지 이브의 뒤에는 그 이형의 기계 소녀가 서 있었다.

넋이 나간 글렌 앞에서 소녀는 여느 때처럼 작은 회중시계로 변하더니 그대로 허공에 둥둥 떠 있었다.

그리고 시계침이 반시계 방향으로 맹렬하게 회전하기 시작했다.

"이, 이브으으으으으으으으으으으으으으으!"

그제야 제정신을 차린 글렌은 힘없이 쓰러지는 이브의 몸을 받았다.

틀렸다. 치명상이었다. 이젠 살릴 방법이 없었다.

이브는…… 곧 죽게 되리라.

"하…… 하아…… 아…… 나, 나…… 죽는…… 거야?"

품에 안긴 이브가 공허한 눈으로 힘없이 글렌을 올려다보았다.

"미안! 미안해, 이브! 이럴 생각은 없었어! 몰랐어……! 나도 몰랐다고! 이런 빌어먹을 규칙이 있었을 줄은! 빌어먹을! 대체 왜 이런 일이…… 제길! 제길! 제기라아아아아알!"

글렌은 시시각각 죽어가는 이브에게 그저 사과밖에 할 수 없었다.

그러자 거친 호흡을 반복하던 이브가 떨리는 손으로 글렌의 뺨을 만졌다.

그녀의 온몸은 학질이라도 걸린 것처럼 소스라치게 떨렸고 눈가에서는 눈물이 방울져 흘러내렸다.

"……글……렌…… 싫어……. 나…… 주, 죽고 싶지…… 않……아…….."

"이브……!"

"……그치만…… 난…… 아직, 아무것도…… 다, 당신에게…… 이야기…… 세, 라……."

그리고 이브의 생명의 등불은 급속도로 사라져갔다.

"미안! 이제 됐어! 잠들어, 이브! 분명 바로 다음 루프가 시작되고…… 금방 멀쩡한 상태로 되돌아올 거야! 나 때도 그랬어! 그러니 지금은 전부 잊고 자……! ……잠들어, 줘…… 제발……!"

분명 다음 루프가 시작될 것이다. 아마도. 분명.

글렌은 거의 기도하는 듯한 심정으로 불안해하는 이브의 손을 꼭 잡아주었다.

그러자 그런 그의 소망에 응하듯 시계침의 회전 속도가 점점 빨라졌다.

"……싫어…… 글, 렌…… 나…… 무, 무서워……."

"……괜찮아. ……걱정하지 마, 이브……."

점점 차가워지는 이브의 몸을 글렌은 강하게 끌어안았다.

"……아……."

이윽고 하나의 생명이 글렌의 품속에서 숨을 거두었다.

"……이, 브……! 크윽……!"

아니꼬운 여자였다.

사람을 장기말처럼 부리고, 냉혹하고, 히스테리가 심하고, 성격도 독선적이라 진심으로 싫어하던 여자였다.

어차피 루프가 시작되면 전부 복구된다. 되살아난다. 그 사실을 잘 알면서도…….

이 가슴속에 남은 상실감은 대체 무엇일까.

강렬한 현기증과 구역질과 오한이 당장에라도 글렌의 마음을 살해하려 들었다.

"으아아아아아아아아아아악! 빌어먹으ㅇㅇㅇㅇㅇㅇㅇㅇㅇ을!"

그런 글렌의 절규와 동시에 세계가 천천히 어둠속에 잠기었고, 이 세계는 Ω에 도달하고 말았다.

———.

"……아까부터 대체 뭐야? 내 얼굴에 뭐 이상한 거라도 묻었어?"

이브의 의심스러운 목소리에 과거를 헤매던 글렌의 의식이 현실로 귀환했다.

"시끄러, 자의식 과잉 아냐? 누가 네 찌푸린 낯짝을 쳐다봤다고 그래. 볼 거라면 루미아처럼 귀여운 애를 쳐다보겠지.”

“이, 이게……! 여전히 당신은 마음에 안 들어! 확 죽어버리면 좋을 텐데!”

이브가 짜증을 내며 시선을 피해버렸지만 글렌은 어째선지 그 평소와 다름없는 반응에 안도감을 느꼈다.

‘최근 몇 번의 루프로 알게 된 사실이 있어. 덕분에 정신적인 타격이 꽤 크긴 했지만.’

글렌은 멍하니 시합장을 바라보며 머릿속으로 정보를 정리했다.

‘이 빌어처먹을 루프의 흑막은 엘렌. 저 녀석의 목적은 아마 7일간의 선발회를 계속 반복해서 메인 위저드가 되는 것. ……말 그대로『이길 때까지 반복하겠다』는 거지.’

그 시작점은 첫째 날에 시스티나가 글렌을 잠에서 깨우는 순간이다.

그 종점은 마지막 날에 메인 위저드로 시스티나의 이름이 발표되는 순간이다.

일반적인 루프지만 늘 그 타이밍에 발생하는 것으로 봐선 역시 누가 메인 위저드가 되느냐가 중대한 열쇠라는 건 틀림없었다.

다음으로 예외적인 루프.

‘제삼자가 엘렌에게 간섭해서 루프를 방해했을 때.’

‘제삼자가 이 일주일이 루프하고 있다는 정보를 입수했을 때.’

이 조건이 충족되면 그 이형의 파수꾼이 어디선가 나타나 해당 인물을 살해한 후 바로 루프가 발생했다.

만약 그런 인물들이 있으면 엘렌이 선발회 일정을 정상적으로 소화할 수 없는 가능성이 있기 때문이리라. 요컨대, 발생한 버그에 대처하는 리셋 작업인 셈이었다.

'다만…… 내가 남루스에게 루프의 정보를 입수했을 때는 룰러가 나타나지 않았지. ……어째선지 남루스만 연관되면 예외 처리가 되는 경우가 많은 기분이 드는데…….'

하지만 지금은 고민해봤자 소용없었다.

'아무튼 이 루프는 무슨 일이 있어도 엘렌을 선발회에서 이기게 하기 위한 구조야. 그리고 이 모든 것을 가능하게 하는 터무니없는 힘의 근원은 그 이형의 괴물로 변형하는 수수께끼의 회중시계……. 그 시계는 대체 정체가 뭐지?'

정황상 그 회중시계 자체가 이 루프의 룰러라 볼 수 있으리라.

하지만 정체를 모르는 이상 대처할 방법이 없었다.

규칙에 얽매인 채 옴짝달싹도 할 수 없었다.

'하지만 뭔가가 부자연스럽단 말이지. 왜 엘렌은 우직하게 루프만 반복하는 걸까?'

문득 그런 의문이 떠올랐다.

'엘렌의 가장 큰 장애물은 하얀 고양이야. 그럼 함정이라도 파서 하얀 고양이를 사전에 탈락시키면 되잖아. ……이미 몇 천 번이나 지고 있으면서 왜 그 방법을 쓰지 않는 거지? 왜 고지식하게 정면 대결을 고집하는 거야?'

아무튼 시간을 되풀이하면서까지 승리를 원했을 정도다.

보통은 그런 교활하고 비겁한 방법이 가장 먼저 떠올랐을 터.

하지만 엘렌은 그런 방법을 동원할 낌새를 보이지 않았다. 그저 우직하게 같은 일을 반복할 뿐…….

'혹시 그런 『규칙』도 있는 건가? 정정당당하게 선발회 일정을 소화해야만 하는, 엘렌 본인도 거스를 수 없는 제약이라도 있는 걸까?'

……모르겠다. 아직 정보가 너무나도 부족했다.

'대체 무슨 수를 써야 이 루프를 끝낼 수 있지? 루프의 주도권이 엘렌에게 있는 이상, 소란을 일으켜서 선발회를 중지시켜도 의미가 없어. ……다시 처음부터 루프가 시작될 테니 근본적인 해결 방법이 못 돼.'

그렇다면 시스티나에게 사정을 설명해서 일부러 지게 하는 것은 어떨까.

하지만 곧 현실성이 없는 방법이라는 것을 깨닫고 머리를 감싸 쥐었다.

'무리야. ……하얀 고양이 녀석은 할아버지의 뒤를 이으려고 단단히 각오를 다졌어. 그런 그 녀석을 납득시키려면 사정을 어느 정도 설명해야만 해. ……하지만 그랬다간 하얀 고양이가 그 괴물에게 살해당하겠지. ……난 그런 짓은 절

대로 못 해.'

외통수였다. 정말로 완전히 외통수였다.

상담할 사람이 아무도 없었다. 자신을 제외한 모두에게 루프의 기억이 없다는 것이 치명적이었다.

'젠장…… 아무하고나 상담을 나눌 수만 있었다면…….'

이럴 때 시스티나와 함께 고민할 수 있었다면. 이브에게 상담할 수 있었다면. 루미아에게 사정을 밝힐 수 있었다면. 리엘은…… 그다지 도움은 안 되겠지만, 마음이 조금 편해 졌으리라.

하지만 이젠 무리였다. 친한 이가 눈앞에서 괴롭게 죽어가는 모습을 지켜보는 건 도저히 견딜 수 없었다.

'틀렸어. ……엘렌에게 접촉할 수 없는 데다 룰러의 정체도 파악하지 못했으니 대책을 취할 방법이 없어……. 완전히 사면초가라고. 엘렌이 루프를 반복하는 걸 조용히 지켜보는 수밖에 없어…….'

상황은 그야말로 절망적이었다. 글렌이 이렇게 수수방관하는 사이에도 루프 횟수는 계속 의미 없이 늘어나기만 하리라. ……영원히.

그렇게 고뇌하던 글렌이 머리를 감싸 쥔 순간—

"선생님! 끝났어요! 어땠나요? 제 시합!"

환한 미소의 시스티나가 숨을 헐떡이며 달려왔다.

방금 엘렌과 감정적인 충돌이 있었기 때문인지 표정에 약간 그늘이 져 있었지만, 그래도 요 일주일간 자신이 할 수 있는 최고의 결과를 거두었기 때문인지 달성감과 자랑스러움이 흘러넘치고 있었다.

평소의 글렌이었다면 이 표정을 보자마자 무심코 미소를 지었으리라.

'……이 녀석의 이런 표정을 보는 게 벌써 몇 번째더라? ……슬슬 질리는군.'

하지만 지금의 글렌에게는 그저 지긋지긋하게 느껴질 뿐이었다.

"뭐…… 그럭저럭 아닐까?"

그래서 퉁명스럽게 대답하고 힘없이 자리에서 일어났다.

"예? 그럭저럭이라니…… 그, 그것뿐이에요?"

글렌의 칭찬을 기대했던 시스티나는 예상하지 못한 글렌의 반응에 약간 슬픈 표정을 지을 수밖에 없었다.

"……넌 나한테 무슨 대답을 기대한 거냐?"

하지만 지금의 글렌에게 그녀를 배려할 여유는 없었다.

반복되는 일주일이, 아무런 대책도 세울 수 없는 초조함과 무력감이 글렌의 마음을 좀먹고 있었기 때문이다.

글렌은 그대로 등을 돌린 채 말없이 떠나려 했지만 시스티나는 그 반응을 보고 뭔가를 눈치챈 모양이었다.

"선생님. ……혹시 무슨 일 있으셨어요?"

글렌의 정면에 서서 진지한 눈으로 그의 얼굴을 응시했다.

"아니…… 아무것도 아니야……."

글렌이 메마른 미소를 짓고 퉁명스럽게 대답하자, 시스티나는 더 눈에 힘을 주고 이렇게 말했다.

"전 이래 봬도 뭐랄까…… 선생님과는 꽤 오래 알고 지냈으니…… 대충은 알 수 있어요. 역시 지금의 선생님은 뭔가 이상해요."

"……."

"조금 전에도 평소의 선생님이었다면 빈정거리면서도 절 칭찬해주셨을 거예요. 엘렌에 관해 뭔가 조언을 해주셨을 거예요. 그런데 그럭저럭이라니…… 선생님이 아무 이유 없이 그런 차가운 반응을 보이실 분이 아니라는 건 제가 잘 아는걸요."

"……."

"그러고 보니 선발회 첫날부터 뭔가가 이상했어요. 그때 제가 낮잠을 주무시는 선생님을 깨웠을 때를 경계로 겉모습은 똑같은데 왠지 내용물만 단숨에 늙어버린 것 같은…… 대체 무슨 일이 있었던 건가요?"

'이 녀석은 왜 이리 감이 날카로운 거지?'

루프의 기억을 계승하게 된 이후로 횟수가 늘어날 때마다 점점 시스티나에게 의심을 사는 빈도가 늘어나는 것 같았다.

'얼굴에 드러나나? ……젠장! 들키면 위험해질지도 모르는데!'

짜악!

글렌은 양손으로 자신의 뺨을 때리며 자책했다.

"왜, 왜 그러세요? 선생님."

"글렌…… 왠지 이상해."

"하, 하하…… 아무것도 아니야."

글렌은 눈을 깜빡이는 루미아와 리엘에게 적당히 둘러대고 걷기 시작했다.

"자, 이 다음은 선발회 폐회식이잖아? 가자, 얘들아. …… 참 나, 대체 누가 메인 위저드가 될지 정말 무지 기대되는구만……."

그 기묘한 언동에 루미아와 리엘은 서로 얼굴을 마주보고 고개를 갸웃거리다가 글렌의 뒤를 쫓았다.

'이 녀석들은 고민할 일이 없어서 참 좋겠군. 내가 대체 얼마나…….'

글렌이 그런 독선에 빠진 그때였다.

"저기…… 선생님. 잠시 시간 좀 내주세요."

시스티나가 그의 팔을 잡고 끌어당겼다.

"어, 어……?"

당황하는 글렌을 무시하고 마술 경기장 안의 한산한 통로까지 끌고 갔다.

그리고 글렌의 얼굴에 자신의 얼굴을 바짝 들이대고 눈을 똑바로 바라보며 말했다.

"말씀해주세요."

그 뜬금없는 소리에 글렌은 눈을 깜빡일 수밖에 없었다.

"말하라니…… 대체 뭘?"

"하아…… 이젠 서로 알고 지낸지도 꽤 돼서 그런지 선생님이 그런 표정을 하실 땐 반드시 저희랑 관련된 일로 뭔가를 숨기고 계실 때라는 걸 알게 됐다구요."

글렌은 입을 어물거리다 다물 수밖에 없었다.

"그러니까 얼른 말씀해주세요! 저도 선생님의 힘이 되어드리고 싶다구요! 그러니……!"

시스티나의 제안은 무심코 가슴이 뜨거워질 정도로 기뻤다.

하지만 이건 절대로 받아들일 수 없는 제안이기도 했다.

자신의 제자가, 시스티나가 그런 무참한 꼴로 죽는 모습을 지켜보면서 제정신을 유지할 자신이 없었기 때문이다.

"하! 아는 척 지껄이지 마! 네가 무슨 내 마누라도 되냐? 아앙?"

그래서 글렌은 그녀의 신뢰를 크게 배신하는 형태로 거절할 수밖에 없었다.

"시끄러워. ……쓸데없는 참견이라고. 신경 꺼, 바보."

말하자마자 후회했다. 아무리 정신적으로 여유가 없다지만, 자신을 배려해주는 상대에게 보일 태도가 아니었다.

'아아…… 이거 원, 완전히 미움받았겠구만……. 대체 난 뭘 하는 건지…….'

글렌이 뭔가를 체념하는 한숨을 내쉰 순간—

"그래도…… 전 선생님 편이에요."

예상치 못한 반응에 눈을 휘둥그레 뜰 수밖에 없었다.

"무슨 일이 있어도 전 선생님을 믿어요. 선생님이 원하신 다면 전 언제든지 힘이 되어드릴게요. ……제가 하고 싶은 말은 이게 다예요."

그렇게 말한 시스티나는 통로 건너편에서 걱정스러운 얼굴로 이쪽을 바라보는 루미아를 향해 걸어갔다.

"……."

글렌은 아무런 대답도 할 수 없었다.

그리고 여느 때처럼 모두가 모인 마술 경기장에서 폐회식이 열렸고―.

―그리고 여느 때처럼 마지막이 찾아온 후에는 처음으로 회귀했다―.

제 6 장 돌파구

―――――.

―――――. ……

"……선……생……님! 선생……님!"

여느 때처럼 어둠속에서 의식이 부상했다.

"……선생님! 선생님! 선생님? 선생님도 참!"

여느 때처럼 귀를 찌르는 시스티나의 목소리.

"정말이지! 이제 그만 좀 일어……!"

덜컹!

글렌은 의식이 각성하는 동시에 세차게 일어나 시스티나를 노려보았다.

"시끄러, 닥쳐."

마치 영혼이 얼어붙을 것만 같은 글렌의 목소리와 눈빛에 시스티나가 화들짝 놀랐다.

약간 떨어진 곳에 있던 루미아와 리엘이, 그리고 지금까지 담소를 나누던 2반 학생들도 깜짝 놀라서 글렌을 주목했다.

"아…… 그, 그게…… 죄송해요! 제가 좀 말이 심했죠……?"

"……아."

놀라서 쭈뼛거리는 시스티나를 본 글렌은 곧 죄책감에 사로잡혔다.

"아니…… 나야말로, 미안. ……망할! 난 대체 뭘 하는 거야!"

글렌은 머리를 감싸 쥐며 자책했다. 그리고 칠판을 주먹으로 후려쳤다.

2반 학생들은 대체 무슨 일인가 싶어 서로를 마주 볼 수밖에 없었다.

"……서, 선생님?"

시스티나는 진지한 눈으로 그런 글렌의 옆얼굴을 응시했다.

그리고 다시 변함없는 일주일이 시작되었다.

글렌은 마치 작업처럼 묵묵히 그 시간을 소화할 수밖에 없었다. 그래야만 했다.

이 반복되는 일주일을 인식하게 된 지 꽤 오랜 시간이 지났다.

타인에게 상담할 수도 없고, 엘렌에게 접촉할 수도 없는 채로…….

그런 열악한 상황에서도 나름대로 사태의 타개책을 모색해가며 필사적으로 움직였다.

루프를 일으킨 근원은 틀림없이 엘렌이 가진 그 수수께끼의 시계다.

그래서 글렌은 그녀와 어떻게든 접촉하려고 다양한 수를 써 보았다.

어떻게든 그 시계를 빼앗을 방법이 없을지 고민했다.

하지만 결론부터 말하자면 실패였다. 행동에 나서면 즉시 그 이형의 기계 소녀가 나타나서 정체를 알 수 없는 공격을 펼쳤다.

【트라이 레지스트】, 【포스 실드】, 【바디 업】, 【에어 스크린】…… 사전에 아무리 강력한 방어 마술을 펼쳐도 전혀 소용이 없었다.

갑자기 가슴에 큰 구멍이 뚫려서 허망하게 죽을 뿐이었다.

그리고 이젠 그 죽음을 체험하는 것도 정신적으로 거의 한계라 최근 루프에서는 엘렌에게 뭔가 손을 쓰는 걸 완전히 포기하고 말았다.

결국 아무런 진전도 없이 루프 횟수만 의미 없이 늘어나고 있는 상황이었다.

'……이 루프 속에서 유일하게 변화하고 있는 건…… 엘렌뿐이군.'

그렇다. 뜻밖에도 엘렌이었다.

그녀만 루프를 거듭할 때마다 조금씩 변화하고 있었다. ……그것도 최악의 방향으로.

'요 몇 차례 동안 엘렌의 성적이 눈에 띄게 떨어지고 있어.'

당사자의 정신 상태는 마력 스테이터스와 전투 퍼포먼스

에 깊은 영향을 준다.

뭐, 굳이 따로 언급할 필요도 없는 사실이겠지만 그날의 육체, 정신적인 컨디션에 따라 캐퍼시티와 덴시티, 그리고 전투 결과는 크게 달라지기 마련이다.

그런데 엘렌은 최근 들어서 루프를 거듭할 때마다 그 결과들이 점점 나빠지고 있었다.

'즉, 저 녀석도 슬슬 한계라는 거지. 아마 엘렌에게는 이 단절된 일주일 안에서 자신이 이룰 수 있는 최고의 상태에 도달했다고 확신한 순간이 있었을 거야. ……하지만 그것조차 하얀 고양이에게는 전혀 통하지 않았으니…… 결국 마음이 꺾인 거겠지.'

당장은 상위 성적을 유지하고 있지만 일단 마음이 꺾인 이상 남은 건 추락하는 것뿐이리라.

"역시 메인 위저드 유력 후보는 알자노 학원의 시스티나 피벨이나, 크라이토스 학원의 레빈 크라이토스겠지!"

"응. 엘렌도 굉장했지만, 그 두 사람에 비하면 약간 부족한 감이 있지!"

"내일 마술 모의전에서는 그 시스티나와 레빈의 시합이 있지?"

"맞아! 누가 이길지 벌써 기대가 돼!"

이번 루프의 5일째.

마술 결투전이 열린 마술 경기장 관객석 곳곳에서 그런 평가가 들릴 정도로 엘렌은 컨디션이 크게 무너진 상태였다. 아마 다음 루프에서도 나아지기는커녕 더 악화되리라.

"……이건 글렀구만."

오늘 엘렌의 시합을 관전한 글렌은 한숨을 내쉬었다.

사소한 실수로 리제, 자일에게 연패하고 만 엘렌은 보기 딱할 정도로 초췌해진 얼굴로 경기장 구석에서 양 무릎을 끌어안고 주저앉아 있었다.

'이런 생각을 하고 싶지는 않지만…… 엘렌이 하얀 고양이에게 이겨서 메인 위저드의 자리를 차지하는 기적은 기대할 수 없을 것 같군.'

글렌은 성대하게 한숨을 내쉰 후 머리카락을 벅벅 헤집었다.

루프가 거듭될수록 상황은 더더욱 명백해졌다.

사면초가, 외통수, 도저히 손 쓸 방법이 없었다.

'하다못해 엘렌의 그 시계가 뭔지…… 그 기계 소녀의 정체가 뭔지 안다면 대책을 세울 수 있을지도 모르건만…….'

하지만 엘렌에게는 접근조차 할 수 없었다. 조사하는 것조차 불가능했다.

'앞으로 몇 번이지? 이 일주일이 『완전히 닫혀』버릴 때까지 대체 몇 번이나 남은 거지?'

"제길……!"

글렌은 견딜 수 없는 무력감에 욕설을 내뱉고 좌석을 주먹으로 내리칠 수밖에 없었다.

그 소리에 주위에 있던 학생들의 시선이 모였다.

"가, 갑자기 무슨 일이세요?"

"글렌, 괜찮아?"

그리고 옆에 앉은 루미아와 리엘이 눈을 깜빡이며 걱정했다.

"시끄러! 아무것도 아니야!"

"앗?! 선생님! 기, 기다려주세……!"

글렌은 루미아의 제지를 뿌리치고 달려갔다. 달아나고 말았다.

'어쩌면 좋지? 대체 어쩌면……!'

세차게 흘러가는 풍경 속에서 글렌의 마음은 절망의 미궁 속을 하염없이 방황했다.

'앞으로 얼마나 남은 거지? 이 시공간은 남루스가 말한 대로 이미 시간축에서 완전히 떨어져 나간 걸까? 이미 우리는 영원히 미래로 나아갈 수 없게 된 거야?'

한치 앞도 보이지 않는 어둠 속에서 그저 조바심만 강해질 뿐.

'이대로면 저 녀석들의 미래가! 이런 시시한 세계 안에서 완결된 채 끝나버려! 대체 어떻게 해야…… 어떻게 해야 여기서 벗어날 수 있는 거냐고!'

하지만 글렌의 질문에 대답할 수 있는 자는 아무도 없었다.

정말로 속수무책이었다.

이 무간지옥(無間地獄)을 참고 견디는 것이, 미래를 위해 발버둥 치는 행위가 전부 헛수고처럼 느껴졌다.

하지만 그러는 사이에도 루프는 하염없이 계속 되풀이되었다.

─────.

"……선……생……님! 선……생님……! 선생…… 어? 일어나 계셨어요? 어라? 방금 전까진 주무시는 줄 알았는데……."

"……음."

과연 이번 루프는 몇 번째일까. 이미 글렌은 루프 횟수를 헤아리는 것을 그만둔 상태였다.

그리고 여느 때처럼 기계적으로 선발회를 보내기로 했다.

첫째 날에는 여느 때처럼 시스티나와 레빈이 교류 환영회에서 충돌했으니 내일부터는 마력 측정이 있으리라. 모레부터는 필기시험이 있으리라.

모든 것이 변함없는 나날.

그리고 나흘째부터는 여느 때처럼 결투전이 시작되리라.

─────.

어느 루프의 이튿날.

글렌은 여느 때처럼 마력 측정장으로 이동하는 중이었다.

이때 루미아와 리엘이 함께 가는 건 정해진 패턴이다.

하지만 이번에는 대체 어찌된 영문인지 일행이 늘어나 있었다.

"……그래서 전 무슨 일이 있어도 메인 위저드가 되고 싶은 거예요, 선생님."

"흐응. 그래……?"

시스티나였다. 무슨 영문인지 글렌과 행동을 함께 한 것이다.

평소의 패턴대로였다면 그녀는 사전 준비 때문에 먼저 측정장에 도착해 있어야만 했다.

"오만한 말일지도 모르지만, 전 할아버님의 뒤를 쫓고 싶어서……."

그런데도 이번 루프에서는 글렌의 곁에 있었다.

게다가 원래는 루프 첫째 날에 들어야 했던 시스티나가 이번 선발회에 건 각오를 듣는 것도 이 타이밍으로 미루어졌다.

이건 처음 경험하는 전개였다.

"그래서 전 저를 위해 메인 위저드가 되고 싶어요. 과거에 세계의 큰 무대에서 마술 실력을 겨룬 할아버님께서 보신 광경을…… 제 눈으로 보고 싶어서……."

시스티나는 그렇게 말하면서도 연신 글렌의 안색을 살피

고 있었다.

"……왜?"

하지만 돌아온 것은 의문뿐이었다.

"예? 아뇨, 그러니까 전 할아버님을……."

"아니, 그게 아니라 하얀 고양이. 넌 대체 왜 여기 있는 거
냐?"

돌이켜 보면 조금씩 행동이 변한 건 엘렌뿐만이 아니었
다. 시스티나의 글렌에 대한 반응도 조금씩 바뀌고 있었다.

"이건 네 장래의 목표에도 영향을 주는 중요한 대회잖아?
그럼 지금 우리랑 이러고 있을 게 아니라 먼저 해야 할 일이
있지 않겠어?"

그렇다. 일반적인 루프의 이 시간대에 그녀는 항상 이 자
리에 없었다.

아침 일찍 측정장에 가서 최고의 결과를 내기 위한 준비
에 여념이 없었을 터.

그런데도 지금 그녀가 자신의 곁에 있는 사실이 신기해서
견딜 수가 없었다.

그런 글렌의 의문에 시스티나는 잠시 입을 다문 후―

"그치만…… 도저히 내버려둘 수가 없었는걸요."

슬픔과 분개가 뒤섞인 작은 목소리로 중얼거렸다.

"선생님. 거울로 지금 어떤 얼굴을 하고 있는지 확인해본
적 있으세요? 보통 심각하신 게 아니거든요?"

"……."

"그것도 어제 낮잠……을 주무신 건 아니었지만, 제가 선생님을 깨운 순간부터 갑자기요. 그 전까지는…… 평소와 다름 없으셨는데……."

아무래도 이번 루프에서는 시스티나가 걱정이 된 나머지 급하게 예정을 변경해버릴 정도로 최악의 표정을 짓고 있었던 모양이다.

"그러니 무슨 일이 있는 게 아닐까 싶어서 걱정하는 게 당연하잖아요. 아니, 저뿐만 아니라…… 루미아도, 리엘도…… 우리 반 애들도, 다들 걱정하고 있는걸요."

"……."

글렌은 말없이 뒤를 힐끔 쳐다보았다.

그러자 그 말대로 루미아와 리엘이 뭔가 말하고 싶은 게 있는 듯한 불안한 눈으로 자신을 지그시 바라보고 있었다.

하지만 글렌은 작게 한숨을 내쉰 후 쌀쌀맞게 시선을 피했다.

루미아와 리엘이 슬프게 시선을 내리까는 기척이 느껴졌지만 어쩔 수 없었다. 저런 반응에 일일이 대응하는 것조차 너무 귀찮았다.

지금의 글렌에게는 그럴 정신적인 여유조차 없었기에…….

"시끄러. 너희하곤 관계없잖아. 부탁이니까 좀 내버려 둬."

"……."

글렌은 그녀들의 시선으로부터 도망치는 것처럼 걷는 속도를 올렸다.

이런 정신 상태로는 안 된다는 걸 머리로는 알면서도 어쩔 수 없었다.

마음이 지쳐 있었다. 무거웠다.

'이대로면 내 마음이 망가지는 것도 시간문제겠군…….'

글렌이 마치 남의 일처럼 그렇게 생각한 순간, 누군가가 앞길을 막아섰다.

"훗. 널 기다리고 있었다."

마도 고고학 교수 포젤 루포이가 여느 때처럼 눈앞에 나타난 것이다.

"이야기는 들었다. 네가 글렌이지? 자, 가자. 어서."

그리고 포젤은 여느 때처럼 거칠게 글렌의 멱살을 잡았다.

"참 나……."

글렌이 여느 때처럼 기계적으로 포젤을 집어던지려 한 순간.

"……포, 포젤 선생님? 학원으로 돌아오셨던 거예요?!"

갑자기 옆에서 터진 고함에 움직임이 멈추었다.

시선을 돌리자 시스티나가 눈을 깜빡이며 포젤을 응시하고 있었다.

"음? 넌 시스티나 피벨이군. 뭐지? 나한테 무슨 용건이라도 있나?"

포젤은 거만하게 시스티나를 노려보았다.

"뭐, 뭐지? 는 무슨! 전 아직도 잊지 않았거든요?! 전에 선생님께서 계획하신 유적 탐색에 지원했을 때, 제 논문에 말도 안 되는 트집을 잡아서 절 조사대에서 탈락시켰던 걸요!"

이번에는 시스티나가 화가 난 눈으로 포젤을 노려보았다.

"흥, 넌 여자잖아? 여자가 그런 위험한 일을 하게 둘 수는 없지. 여자는 얌전히 안전한 곳에서 집안일이나 하면 돼. 목숨을 거는 건 남자가 할 일이다."

"그건 완전히 시대착오적인 사고방식이거든요?! 요즘 시대는……!"

그러자 조금 전까지의 무겁고 답답했던 분위기가 마치 거짓말이었던 것처럼 시스티나와 포젤이 시끄럽게 말싸움을 시작했다.

지금까지의 루프에서는 단 한 번도 경험하지 못한 이색적인 전개에 글렌은 오랜만에 우울한 생각을 잊고 어안이 벙벙한 표정으로 두 사람을 지켜보았다.

"참 나…… 여전히 시끄러운 어린애군. 난 바빠. 널 상대할 시간은 없어. 잘 봐, 이 조각상을."

그리고 포젤은 품속에서 조각상을 하나 꺼내더니 시스티나에게 보여주었다.

"앗! 그, 그건……!"

하지만 시스티나는 그 조각상을 본 순간, 마치 어린애처럼 호기심으로 눈을 반짝거리기 시작했다.

"그 조각상은 설마…… 천공의 타움의 권속?!"

"호오? 이걸 알아본 거냐? 제법이군."

"그, 그야 당연하죠! 마도 고고학을 조금이라도 아는 사람에게는 상식이잖아요! 상식! 천공의 타움이야말로 고대문명의 수수께끼를 풀 가장 큰 열쇠이니까요!"

"……호오? 그렇군. 피벨, 넌 아무래도 여자치곤 『뭘 좀 아는』 녀석이었던 모양이군. 하지만 일반적인 세간의 상식으로는 우리의 생각이 오히려 이단이라는 것 같다만?"

"훗! 그럼 뻔하죠! 우리가 아니라 이 세상이 잘못된 거예요!"

"그래! 그 말대로다! 우리가……!"

"우리야말로……!"

"신이니까요!"

"신이니까!"

"……뭐야? 이 웃기는 상황은…….."

"아, 아하하…….."

눈앞에서 벌어진 촌극에 글렌은 눈을 게슴츠레하게 떴고, 루미아는 쓴웃음을 흘릴 수밖에 없었다.

"……뭐, 난 지금부터 학원 부속 도서관에서 이 조각상을 좀 더 자세하게 조사해볼 예정이다. 방해하지 말도록."

"예! 힘내세요! 조사 결과 논문이 나오면 꼭 읽어볼게요!"

"훗, 기대해. 이번 건 굉장할 거다."

"아, 그치만 포젤 선생님의 논문은 가끔 논리가 억지스럽 달까…… 이론이 전혀 성립되지 않을 때도 있으니까 그땐 평소처럼 지적하는 투서를 보내드릴게요!"

"뭐?! 제, 제길! 그렇다는 건 항상 사소한 부분을 꼬치꼬치 지적하는 그 음험한 무기명 투서를 쓴 인간이 바로 너였냐?!"

"그래, 그래. 열심히들 떠드쇼."

글렌이 루미아와 리엘을 데리고 등을 돌린 순간―.

"……거, 거기 서! 글렌 선생! 아직 내 이야기는 다 안 끝 났다고!"

포젤이 잽싸게 어깨를 붙들었다.

"네 힘이 필요해. 사실 난 아직 도서관 봉인 서고 이용 허가를 못 받은 상황이라 이대로 들어가면 백 퍼센트 못 나올 자신이 있거든. 어때? 곤란하겠지?"

"아니, 그런 소릴 왜 자랑스럽게 하냐고……."

이젠 기가 막히다 못해 맥이 빠졌다.

"다른 사람을 알아봐. 난 지금부터 마력 측정 감독을……."

"이, 이렇게 부탁하마! 난 딱히 죽는 것도 해고당하는 것 도 두렵지 않지만, 논문을 쓰지 못하는 건 도저히 견딜 수 가 없어! 이번 논문은 마도 고고학회에 큰 파란을 일으킬 중요한 논문이란 말이다! 그러니……!"

"에에잇! 시끄러, 닥쳐! 이 변변찮은 자식아!"

그 순간, 시스티나가 끼어들었다.

"……저기, 선생님."

"왜?"

"아무래도 지금 당장은 무리겠지만…… 마력 측정이 끝난 다음에라도 저랑 같이 포젤 선생님을 도와드리면 안 될까요?"

그리고 무슨 생각인지 갑자기 영문 모를 제안을 했다.

"오오, 날 도와주겠다는 거냐? 피벨!"

"……뭐? 아니, 하얀 고양이…… 너, 뜬금없이 그건 또 무슨 소리야?"

"포젤 선생님은 서른일곱 살이나 먹은 주제에 어른다운 차분함과 여유 같은 건 개미 눈물만큼도 없는 노총각이고, 마도 고고학 연구를 위해 모든 걸 포기한 것치고는 논문이 워낙 지리멸렬해서 주위에서는 아무도 이해해주지 않는 데다, 덤으로 성격은 제멋대로에 고집불통인 막장 인간이라 장래에는 틀림없이 고독사 확정인 인생의 패배자지만……."

"야, 하얀 고양이. 말이 심해도 너무 심한 거 아냐? 포젤 녀석도 방금 눈물을 찔끔했거든?"

"……그래도 이 분이 해고당하는 건 마도 고고학계의 손실이라고 생각해요. 일단은요."

시스티나는 고개를 절레절레 저으며 어깨를 으쓱였다.

"하, 하지만…… 난 지금 그런 짓이나 할 때가……."

그러자 시스티나는 글렌의 눈을 똑바로 바라보며 이렇게 말했다.

"지금 선생님께 필요한 건 아마, 휴식일 거예요."

"뭐?"

"지금 선생님께선 너무 마음이 급하시다고 해야 할지…… 주위를 돌아볼 여유가 없다고 해야 할지…… 아무튼 제가 보기엔 그래요. 그럴 때는 뭘 해도 잘 안 풀리는 법이잖아요? 그러니 평소와 다른 일을 해보는 것도 괜찮을 거예요."

"……."

글렌이 넋을 잃자 시스티나는 미소 지었다.

"선생님께서 대체 뭘 고민하고 계신지는 더 안 물어볼게요. 하지만 계속 지금 같은 상태라면 망가질지도 몰라요. 그러니 여기선 일단 기분전환 겸 저랑 같이 포젤 선생님의 일을 도와드려보는 게 어떨까요?"

"……."

"물론 강요는 하지 않을게요. 선생님께서 꼭 해야 하는 일이 있다면 그쪽을 우선하셔도 전혀 상관없어요."

"할 일은…… 없는데……."

오히려 뭘 해야 좋을지 알 수 없는 상태였다.

"그럼 어떤가요? 저랑 같이? 분명 꽤 재미있을걸요?"

글렌은 시스티나의 웃는 얼굴을 바라보았다.

신선한 감각이었다. 끝없이 되풀이되는 시간 속에서 완전히 지치고 메말라버린 마음에 물방울이 떨어져서 스며드는 듯한 감각.

글렌이 길을 잃거나 멈춰 설 때마다 늘 손을 잡고 앞을 향해 이끌어주는 시스티나. 그런 그녀의 모습이 그 무엇보다 숭고하게 보이기 시작했다.

완벽한 외통수에 몰린 끝에 절망한 순간, 아무렇지 않게 변화를 이끌어내 준 소녀의 모습이 너무나도 눈부시게 보이기만 했다.

"……그래, 알았다."

어차피 딱히 할 일도 없었다. 하루쯤은 관계없는 일을 하면서 노는 것도 나쁘진 않으리라.

글렌은 그렇게 스스로에게 변명하며 무심코 동의하고 말았다.

"후훗, 시스티. ……선생님을 부탁할게."

"응. 글렌을 잘 부탁해, 시스티나."

"뭐?! 아, 아니…… 나, 나는 딱히 그런…….."

그리고 소녀들의 대화를 등으로 흘려들었다.

그리고 마력 측정이 끝난 후.

"훗. 고맙다. 글렌 선생, 피벨."

농밀한 어둠과 잉크 냄새가 만연한 마술학원 부속 도서관 지하 서고에서―

글렌과 시스티나는 포젤의 뒤를 따라 책장이 늘어선 좁은 통로를 걷고 있었다.

일행은 손끝에 깃든 마술광(魔術光)을 의지해 어둠 속으로 나아갔다.

참고로 봉인 서고 관람 허가는 시스티나가 신청하자마자 바로 나왔다.

평소에 늘 사고만 일으킨 글렌의 신청은 심사를 통과하지 못했기 때문이다. 덕분에 제자 앞에서 완전히 체면만 구기고 말았다.

"사실 난 여러 권의 책을 쓴 적이 있지. 내가 지금까지 경험한 고대 유적 탐색을 기록한 다큐멘터리물이라 당연히 대히트했지."

"예, 맞아요! 선생님! 포젤 선생님께서 쓰신 책은 진짜 재미있어요! 제 라이벌로 인정해드리지 못할 것도…… 으흠!"

"듣고 놀라지나 마라. 시리즈 **누계** 천 부라는 기록적인 판매량을 달성했다고?"

"우와, 굉장해요! 저번보다 50부나 늘어났네요?!"

"음. 요즘 출판 업계에서 내 이름을 모르는 녀석은 아마 없을 거다."

"……대히트가 아니라 대폭망이잖아."

글렌은 포젤과 시스티나의 대화에 전혀 따라갈 수가 없었다.

"팬레터도 계속 오고 있다고? 「죽어」, 「지루해」, 「작가의 정신상태가 의심스러워」, 「그만 절필해주세요」, 「종이의 낭비」……"

"후훗! 다들, 츤데레네요!"

"그러게 말이다. 능력 있는 인간을 솔직하게 칭찬할 줄 모르는 부끄럼쟁이들이더군."

"……아니, 솔직한 감상 아닐까?"

역시 도저히 대화를 따라갈 수가 없었다.

"하지만 시장에선 위대한 이 몸을 배려하는지 좀처럼 서점에 책을 안 들여놔주더군. 더 많은 독자에게 읽게 하려는 배려인지 바로 헌책방에 넘길 때도 많아."

"맞아요. 그렇게 고대 유적에 관해 병적, 편집증적일 정도로 자세하고 치밀하게 묘사한 책이라면…… 무심코 사고 싶어지는 게 인지상정인데…… 배려심도 그 정도면 거의 미담이네요!"

"틀림없이 상업적인 이유 때문일걸."

"맞아, 글렌 선생. 도와준 보답으로 나중에 내 열 권이 넘는 책 시리즈에 전부 직접 사인을 해서 주마."

"우와, 좋겠다! 잘됐네요, 선생님!"

"와아~ 기뻐라아~. 한동안 휴지 걱정할 일은 없겠네~."

세 사람은 그런 온도차가 심한 대화를 나누며 지하 서고 안쪽으로 들어갔다.

사실 글렌은 내심 기뻐하고 있었다. 오랜만에 살아있다는 실감을 느꼈기 때문이다.

미래를 예상할 수 없는 당연한 일이 얼마나 소중한 것인지 새삼스럽게 실감한 순간이었다.

  이윽고 일행은 금단 봉인 서고에 도착했다.

  "음~ 그렇군. 그래, 그런 거였어. 이 고대 문자는…… 상
징학적으로…… 음, 모리아 왕조의 왕실 비밀서식의 응용
해독법이 쓰인 걸지도 모르겠군."

  독서용 테이블 한가운데에는 그 조각상이, 그리고 그 주
위에는 문헌이 산더미처럼 쌓여 있었다.

  포젤은 그 문헌들과 조각상을 일심분란하게 비교하면서
분석 작업을 진행하는 중이었다.

  아무래도 그의 말에 따르면 이 훔쳐온 조각상은 고대신의
권속을 본뜬 것이고, 이번 조사 목적은 그 모델이 된 권속
의 진명(眞名)을 찾는 것이라 한다.

  테이블 위에 둔 램프의 흐릿한 불빛 아래에서 포젤은 정신
없이 문헌을 살폈다.

  "이봐, 글렌 선생! 저쪽 선반에 분명 『구(舊) 고대 대(大)
룬 외법 전서』가 있었을 거다! 그걸 이리 가져 와! 어서!"

  "선생님, 선생님! 『고대 상징학 비술서』요! 찾아주세요! 얼른!"

  "……예, 예."

  어쩌다 보니 조수 역할을 떠맡게 된 글렌은 생기가 없는
눈으로 포젤과 시스티나의 잔심부름을 했다. 솔직히 둘 다
사람을 부리는 게 너무 거칠었다.

"……제길! 예상이 빗나갔어. 이상하군. 넌 대체 몇 번째 권속인 거지?"

포젤이 난폭하게 문헌을 넘기며 조각상을 노려보았다.

"역사에서 소실된 번외 권속…… 그 울림에서는 낭만이 느껴지지만, 그렇다고 모르는 채로 방치해둘 수는 없는 노릇이지. 기다려라. 네 정체는 반드시 내가 밝혀주마."

"그러고 보니 포젤 선생님. 지금 저희는 조형학 및 상징학적 관점에서 접근하고 있는데, 한 번 조각상의 재질에서 마술적으로 특정해보는 건 어떨까요?"

평소의 쿨한 분위기와는 정반대로 완전히 눈빛이 돌변한 시스티나가, 약간 흥분한 기색으로 문헌을 마구 넘기며 제안했다.

"흠, 넌 여자치곤 감이 날카롭군. ……확실히 그쪽 방면으로 고찰해보는 것도 나쁘지 않겠어."

"예. 그리고 출토 목록과 연대순으로 대조해보면……."

그러자 포젤이 갑자기 테이블 위에 쌓인 문헌들을 옆으로 확 밀어버려서 공간을 확보했다.

"좋아! 난 마도 지질학 코너에 다녀오마!"

"그럼 전 비밀등급 A의 출토 목록을 찾아보고 올게요!"

"아, 글렌 선생! 그것 좀 치워줘! 이젠 필요 없으니까!"

"제대로 표기 번호순대로 꽂아주세요! 그게 매너니까요!"

"……진짜 때려주고 싶다."

글렌은 바닥에 엉망으로 쌓인 문헌들을 내려다보며 주먹을 불끈 쥐었다.

그리고 저 둘을 따라온 것을 벌써 후회하면서 마지못해 책을 치우기 시작했다.

"하얀 고양이 녀석…… 날 위해서라기보다 그냥 자기가 마도 고고학 연구를 하고 싶었던 거 아냐? 후우……."

글렌은 포젤과 시스티나의 마도 고고학 담론을 전혀 따라갈 수가 없었다. 애초에 전공 분야 자체가 전혀 달랐기 때문이다. 그래서 지금은 완전히 저 둘의 심부름꾼 신세였다.

"참 나, 이런 이상한 조각상이 대체 뭐라고……."

글렌은 책을 치우며 테이블 위에 놓인 조각상을 쳐다보았다.

마치 인간 소녀와 조류를 교배시킨 듯한 모독적인 모습.

솔직히 보고 있기만 해도 구역질이 치미는 혐오감과 불길함이 느껴질 정도였다.

'……응? 그런데 이 조각상……왠지 어디서 본 것 같은 기분이…….'

기시감을 느낀 글렌이 고개를 갸웃거리면서 조각상을 손으로 잡은 순간—.

"어? 그 조각상에 관심이 있으세요? 선생님."

돌아온 시스티나가 테이블에 책으로 탑을 쌓으며 물어보았다.

"아니, 딱히……."

"예! 그럼 특별히 제가 차근차근 설명해드릴게요! 흠, 일단…… 선생님은 『천공의 타움』에 대해선 알고 계세요?"

그냥 자기가 설명하고 싶었던 것뿐인 모양이다.

시스티나가 흐뭇하게 가슴을 펴고 반쯤 맛이 간 눈으로 뜨겁게 바라보자 글렌은 어쩔 수 없이 고개를 끄덕였다.

"그 정도는 알아. ……고대 문명의 주요 종교…… 성신(星辰) 신앙의 최고신격이잖아? 쌍둥이 자매신인."

"예. 그리고 우리나라의 국교인 성 엘리사레스교의 제1위 치천사(熾天使)에 《시간의 천사》라 틸리카와 《하늘(空)의 천사》 레 파리아라는 자매 천사가 있잖아요? 실은 이 자매 천사야말로 천공의 타움이라는 설이 있어요."

"뭐……?"

시스티나가 주장한 설을 들은 글렌은 한숨을 내쉬었다.

"전지전능한 최고신의 신성한 뜻을 충실하게 대행하는 천사가 이교(異敎)의 최고신격이라고? 너…… 여기가 알자노라 다행인 줄 알아. 레자리아에서 그런 소리를 함부로 꺼냈다간 바로 끌려가서 화형당했을걸?"

"으, 음. 뭐, 그럴지도 모르지만, 사실 그렇게 생각할 만한 근거가 있거든요. 먼저 각지에 흩어진 고대 신화와 종교체계를 분석하고 그 근간인 성신 신앙이 시대의 변천에 따라 성 엘리사레스교로 개종되는 과정과 순서, 성 엘리사레스교의 제사의식 변화와 편찬 과정을 쫓다 보면 필연적으로 답이나와요. 즉―― (생략) ―― 애초에 라 틸리카, 레 파리아라는 이름의 어원은―― (생략) ―― (생략) ―― (생략)!"

"알았어, 알았다고! 즉, 성신 신앙은 이 북 셀포드 대륙 각지의 민족 풍속에 뿌리 깊게 존재하고 있다는 거지?! 그래서 성 엘리사레스교를 포교하려고 성신 신앙의 신성을 흡수해야 했지만, 교회로서는 자신들이 섬기는 지고신보다 이교의 신격이 더 인기가 많다는 불명예스러운 사실이 증명됐을 뿐이니 어쩔 수 없이 그 사실을 교묘하게 숨겼다고…… 이해했어! 이해했다고!"

글렌은 시스티나의 수다를 멈추기 위해 억지로 결론을 정리했다.

"그래서 뭐 어쨌다고! 그게 이 꺼림칙한 조각상이랑 대체 무슨 관계가 있다는 건데?!"

그 순간이었다.

"아직도 모르겠나? 이러니까 일반인은……."

마침 돌아온 포젤이 대량의 책을 테이블 위에 쿵 떨어트렸다.

그 어마어마한 양에 나중에 치울 걸 생각한 글렌은 속으로 넌더리가 날 수밖에 없었다.

"그러게요. 여기까지 설명했는데 아직도 눈치채지 못하시다니……."

"음. 무지몽매한 것도 정도가 있지."

그리고 두 사람은 마치 약속한 것처럼 동시에 어깨를 으쓱인 뒤 깔보는 눈으로 글렌을 내려다보았다.

'이 녀석들…… 진짜 패고 싶다.'

글렌은 주먹에 시퍼런 힘줄을 세우며 뒷말을 기다렸다.

'아니, 그보다 하얀 고양이 녀석. 대체 뭐야?! 전부터 마도고고학이랑 연관되면 이상해지는 건 알고 있었지만, 설마이 정도였어?!'

"즉, 이 조각상은 천공의 타움 중 한쪽인 《시간의 천사》라 틸리카의 권속일지도 모른다는 거다."

"하아, 그러셔?"

글렌은 포젤의 설명에 의욕 없이 대답했다.

"하지만 대천사의 권속은 빗자루로 쓸어 담을 정도로 많아. 만약 천공의 타움 = 《시간의 천사》설을 주장하려면 그권속이 대체 몇 번째고 진명도 무엇인지 알아내서 연관시켜야만 해. ……거기에 상징학적, 소환술적인 증거도 첨부해서. 잘 봐. 이 조각상의 조형과 인상을. 여기서 찾아볼 수 있는 요소에는 지나치게 공통점이 많아. 종교 상징학에 따르면……."

"아니, 난 모르겠거든? 뭐? 공통점? 대체 어디?"

"예에에에에에?! 선생님께는 이 조각상에 새겨진 고대인의 목소리가 안 들리시는 거예요?! 역사의 고동이 안 느껴지시는 거냐구요! 이 조형, 재질, 연대, 문자, 인상, 제작 기술…… 그야말로 고대문명 정보의 집약체잖아요!"

시스티나가 진심으로 모자란 인간을 보는 눈으로 쳐다보았다.

아마 이 둘 정도로 마도 고고학과 그 관련 지식에 조예가 있는 자만이 알아볼 수 있는 사실이리라. 하지만 글렌은 거기에 해당되지 않았다.

"훗, 이걸 사실로 증명할 수 있다면 성 엘리사레스교 신학회와 마도 고고학회가 완전히 뒤집어지겠지. 역시 신은 존재하지 않았다고 말이다! 즉, 신은 바로 나다!"

"아뇨, 신은 저예요!"

'모르겠다……. 도저히 이해할 수가 없어…….'

그러는 사이에도 포젤은 바쁘게 문헌의 페이지를 넘겼고, 시스티나도 경쟁하듯 굉장한 속도로 안구를 움직이며 문헌의 글귀를 확인했다.

"자, 귀여운 아가씨? 네 이름은 뭐지? ……시간의 흐름 속에서 모두가 잊어버린 네 이름…… 그걸 내가 맞춰주마. ……큭큭큭."

'뭐, 기분 전환은 됐지만…….'

글렌은 하품을 삼키며 바닥에 어지럽게 널린 책을 쌓고, 정리했다.

이러니저러니 해도 혼자서 끙끙 앓는 것보단 이 두 사람의 영문 모를 이야기를 듣는 편이 정신 위생상 훨씬 나았다.

"『아르키오』······ 이건 너무 최신 발음이군. 『아키오』······ 이것도 아직 가까워. 좀 더······."

"나스족(族)의 고어 방편을 참고해서······『루 키오』는 어떤 가요?"

"나이스다, 피벨. 꽤 가까워졌군. 하지만 이 발굴 연대로 추측건대 언어의 경년변화 과정에는 아직 천 년에 가까운 공백이 있어."

"그렇군요. 그럼 좀 더 거슬러 올라갈 필요가 있겠네요!"

"음, 그래서······ 에잇! 젠장! 이 문헌은 글렀어! 도움이 안 돼!"

시스티나와 포젤은 손에 든 책을 집어던지더니 주위에 있는 책장을 모조리 뒤집어버릴 기세로 책들을 마구 뽑아대기 시작했다.

'저, 적당히 좀 해라. 이 자식들아······.'

글렌은 한숨을 푹푹 쉬며 바닥에 비처럼 쏟아지는 책을 치우기 시작했다.

"이거다아아아아아아아아아아아아아!"

그러다 갑자기 포젤이 한 권의 책을 테이블 위에 내팽개 쳤다.

그 충격으로 주위의 책들이 전부 바닥에 우르르 쏟아졌다. 모처럼 글렌이 치운 장소가 다시 책의 홍수에 파묻혀서 발도 내딛지 못할 상태가 되고 말았다.

'진심으로 패버리고 싶다…… 이 녀석. 패도 되지? 응?'

하지만 포젤은 그런 글렌의 속내는 전혀 눈치채지 못한 채 조각상과 문헌의 내용을 비교하더니 마치 사랑하는 사람을 만난 것처럼 황홀한 목소리로 중얼거렸다.

"『르 킬』. 그래, 네 이름은 르 킬이었구나? 좋은 이름이다."

"빙고! 포젤 선생님, 분명 그거예요! 축하드려요!"

그 순간, 바다에 쏟아진 책을 치우던 글렌의 손이 정지했다.

'응? ……**르 킬**? ……르 킬이라고?'

분명 어디선가 들은 듯한…….

—……뭐지? 르 킬? 뭐야 이건?

"……맞아! 르 킬이었어!"

그 순간, 머릿속에 어떤 광경이 섬광처럼 떠오른 글렌은 품에 든 책들을 옆으로 내던지고 테이블 위의 기묘한 조각상을 향해 달려들었다.

"이봐, 글렌 선생! 우리에게 위대한 지혜를 전해주는 선인들의 땀과 노력의 결정체인 책을 그렇게 함부로 대하면 쓰나! 부끄러운 줄 알아!"

"맞아요! 좀 더 책에 경의를 표해주세요!"

"너희들이 할 소리냐! 아니, 그보다 르 킬이야! 엘렌이 가진 이상한 시계에 고대어로 그렇게 적혀 있었어! 여러모로 정신이 없어서 완전히 까먹고 있었지만! ……앗!"

글렌은 황급히 입을 다물었다. 실수로라도 진실을 알게 됐다간 이 두 사람이 살해당하고 만다.

하지만 지금까지의 경험으로 추측하건대 이 세계가 반복된다는 사실만 눈치채지 못한다면 문제없을 터. 완전히 굴러들어온 호박이었지만 간신히 잡은 단서인 이상 여기선 좀 더 신중하게 접근하는 편이 좋으리라.

"야, 하얀 고양이. 포젤. 르 킬이라는 게 대체 뭐지?"

"호오? 너도 마도 고고학의 매력에 눈을 뜬 건가?"

"됐으니까, 어서! 가르쳐줘! 제발!"

"흠."

그러자 포젤은 턱에 손을 대고 입을 열기 시작했다.

"그럼 신의 존재성부터 설명해야겠군."

"뭐?! 그딴 건 관계없잖아?! 아무튼 어서 르 킬을……!"

"닥쳐, 일반인. 어련히 관계가 있어서 설명하려는 거다."

"……?!"

포젤의 단호한 말투에 글렌은 입을 다물 수밖에 없었다.

"자, 글렌 선생. 질문을 하나만 하지. 『이 세계에 과연 신은 존재할까』? 아, 종교론이나 신앙론은 전혀 관계없어. 마술적인 이론으로만 대답해봐."

영문을 알 수 없는 질문이었지만 글렌은 눈살을 찡그리고 대답했다.

"마술적인 이론으로 엄밀히 따지면 이 세계에는 신도, 천사도, 악마도 존재하지 않아."

"그 말대로다. 신과 천사와 악마는 우리의 상상 속에서 태어난 산물. 우리의 공통 심층 의식에서 널리 공유되면서 보편적인 실재성을 획득한 존재…… 즉,『개념존재』인 셈이지."

"……."

"그래. 확실히 우리 마술사는 그런 의식의 장막 너머에 있는 개념존재들을 때로는 소환술로 불러내거나, 수육(受肉)시키거나, 사역하곤 하지. 하지만 그들이 우리 인간처럼 이 세계에 실제로 존재하는 것들이냐고 묻는다면, 그건 아니야. 어차피 신과 악마는 우리가 그렇게 존재하기를 원해서 태어난 것들, 우리에게 의존하는 존재, 정의된 존재에 불과해. 만약 인류가 절멸한다면 그들 또한 사라지겠지. ……이해하겠나? 그들은 어디까지나 우리의『페르소나』인 거다."

"그래. 따라서『신은 존재하지 않아』."

"음. ……하지만 이 세계에는 극히 일부이긴 해도 존재하긴 해. ……**진짜 신**이."

"……야, 이제 와서 주장을 뒤집기야?"

"뭐, 잠자코 들어봐. 그 진짜 신들은 우리 인류가 낳은 개념존재가 아니야. 엄연한 하나의 개체로서 실체를 지닌 초월적인 존재지. 신이라고 하기엔 약간 어폐가 있을지도 모르겠군. 인간은 때로는 인지를 뛰어넘은 괴물들을 통틀어서

『신』이라고도 불러. 그 『진짜 신』이라는 건 엄연한 하나의 개체인 까닭에 설령 인류가 멸망해도 이 우주 안에서 계속 존재하겠지."

"……."

글렌은 처음에는 무슨 뜻인지 몰라 반쯤 흘려들었다.

하지만 이윽고 머릿속에서 한 가지 사실과 결부된 순간, 표정이 날카로워졌다.

"……야, 혹시 넌 천공의 타움……《시간의 천사》라 틸리카와《하늘의 천사》레 파리아가 그 『진짜 신』이라고 말하고 싶은 거냐?"

"정답이다. 더 구체적으로 말하자면 2백 년 전의 마도대전에서 나온 사신(邪神)들…… 난 그것들도 개념존재가 아니라 『진짜 신』의 일종…… 천공의 타움과 동류라고 보고 있지."

"너, 지금 성 엘리사레스교에 대놓고 싸움을 걸었다는 걸 알기나 해?! 여기가 종교에 『너그러운』 제국인 걸 다행인 줄 알아!"

"교회에 싸움을 거는 건 우리 일족의 가풍이야."

'뭐? 가풍?'

글렌은 그 말에서 희미한 위화감을 느꼈지만 포젤은 개의치 않고 설명을 계속했다.

"잠시 이야기가 딴 길로 샜군. 아무튼 내 연구 성과에 따르면 그건 아득히 먼 태곳적, 인류의 여명기에 있었던 일이다. 천공의 타움은 아득히 먼 하늘 저편에서…… 아마 이 세계와는 다른 외우주에서 이 세계를 찾아왔겠지. 그리고 고대에 초마법문명의 기반을 쌓고 이 세계에서 최초로 왕이 된 존재……『현왕(賢王) 티투스 쿠뤄』에게 그들이 지닌 인외의 힘을 빌려줬을 거다."

"……티투스 쿠뤄……."

"그 천공의 타움이 과연 어떤 신성을 가졌는지에 대해선 아직 더 연구가 필요하지만…… 적어도『자신의 힘을 타인에게 나누어주는 힘』이었던 건 틀림없어. 그리고 천공의 타움은 자신들이 가호를 내린 왕에게 이 세계의 관리를 맡기기 위해 수많은 권속을 만들어주었지. 그중 하나가 바로 르 킬이다."

"천공의 타움 중 한쪽인《시간의 천사》라 틸리카의 권속인가……."

그 순간, 글렌은 불현듯 어떤 사실을 떠올렸다.

'그러고 보니 세리카가 자신의 오리지널을 발동하는 매개체인 시계형 마도기에 라 틸리카의 이름을 붙였었지…….'

"아무튼 그 르 킬에 대해 좀 더 자세히 가르쳐줘."

하지만 곧 생각을 멈추고 뒷말을 재촉했다.

"르 킬에 대해 알고 싶다면 이게 괜찮지 않을까요?『라 틸리카 비문 사본』의 I에서 VI……."

그러자 시스티나가 오래된 고서 몇 권을 테이블 위에 올려놓았다.

"오오! 그건 라 틸리카의 권속에 관한 고대 비문 사본의 결정판! 그 진명 대부분이 판명되지 않은 상태라 통칭으로 불리고 있었지만…… 르 킬이라는 진명을 간파한 지금이라면 그 이름에 숨겨진 의미에서 역으로 검색하면 되겠군! 잘했다, 피벨!"

"아, 선생님. 고대 문자는 표의 문자인 동시에 표음 문자이기도 해요. 기술된 연호에 따라 의미가 바뀌는 암호에 가까운 문법이라 같은 문자의 나열이라도 뜻과 읽는 방법이 제각기 달라요. 그러니 읽는 법, 즉, 진명만 알면 뜻과 시대를 확정……."

"그래, 나도 알아! 그 정도는 안다고! 아무튼 빨리 찾아줘!"

글렌이 재촉하는 가운데 포젤은 문헌을 휙휙 넘기기 시작했다.

"저기, 그거…… 진짜 사본이지? ……읽을 수 있는 거야?"

글렌이 문헌을 들여다보자 의미를 알 수 없는 고대 문자가 빼곡하게 늘어서 있었다. 아마 유적에서 발견한 비문을 번역하지 않고 거의 그대로 베껴놓은 것이리라.

"당연하지."

하지만 포젤은 자못 당연한 듯 대답했다. 심지어 페이지를 넘기는 속도를 보아하니 아무래도 속독법을 쓰고 있는 듯했다. 괴물이다.

잠시 후—.

"흠……『멸망을 부르는 바람의 날개』. ……이건가?"

"아, 그렇군요. 멸망을 부르는 바람의 날개…… 확실히 르 킬이라는 발음으로 읽히네요. 연호도 정확히 들어맞구요."

포젤이 사본의 한 페이지를 노려보며 말하자 시스티나가 감회에 젖은 목소리로 대답했다.

'따……따라갈 수가 없어……'

"호오? 르 킬…… 이건 아타라스크 3호 비문에 의하면 《시간의 천사》라 틸리카가 만든 권속 중에서도 가장 강한 힘을 가진 권속이었나 보군. 르 킬은 라 틸리카처럼 시간을 다루는 힘을 가졌다는 모양이야. ……한정적이기는 해도."

"……시간……?!"

조사가 거의 핵심에 다다르자 글렌은 바쁘게 뛰는 심장을 억누르며 질문했다.

"르……르 킬에 대해 좀 더 자세히 가르쳐줘."

"호오? 글렌 선생, 너도 마도 고고학에 눈을 뜬 건가? 알았다. 흠…… 문헌에 따르면 크류투스 지방에 르 킬의 전승이 잘 전해진 것 같군."

"크류투스 지방? 난 처음 듣는데…… 대체 어디야?"

"아, 그건 구 고대 전반기의 고대식 발음이었지. 크류투스는 지금으로 치면 **크라이토스**다. 즉, 크라이토스 백작가의 이름은 그 고대 지명이 원류인 셈이야."

크라이토스. 갑자기 언급된 그 단어에 글렌의 눈빛이 날카로워졌다.

이건 우연일까. 혹은 기적일까.

마치 퍼즐 조각이 하나둘 씩 제자리를 찾는 듯한 느낌이었다.

"그러고 보니 너…… 그 조각상, 크라이토스령에서 훔쳐왔댔지?"

"실례되는 소리를 하는군. 빌린 것뿐이야. 내가 죽을 때까지. ……그리고 그 크류투스 각지에 남겨진 전승에 따르면 이유까진 모르겠지만, 라 틸리카가 현왕 티투스 쿠뤄를 위해 만든 르 킬은 왕명을 거역했다는군. 그래서 분노한 왕의 손에 의해 어떤 마술적 기능을 가진 시계로 개조됐다고 해."

"즉, 신의 권속에서 단순한 마도기로…… 아니, 아티팩트인가요? 아무튼 도구로 전락해버린 거군요. 가엾게도…… 정말 잔혹해요."

"『현왕 티투스 쿠뤄』는 『현왕』이라 불리는 동시에 『마왕』이라고도 불리는 인물이야. 그의 통치는 영화(榮華)와 절망이 공존하는 암흑시대. ……『멜갈리우스의 마법사』에 등장하는 사악한 마왕의 모델로도 여겨지고 있으니 그 정도쯤은 별거 아니었겠지."

"……"

글렌은 묵묵히 포젤과 시스티나의 대화에 귀를 기울였다.

"그리고 그 《르 킬 시계》의 기능은…… 하하, 고대인이 만든 아티팩트는 대부분 정신 나간 치트급이지만, 이건 그중에서도 최상급이군. 『시간 되감기』라고?"

"이쪽에 그 《르 킬 시계》의 벽화 도면 사본이 있네요."

시스티나가 사본에 실린 도면을 가리키자 글렌도 그쪽으로 시선을 돌렸다.

그곳에는 시계 설계도에 가까운 그림이 그려져 있었고 그건 글렌에게는 무척 익숙한 형태를 하고 있었다.

"……빙고."

그렇다. 그 도면에 그려진 시계는 엘렌이 가진 시계와 매우 흡사했던 것이다.

'역시 그 시계였나……! 엘렌이 가진 그 시계가 이 빌어먹을 루프를 만든 원흉……!'

드디어 이번 사태의 진상이 보이기 시작했다.

크라이토스 마술학원은 초대 크라이토스 경이 수집한 대량의 마도서와 **아티팩트**를 보유한 것으로 유명한 학원이다.

시간을 조종하는 힘을 지닌 르 킬. 그녀를 개조해서 만든 《르 킬 시계》— 시간을 조작하는 강력한 아티팩트. 엘렌은 그걸 써서 자신이 바라는 결말을 이끌어내려고 이 일주일을 되풀이하고 있었다. 그게 바로 이 반복되는 일주일의 정체였던 것이다.

'하지만 또 외통수잖아! 여기까지 진실에 가까워졌는데도

대처할 방법이 없다니!'

글렌은 머리를 감싸 쥘 수밖에 없었다.

'난 결국 엘렌에게 접근할 수 없어! 시계를 막으려고 엘렌에게 접근하면 그 시계의 룰러에게 반드시 죽어! 직접적인 수단으로 막는 건 불가능해!'

이 루프 현상과 엘렌은 룰러의 보호를 받고 있었기 때문이다.

'제길! 여기까지 진상에 도달했는데! 결국 난 흑막인 엘렌을 상대로 아무것도 할 수 없어. ……엘렌은 《르 킬 시계》의 힘으로 계속 루프를 반복하겠지. ……망할! 루프의 정체를 알아도 대책을 세울 수 없으면 의미가…….'

글렌이 분한 표정으로 한숨을 내쉰 순간—.

"……응?"

글렌은 시스티나와 포젤이 이런저런 의견을 나누며 들여다보는 《르 킬 시계》의 도면에서 어렴풋한 위화감을 느꼈다.

"……뭐지? 이 위화감은……. 이 시계…… 뭔가가 다른 것 같은데?"

실물과 기록에 차이가 있는 건 당연하지만, 그래도 무시할 수 없는 위화감이 느껴졌다.

잠시 기억에 남은 엘렌의 시계와 도면에 그려진 시계를 비교하던 글렌은 곧 위화감의 정체를 찾아냈다.

"……이 도면의 시계에는…… **용두**가 있어."

도면에는 꽤 특징적인 형태의 용두가 확실히 그려져 있었다.

용두는 시계의 기능을 조작하고 조정하는 가장 중요한 부품 중 하나다.

하지만 엘렌의 시계에는 용두가 없었다. 용두가 있어야 할 곳에는 부자연스러운 구멍만 있었다.

"하하, 그래서 뭐? 기껏해야 용두일 뿐인데."

글렌은 그런 자신의 위화감을 웃어넘겼다.

"이건 고대에 만들어진 물건이잖아? 그러니 어디선가 용두만 빠져서 소실됐을 가능성도……."

하지만 곧 입을 다물 수밖에 없었다.

용두. 즉, 시계의 기능을 조작하고 조정하는 부품.

그리고 이 순간, 글렌의 머릿속에는 한 가지 엉뚱한 가설이 떠올랐다.

'……혹시 **그래서**였나? 그래서 엘렌은 우직하게 루프만 반복하는 거였나? 정상인이라면 이미 한참 전에 정신적인 한계에 몰려서 포기하는 게 당연한 상황인데도…… 아직도 루프를 계속하는 거였나? **포기할 수 없는** 게 아니라…… **포기하지 못하는** 상태여서?'

이 가설이 맞다면 엘렌의 부자연스러운 행동도 어느 정도 납득할 수 있었다.

그렇다면 진짜 흑막은…… 이 루프의 진정한 주최자는…….

"…………."

"흠. 《르 킬 시계》도 흥미롭지만, 오늘 내가 여길 찾은 목적은 그게 아니었지. 다음은 이 조각상에서 도출되는…….."

글렌이 생각에 빠진 사이에 포젤은 《르 킬 시계》에 관한 문헌을 독서대 위에 내던졌다.

그리고 조각상을 들더니 봉인 서고의 더 안쪽으로 가려했다.

"기다려, 포젤."

글렌은 그런 포젤을 불러 세웠다.

"부탁이야. 이대로 저 도면에서 《르 킬 시계》의 기능을 분석해줄 수 없을까?"

"《르 킬 시계》의?"

하지만 포젤은 관심 없다는 듯 코웃음을 쳤다.

"확실히 그것도 흥미롭지만, 오늘 할 일은 아니야. 다음에 하지."

"포젤! 이렇게 부탁할게! 제발!"

글렌은 고개를 숙이며 애원할 수밖에 없었다.

"……!"

시스티나는 그 필사적인 모습을 보고 눈을 크게 떴다.

"그래도 사양하지."

포젤은 예상대로 글렌의 요구를 매몰차게 거절했다.

"훗. 난 남에게 강요하는 건 좋아하지만, 남의 뜻대로 움직이는 건 싫어하거든."

그리고 시원스러울 정도로 글러 먹은 발언을 하며 떠나려
한 순간이었다.

"……저도 부탁드릴게요, 포젤 선생님."

놀랍게도 시스티나도 고개를 숙였다.

"하, 하얀 고양이?! 너……?"

시스티나는 경악하는 글렌에게 살짝 눈짓을 한 후 포젤에
게 말했다.

"글렌 선생님의 부탁을 들어주세요."

"후우, 너까지? 참 나…… 당장 여기에 실물이 없는 시계
가 대체 뭐라고……."

역시 긍정적인 반응을 보이지 않는 포젤에게 시스티나는
자신이 가진 패를 꺼내들었다.

"물론 공짜로 부탁드리려는 건 아니에요. 저희 피벨가에는
제 조부이신 레돌프 피벨이 모은 귀중한 고문서와 비문 사
본뿐만 아니라 아직 미발표된 직필 논문이 몇 개나 있어요."

"……뭐라고? 내가 유일하게 경의를 표하는 그 레돌프 님의?"

포젤의 안색이 명백하게 변했다.

"예. 할아버님께서 평생을 걸고 쌓은 마도 고고학 연구 성
과이자, 이 부속 도서관에도 없는 비장의 문헌이에요. 그걸
관람할 권한을 대가로 드릴게요. ……어떤가요?"

"야, 야 인마! 하얀 고양이?!"

글렌은 기겁했다.

시스티나의 장래의 꿈은 마도 고고학자로서 대성해서 멜갈리우스의 천공성에 감춰진 비밀을 푸는 것이다. 그 과정에서 조부가 남긴 문헌과 논문들은 틀림없이 그녀에게 큰 힘이 되어줄 터. 그런 중요한 물건을 타인에게 공개하겠다는 건, 즉…….

"바보 같은 소리하지 마! 경솔한 짓은 그만둬! 취소해!"

글렌은 황급히 시스티나를 나무랐다.

"하지만…… 아마 이 《르 킬 시계》는 지금 선생님께서 고민하시는 문제와 관계가 있는 거죠? 그리고 그건…… 굉장히 중요한 일인 거죠?"

시스티나는 확신과 신뢰가 깃든 눈으로 글렌을 바라보았다.

"선생님은 아무 말씀도 해주지 않으셨지만…… 아니, 분명 말씀하실 수 없는 거겠지만…… 그래도 안다구요! 저도 선생님의 힘이 되어드리고 싶어요……. 그러니……."

하지만 시스티나가 거기까지 말한 그때—.

"흥, 날 깔보지 마라. 시스티나 피벨."

포젤이 차가운 분노를 드러내며 말했다.

"이 내가 그런 타인의 적선을 받을 줄 알았나? 내 손으로 직접 고대문명의 수수께끼를 해명하는 것에 인생을 전부 바쳤지. 남의 성과를 가로채는 짓은 나 자신이 용납 못 해. 날 모욕하지 마라."

"……?!"

아무래도 시스티나의 제안은 포젤의 역린(逆鱗)이었던 모양이다.

포젤이 입가를 끌어올리고 노려보자 시스티나는 미안한 얼굴로 고개를 떨굴 수밖에 없었다.

"……하지만 글렌 선생을 위해 귀중한 문헌과 자료를 타인에게 양도하겠다는 그 기개는 마음에 들었다. ……좋다. 공짜로 분석해주지."

"예?"

"흥. 내가 마음만 먹으면《르 킬 시계》의 기능을 분석하는 것쯤은 식은 죽 먹기지. 두고 봐."

그 말을 끝으로 테이블 위에 쌓인 책들을 난폭하게 밀어버린 포젤은 도면을 펼치고 내용을 자세히 훑기 시작했다.

"칫, 일부러 난해한 고대어로 적어놨군. ……비밀 신관 문자…… 아니, 설마 신성 왕실 문자의 은유 변화? 이걸 해독하려면 아무리 나라도 약간 고전하겠군. ……이봐, 너희들! 3기의 딕 스톤 사본을 전부 가져와! 참고할 거니까! 어서!"

아무래도 학자의 피가 끓기 시작한 포젤이 재촉하자 글렌과 시스티나는 황급히 좁은 책장 사이를 뛰어다니며 자료를 찾아다녔다.

"저기, 그…… 뭐냐. 하얀 고양이…… 고, 고맙다……."

글렌이 시스티나와 나란히 달리다가 힐끔 쳐다보고 작은 목소리로 감사의 말을 전했다.

"후훗."

시스티나는 미소로 대답을 대신했다.

―――.

사흘째. 선발회의 필기시험.

이것 자체는 여느 때처럼 순조롭게 종료되었다.

발표된 결과에 일희일비하는 학생들.

하지만 글렌에게는 더는 관계없는 일이었다. 문제는 필기시험이 끝난 후다.

"……."

한산해진 교직원실에서는 여느 때처럼 이브가 내일 결투전을 준비하느라 바쁘게 일하고 있었다.

글렌은 그런 그녀의 모습을 멀리서 가만히 지켜보았다.

그리고 불현듯 손에 든 회중시계로 시선을 내렸다.

……시간이 됐다. 글렌은 결국 이브에게 한 마디도 걸지 않고 조용히 교직원실을 나갔다.

이브는 일에 집중하느라 눈치채지도 못했다.

교직원실을 나온 글렌은 그대로 복도를 걷다가 계단을 한 단씩 오르기 시작했다.

목적지는…… 그 장소.

그 인물은 이 시간대에 그 장소에 있으리라.

'그렇군. 냉정하게 생각해보면 엘렌이 그 아티팩트를 조작

할 수 있을 리 없었어. 아무튼 그 시계에는······.'

어제 포젤과 시스티나가 조사해준 《르 킬 시계》의 정보를 다시 한 번 머릿속으로 정리하며 계단을 올랐다.

'난 엘렌이 그 시계를 가지고 있는 것과, 루프의 기억을 계승하고 있다는 사실과, 이 비상식적인 상황에 속고 있었어. 엘렌이 시스티나에게 보이는 그 격렬한 감정 때문에 완전히 판단력을 잃고 있었어. 엘렌이 이 루프의 흑막이라고 착각해서 다른 가능성을 눈치채지 못했어. ······이것들은 전부 진실을 가리는 노이즈에 불과해. 진실은 훨씬 더 단순 명쾌하고 흔해빠진 이야기였어.'

돌이켜 보면 예전 루프 중 글렌이 아무 생각 없이 이브에게 진실을 밝히는 바람에 그녀가 시계 괴물에게 살해당했을 때.

그녀는 살해당하기 직전에 이런 말을 했었다.

—자, 그럼 당신이 한 이야기가 날 속이려는 농담이 아니라 사실이라면····· 먼저 찾아야 할 건 엘렌과 시계가 아니라·····.

'그래, 그 말대로였어. 곰곰이 생각해보면 엘렌이 흑막이라는 건 어딘가 이상해. 아무튼 루프 경험이 훨씬 적은 나조차 이미 정신적으로 한계가 왔는데, 평범한 학생에 불과한 엘렌이 본인의 의지로 그걸 반복하고 있을 리가 없어. 그

렇다면······.'

그런 생각을 하는 사이에 계단이 사라졌다.

지금 눈앞에 있는 것은 옥상으로 나가는 문뿐이었다.

글렌은 그 무거운 문에 살며시 손을 가져다대고 힘을 담아서 밀었다.

'······결전의 시간이다. 각오를 다지자.'

글렌의 의식은 문 너머, 그리고 아마 지금부터 시작될 전투를 향하고 있었다.

그래서 눈치채지 못했다.

"······."

그런 그를 뒤에서 몰래 따라온 소녀의 존재를······.

"그걸로 된 거다, 내 손녀야! 하면 할 수 있지 않느냐! 너도 이제야 우리 크라이토스의 이름을 댈 수 있을 만큼 성장한 모양이군! 난 그런 널 자랑스럽게 생각한다!"

"예······ 감사합니다, 할아버님."

타앙!

큰 소리를 내며 열린 옥상 출입문.

먼저 와 있던 인물들이 놀란 얼굴로 글렌을 돌아보았다.

"······아."

그곳에는 엘렌과—.

"앗?!"

크라이토스 마술학원의 학원장 게이슨 르 크라이토스가
있었다.

"이 바보 같은 소동은 여기서 끝을 내자고."

글렌은 그런 두 사람을 향해 성큼성큼 걸어가며 말했다.

"그, 글렌 선생님?! 당신, 또 죽고 싶은 거예요?! 어서 돌
아가세요!"

엘렌은 짜증스러운 목소리로 외쳤다.

"걱정하지 마. 《르 킬 시계》의 기능은 파악했어. 신의 권
속이 아니라 일개 아티팩트로 전락한 지금의 르 킬은 주인^{마스터}
이 프로그래밍한 명령을 자동으로 실행하는 것밖에 못 하
는 꼭두각시 인형이야. 즉, 네 행동을 방해하지 않는 한……
조건을 충족하지 않는 한 움직이진 않겠지."

글렌은 지극히 냉정하게 대답했다.

"서, 선생님……?"

"그리고…… 이번에 용건이 있는 건 네가 아니야."

글렌은 게이슨을 돌아보며 날카롭게 말했다.

"너다. 게이슨 르 크라이토스."

"……?!"

그러자 엘렌은 경악한 표정으로 눈을 부릅떴다.

"누, 누구냐! 네놈은! 이 무례한 애송이가 대체 나한테 무
슨 용건이 있다는 거지?!"

그리고 게이슨은 영문을 모르겠다는 태도로 분노를 터트

렸다.

도저히 연기로 보이지 않는 태도였지만 글렌은 개의치 않고 말을 계속했다.

"잘 생각해보니 딱 한 명이 있더군. 루프의 기억을 계승하지 않아도, 엘렌의 루프로 이득을 보는 인물이. ……바로 너였어, 게이슨. 크라이토스의 본가. 따라서 내가 너에게 할 말은 이것뿐이야. ……**당장 용두를 내놔.**"

그런 글렌의 말을 들은 엘렌이 넋을 잃은 목소리로 중얼거렸다.

"어떻게……? 어떻게 아신 거죠? 선생님……."

엘렌은 품속에서 시계를 꺼내보였다.

그 시계에는 역시 용두가 없었다. 용두가 있어야 할 곳에는 작은 구멍만 있었다.

"어떻게 용두의 소유자가 이 시계를…… 이 루프를 지배하고 있다는 걸 눈치채신 거죠?!"

"잘 생각해보니 무척 심플한 이야기더군."

글렌은 어깨를 으쓱이며 말했다.

"시계형 아티팩트……. 그야 시계로 만들었으니 조작법도 시계와 똑같겠지. 아니라면 굳이 시계형으로 만들 필요가 없어. 즉, 그 빌어먹을 시계 아티팩트의 기능은 용두로 제어할 수 있다는 뜻이야. 일반적인 시계처럼."

그렇다. 시계는 용두로 시계침과 태엽을 조작하는 도구인 것이다.

"하지만 문득 떠올랐어. 네 시계에는 그 **용두**가 없더군. 명백히 용두가 있어야 할 구멍은 있는데 말이야. 그럼 그 시계는 대체 어떻게 조종하는 걸까? 애초에 그 용두는 왜 시계 본체에서 분리된 거지? **어쩌면 그 시계에서 용두를 빼간 누군가가 원격으로 조종하고 있는 게 아닐까?**"

"그, 그건……."

"이 가설은 이미 입증했어. 포젤 녀석에게 《르 킬 시계》의 구조 분석을 의뢰했거든. 그랬더니 예상대로 시계의 마술적인 조작과 제어 기능은 용두에 집약되어 있더군. 용두를 써서 시간을 되감고 시계로 개조된 르 킬…… 룰러를 조종했던 거야. 그리고 기억을 계승하는 마술 인챈트 효과는 그 시계 본체에 있었어. 즉, 엘렌. 이 루프를 발생시킨 건 네가 아니었어. 넌 누군가가 떠넘긴 시계를 갖고 루프에 말려든 피해자야. 내 말이 맞지?"

그러자 엘렌의 안색이 변했다.

"하지만 거기서도 의문이 남아. 『그 용두의 소유자는 왜 기억도 계승할 수 없으면서 계속 루프를 되풀이하는 거냐』는 의문이. 그랬는데, 있더군. 그런 짓을 할 이유가 있는 놈이……. 그리고 그 용두를 가지고 있을 법한 놈이……. 분명 크라이토스가는 다수의 고대 아티팩트를 자산으로 보유한 가문이었지? 안 그래? 현 크라이토스가 당주인 게이슨 씨?"

"……?!"

글렌은 눈을 부릅뜨며 굳어버린 게이슨을 날카롭게 노려보았다.

"댁이 원하는 건『엘렌이 메인 위저드로 선출되는』사실뿐이야. 도중의 기억 따윈 없어도 상관없었겠지. 아니, 오히려 정신 위생상 계승하지 않는 편이 나아. 댁은 이 일주일간의 선발회에서 본인이 바라는 결과가 나올 때까지 용두를 조작하여 시간을 계속 되감겠지. 그러면 최종적으로 당신 앞에 나타나는 현실은 단 하나뿐이야.『엘렌이 메인 위저드로 뽑히는 전개』. 언뜻 보기엔 굉장히 번거로운 방법이지만, 댁에게는 기막힌 묘수였어. 아무튼 루프의 기억을 계승하지 않는 댁의 시점에서는 고작 일주일만에 모든 것이 이상적인 형태로 마무리될 테니까. 애서 더러운 수작을 부릴 필요도, 사고로 위장해서 누군가를 배제할 필요도 없어. ……손녀가 지옥 같은 고통을 겪게 될 거라는 사실만 못 본 체하면 말이지. 쓰레기 자식. 정말 구역질이 치미는군. 직접 손을 더럽히는 것보다 훨씬 더 질이 나빠. ……넌 손녀를 대체 뭐라고 생각하는 거야?"

"무, 무례하군! 자네는 느닷없이 나타나서 대체 무슨 소릴 하는 거지?!"

그러자 게이슨이 갑자기 화를 내기 시작했다.

"조금 전부터 대체 무슨 소릴 하는지 모르겠군! 허무맹랑하기 짝이 없어서 도저히 들어줄 수가 없어! 애당초……!"

하지만 게이슨은 글렌이 갑자기 권총을 겨누자 숨을 삼킬 수밖에 없었다.

"증거는 이미 나왔거든? 멍청한 자식. 내가 여기까지 폭로 했는데도 아직 살아있는 게 네가 흑막이라는 둘도 없는 증 거라고!"

"뭐?! 그게 대체 무슨……!"

"《르 킬 시계》는 루프의 룰러야. 7일간의 루프를 차질 없 이 진행하기 위해 『엘렌을 방해하는 자를 살해』하고 『루프 의 정보를 얻은 제삼자를 살해』하는 것…… 이게 바로 이 7 일간을 효율적으로 되풀이하기 위해 룰러에게 설정한 커맨 드잖아? 네놈이 아무런 관계도 없는 제삼자라면 아직도 살 아있을 리 없어!"

"도, 도무지 말이 안 통하는군! 룰러?! 그게 대체 뭔가!"

"닥쳐. 이제부터 신체검사 시간이다. 네 몸을 구석구석 조 사해주지. 틀림없이 어딘가에 용두를 숨기고 있을 터. 유감 스럽겠지만, 네게 거부권은……."

글렌이 당황하는 게이슨을 무시하고 권총을 겨눈 채 접근 한 순간—

"……거 참, 믿을 수가 없군. 설마 내 계획을 눈치채는 자가 나올 줄이야. 그리고 설마 거기서 진실까지 도달하다니……."

게이슨의 표정이 돌변했다.

차가우면서도 욕망에 사로잡힌 야비한 표정으로…….

그리고 품속에서 뭔가를 꺼내 글렌의 앞에 내밀었다.

작은 톱니바퀴 같은 부품이었다. 신비한 마력으로 희미하게 빛나는 그것은 인광을 흩뿌리며 게이슨의 손바닥 위에 둥둥 떠 있었다.

"용두……! 역시 네가……!"

"그 말대로다. 나는 엘렌에게 준 크라이토스의 비보 《르킬 시계》를 통해, 엘렌이 메인 위저드로 뽑힐 때까지 이 일주일을 되풀이할 생각이었지."

아무런 죄책감도 느껴지지 않는 게이슨의 태도에 글렌은 욕지기가 치밀었다.

"웃기지 마! 넌 이미 그 짓을 수없이 반복했다고!"

"그야 그랬겠지. 이 낙오자가 이만한 힘을 얻고 너 같은 이레귤러가 등장했을 정도다. 나는 루프를 인식할 수 없지만…… 이미 상당한 횟수겠지? 백 번인가? 아니면 2백 번? 아니면 그보다 더? 큭큭큭……."

"……이 자식이……!"

분노를 터트리는 글렌 앞에서 게이슨은 짜증스럽게 어깨를 으쓱였다.

"흥, 비천한 평민인 자네가 이해할 수 있을 리 없지. 크라이토스가는 제국의 시작을 함께한 귀족. 우리에게는 선조로부터 대대로 물려받은 이 가문에 더 큰 영광을 가져와야 할

의무가 있다. 그런데 뭐라고? 크라이토스의 직계이자 순수한 푸른 피를 지닌 엘렌이 아니라 평민의 붉은 피가 섞인 그 더러운 레빈을 당주로 세워야 한다고? 정말이지 통탄스럽기 짝이 없군! 안 그런가! 엘렌!"

"아, 예…… 할아버님……. 그, 그 말씀대로예요……."

게이슨이 고함을 지르자 엘렌은 겁에 질린 표정으로 고개를 끄덕였다.

"음, 좋은 대답이다! 그러니 넌 이 선발회에서 시스티나 피벨, 레빈 크라이토스, 리제 필마…… 그런 같은 세대의 톱 클래스 마술사들을 상대로 대중 앞에서 정정당당하게 이기고 메인 위저드가 돼서, 너야말로 당주에 걸맞은 힘을 지니고 있다는 걸 주위에 증명해야만 하는 거다!"

'……그렇게 된 거였군.'

글렌은 납득했다.

엘렌이 번외 전술로 시스티나를 배제하지 않은 건 바로 이 때문이었다.

설령 엘렌이 그런 방법으로 메인 위저드가 된다 해도 완벽한 승리를 원하는 게이슨은 틀림없이 강제로 루프를 발동했으리라. 아니면 엘렌이 그런 부정행위를 썼을 경우 룰러가 직접 그녀를 처단하는 제약이 있다든가.

정말로 자신만 아무런 피해를 보지 않는 비열하기 짝이 없는 방법이었다.

"뜻을 이루지 못하고 요절한 몹쓸 자식 그라함, 그리고 레오스……. 놈들 대신 낙오자였던 널 돌봐준 건 대체 누구였지? 널 지켜준 게 대체 누구였느냐. 엘렌."

"그, 그건…… 물론 할아버님이셨어요."

"그렇지? 그러니 넌 나에게 그 은혜를 갚아야만 한다. 크라이토스가를 계승하고 다음 세대에 순수하고 고귀한 푸른 피를 남길 의무가 있는 거다. ……알겠느냐?"

"아, 예……. 물론 알고 있습니다……!"

엘렌은 덜덜 떨면서 간신히 대답을 쥐어짜 냈다.

"그러려면…… 조금 괴롭긴 해도, 이 시련을 견뎌주겠지?"

"아, 예…… 견딜게요. 저, 열심히 해볼게요!"

그리고 눈가에 눈물을 글썽이며 갈라진 목소리로 대답했다.

"그래, 그래. 역시 넌 착한 아이로구나, 엘렌. 사랑한단다. 내 귀여운 손녀야……."

그리고 게이슨 잘 봤냐는 듯 히죽 웃으며 글렌을 돌아보았다.

"어떤가? 들었겠지? 엘렌은 본인의 의지로 이 상황을 받아들인 거다. 그러니 외부인인 자네게 간섭할 권리는 어디에도 없지. 애당초……."

그 순간이었다.

땅을 박찬 글렌의 전 체중이 실린 라이트 스트레이트가 게이슨의 면상에 틀어박혔다.

"끄어어어어어어어어어어억?!"

글렌은 저 멀리 날아가다가 추락해서 바닥을 뒹굴뒹굴 구르는 게이슨을 내려다보고 고함을 질렀다.

"웃기지 마! 사랑한다고?! 그게 손녀에게 저런 표정을 짓게 한 놈이, 울린 놈이 할 소리냐! 네가 사랑하는 건 가문뿐이야! 네가 생각하는 『멋진 크라이토스 가문』뿐이라고! 죽어버려, 꼰대!"

그리고 이번에는 엘렌을 향해 외쳤다.

"넌 정말 이대로도 괜찮은 거야?! 이딴 빌어먹을 늙은이가 시키는 대로 루프를 계속할 거냐고! 소중한 친구였던 하얀 고양이…… 시스티나를 계속 원망하면서 이딴 빌어먹을 늙은이의 목적을 이루기 위해 그 지옥 같은 루프를 반복하겠다는 거야?!"

"윽?! 그, 그건……."

"너도 알잖아? 이 단절된 일주일 속에선 넌 절대로 시스티나를 못 이겨! 너도 이젠 그 정도는 알잖아!"

"그치만…… 전 이럴 수밖에……! 루프가 없으면……!"

"제자리걸음은 멈춰! 미래를 향해 발버둥쳐봐!"

"……?!"

글렌의 질타에 엘렌은 무심코 숨을 삼켰다

"누구나 자기가 원하는 바를 이루려고 미래를 향해 발버둥치고 있어! 제자리걸음만 하면서 영광을 쟁취하는 녀석은 아무도 없다고! 확실히 넌 남들보다 핸디캡이 많을지도 몰라……. 그래도 그렇게 태어난 이상 이를 악물고 한걸음씩 나아가는 수밖에 없어! 아무리 환경과 재능을 탓해봤자…… 실제로 그렇다 해도 변하는 건 없고 아무도 구해주지 않아! 이 세상은 원래 그렇게 잔혹해!"

그리고 엘렌은 굳은 표정으로 입을 다물었다.

"다시 한 번 물어보마. 엘렌…… 넌 아직도 이런 아무 소용없는 루프를 계속하고 싶은 거야?"

글렌이 그렇게 물어보자.

"……싫……어요."

마침내 엘렌은―.

"이제 그만…… 이젠 싫단 말야! 머리가 이상해질 것 같아! 누가 좀 구해줘요……. 누가 날 좀 구해달라구요오오오!"

머리를 감싸 쥐며 이제껏 쌓아온 감정을 터트리기 시작했다.

"후…… 알았다."

그렇게 대답한 글렌은 바닥에 널브러진 게이슨에게 다가가더니 멱살을 잡고 일으켜 세웠다.

"이봐, 용두를 넘겨. 그걸로 시계의 힘을 해제할 거다. 이제 두 번 다시 이런 웃기지도 않은 짓거리는 못 하게 해주마."

그러자 게이슨이 입가를 끌어올리고 웃기 시작했다.

"콜록! 쿨럭! 크흐, 크하하하하……."

"……뭐가 웃기지?"

"참 나, 요즘 젊은 것들은……. 경의를 표해야 할 인생의 선배에게 폭력을 휘두르다니…… 참으로 통탄스럽군. 앞으로 우리 제국이 대체 어떻게 되려는지……."

"……웃기지 마, 꼰대. 젊은이들한테도 경의를 표할 상대를 고를 권리가 있다고."

그러자 게이슨은 깔보듯 말했다.

"자네는 한 가지 착각을 하고 있군, 글렌 군."

"뭐?"

"자네는 그 《르 킬 시계》의 룰러가 미리 입력해둔 명령밖에 수행하지 못하는 꼭두각시 인형이라고 생각하나 본데…… 과연 그럴까? 용두는 시계의 기능을 조작하고 조정하는 부품이라고…… 그렇게 말했었지? 그런데 왜 이런 가능성을 염두에 두지 않은 거지?"

"……?!"

그제야 **그것**을 본 글렌은 무심코 눈을 부릅떴다. 어느새 용두가 게이슨의 손 위에서 불온한 마력을 흩뿌리며 맹렬하게 회전하고 있었기 때문이다.

"칫!"

직감에 몸을 맡긴 글렌은 반사적으로 옆으로 도약했다.

그 순간, 오른쪽 어깨에 바람이 살짝 닿는 느낌이 들더니 갑자기 그 부위가 터지고 피를 흩뿌렸다.

"아아아아악! 망할?!"

글렌이 고통스럽게 절규를 내지른 순간─.

"서, 선생니이이이이이이임!"

누군가가 거칠게 옥상 문을 열었다.

"어?! 하, 하얀 고양이?!"

시스티나였다.

"서, 선생님! 정신 차리세요!"

그리고 글렌에게 달려와 급히 힐러 스펠을 걸었다.

"아아, 상처가……!

"너, 인마……! 내 뒤를 밟은 거야?!"

"대체 무슨 일이 일어난 거죠?! 엘렌도 있고…… 여기서 대체 뭐가!"

"멍청아! 지금 날 신경 쓸 때가 아니라고! 넌 여기서 달아나!"

글렌은 시스티나를 무시하고 일어나 등을 돌렸다.

"아, 아아……아아아아……!"

그 앞에는 경악한 엘렌. 그리고 그녀의 머리 위에는 《르킬 시계》가 어마어마한 마력을 방출하며 떠 있었다.

그리고 시계는 변형을 개시했다.

먼저 뚜껑이 열리고 부품이 끊임없이 전개되었다. 이윽고 그 부품으로 팔과 다리가 형성되고, 몸통이 형성되고, 녹슨 못 같은 날개가 전개되더니 인간과 기계를 교배시킨 후 온몸을 구속구로 꽁꽁 묶어버린 듯한 추악한 인형의 모습이 완성되었다.

저 괴물이야말로 지금까지 몇 번이나 글렌을 살해한 《르 킬 시계》의 룰러. 아니, 신의 권속에서 일개 도구로 전락해 버린 슬픈 존재.

르 킬.

타락한 신의 사도가 다시 글렌의 눈앞에 모습을 드러낸 순간이었다.

"엘렌! 대체, 뭐야! 그 괴물은! 너, 대체 뭘 한 거냐구!"

"시스, 티나…… 아, 안 돼……! 도망쳐! 도망쳐어어어어!"

"엘렌……!"

제아무리 시스티나도 몸을 떨면서 아연실색할 수밖에 없었다.

"흠…… 묘한 난입자가 끼어들었지만…… 뭐, 상관없겠지."

그리고 게이슨은 그런 시스티나를 무시하며 말했다.

"잘 보았나, 그녀를? 그래, 이 용두만 있으면 난 르 킬을 내 마음대로 조종할 수가 있다. ……엘렌이 날 거역하지 못한 건 바로 이것 때문이지."

"이 자식……!"

글렌은 르 킬을 노려보았다.

반쯤 기계화된 데다 구속구로 꽁꽁 묶여 있어서 눈치채지 못했지만 지금이라면 알 수 있었다. 만약 저 이형의 룰러에 게서 기계와 구속구를 빼면 그 모습은 분명…….

"그래, 역시 그랬군. 포젤이 훔친 그 조각상과…… 르 킬 조각상과 판박이야! 그래. 역시 전승대로 저 시계는 르 킬 그 자체였어……!"

"정답이다. 시간을 조종하는 신의 권속 르 킬이, 한정적으로 시간을 조작하는 아티팩트로 재구축된 존재. ……그것이 바로 《르 킬 시계》. 크라이토스 본가의 당주에게만 계승된 크라이토스의 비보. 시간을 마음대로 되감을 수 있는 이 시계는 지금까지 크라이토스가에 큰 은혜를 베풀어주었지."

야비하게 웃는 게이슨의 손바닥 위에서 용두가 하염없이 회전했다.

"그러므로 당연히 우리는 이 시계의 사용법을 그 누구보다 잘 알고 있지. ……이렇게!"

그러자 구속된 룰러, 르 킬이 움직이기 시작했다.

사슬로 묶인 쇳덩어리 날개가 펄럭이며 바람을 일으키려는 순간, 글렌의 머릿속에 불현듯 시스티나와 포젤이 했던 말이 떠올랐다.

'멸망을 부르는 바람의 날개!'

그 단어와 방금 자신의 어깨를 날려버린 현상을 결부시킨 순간—

"하얀 고양이이이이이이이이이!"

"꺄악?!"

신체 능력 강화 마술을 전개한 글렌이 시스티나를 안고 옆으로 도약했다.

시스티나는 간신히 르 킬이 날린 바람의 범위를 벗어났지만 글렌은 옆구리를 스치고 말았다.

"쿨럭!"

옆구리가 터졌다. 치명상이었다.

손으로 누른 옆구리에서 대량의 피가 뚝뚝 떨어졌다.

"꺄아아아아아아악?! 뭐, 뭐죠?! 대체 무슨 일어난 거냐구요! 어째서 갑자기 이런 심한 상처가?!"

"하, 하얀 고양이! 난 됐으니까…… 달, 아, 나……! 날 두고……!"

피를 토한 글렌은 르 킬의 공격 범위에서 시스티나를 감싸듯 일어났다.

"서, 선생님을 두고 저만 달아날 수 있을 리 없잖아요!"

하지만 시스티나는 그 말을 거부하고 눈물을 글썽이며 계속 힐러 스펠을 걸었다.

그런 두 사람의 모습을 본 게이슨은 광소를 터트렸다.

"흐하하하하하하하! 뭐야. 그 아이는 자네 제자였나? 제법 아름다운 사제 관계로구만! 하하하하하하하하하!"

"이, 자……식이……! 닥쳐, 제기랄!"

"너무 그렇게 화내지 말게! 안심하도록! 여기서 죽어도 딱히 상관없지 않은가! 어차피 시간을 되감으면 다시 살아날 테니까!"

되감기가 가능한 것을 아는 게이슨은 완전히 현실 감각이

마비된 상태였다.

"하지만…… 자네 같은 감이 날카롭고 총명한 젊은이는 눈에 거슬리는군. 그러니 날 방해하면 어떤 꼴을 당하는지 뼈저리게 가르쳐주지! 두 번 다시 개입할 생각이 들지 않을 정도로!"

게이슨이 집중하자 용두가 한층 더 빠르게 회전했다.

르 킬이 다시 바람을 일으킨 순간─.

"크윽!《빛나는 벽이여·재앙의 걸음을 가로막고·날 지켜라》!"

글렌이 입가에서 피를 흘리며 흑마【포스 실드】를 영창하는 동시에 눈앞에서 전개된 강력한 마력 장벽이 바람을 막았지만, 곧 구멍이 숭숭 뚫리기 시작했다.

'젠장! 역시 이건 물리적인 파괴력으로 발생하는 현상이 아니야! 훨씬 더 고차원적인, 별개의 법칙으로 일어나는『멸망』이었어!'

즉, 대처할 방법이 없었다.

"크윽……!"

"서, 선생님?!"

"이, 이젠 싫어! 부, 부탁이에요, 할아버님! 이제 그만……!"

"하하, 하하하하하하하하하하하하하하!"

"틀렸어! 깨지겠어……! 그럼《불어라 바람·질주하라·때려 눕혀라》!"

글렌은【포스 실드】를 파기하는 동시에【게일 블로】를 영창했다.

그러자 앞으로 내민 손바닥에서 방출된 맹렬한 돌풍이 멸망의 바람을 밀어냈다.

"콜록! 예상대로…… 바람에는 바람이군!"

이유는 알 수 없지만, 아무튼 저 르 킬의 날개가 일으키는 바람에 접촉하지 않으면 멸망을 피할 수 있는 것 같았다.

글렌의 순간적인 판단이 효과를 거둔 셈이다.

하지만 기세가 맹렬한 멸망의 바람이 곧 글렌의 돌풍을 서서히 밀어내기 시작했다.

"제길, 무거워……! 내 마력으로는 오래 못 버티겠군. 쿨럭! 하, 하얀 고양이! 너도 가세해! 네 특기인 바람 마술을 써!"

글렌은 피를 토하면서 요청했다.

"그, 그게 무슨 말씀이세요?! 지금 힐러 스펠을 멈췄다간 선생님이 죽을지도 모르는데!"

하지만 시스티나는 새파랗게 질린 얼굴로 눈물을 글썽이며 거절했다.

"괜찮아! 난 걱정하지 마! 그러니……!"

"그, 그치만…… 그치만……!"

틀렸다. 하긴, 시스티나는 이 루프를 모르고 있으니 당연한 반응이었다.

설명할 틈도, 믿게 할 틈도, 여유도 없었다. 완전히 사면초가였다.

"자, 어떻게 된 건가! 젊은이! 이래 봬도 르 킬은 지금 힘을 꽤 억누른 상태라고? 자, 자!"

크게 웃음을 터트리는 게이슨의 손바닥 위에서 용두가 한층 더 가속하기 시작했다.

그러자 르 킬이 날개를 펄럭이는 속도도 더 빨라지기 시작하고 멸망을 부르는 바람의 기세가 한없이 상승했다.

"제기라아아아아아아아아알!"

"흐하하하하하하하하하! 어떠냐! 못 막겠지? 우리 크라이토스의 영광을 방해하려는 괘씸한 자여! 이 힘 앞에 굴복하고…… 죽어라!"

그 순간이었다.

갑자기 르 킬의 날개가 멈추더니 멸망의 바람도 멎었다.

르 킬의 구속구에, 사슬에 금이 갔기 때문이다.

"뭐, 뭐지……?"

"어?"

완전히 예상을 벗어난 사태에 게이슨과 글렌이 동시에 굳어버렸다.

"대, 대체 어떻게 된……? 음? ……뭐지?"

먼저 이변을 눈치챈 건 게이슨이었다.

"용두가 혼자서……? 머, 멈춰! 멈추라고! 어째서냐! 어째서 내 제어를 받지 않는 거지?! 시계의 마스터로 등록된 건 나뿐일 텐데!"

당황한 그의 손바닥 위에서 용두가 무시무시한 속도로 회전하고 있었다.

너무 기세가 강한 나머지 주위의 공간 자체가 일그러져 보일 정도였다.

"이럴 수가……! 대체 무슨 일이 일어난 거지?! 지금까지 이런 일은 단 한 번도……."

게이슨이 안절부절못하는 사이에도 용두의 회전 속도는 계속 빨라졌고, 르 킬의 온 몸을 묶은 구속구가 하나둘 씩 끊어져서 튕겨나가기 시작했다.

그리고 마침내 목줄과 거기에 연결된 사슬을 제외한 모든 구속구가 파괴되었다.

"히익?! 대체 무슨…… 쿠흡?!"

게이슨의 경악은 거기서 끝났다.

거의 자유를 되찾은 르 킬이 날개로 일으킨 바람이 그의 몸을 먼지 한 톨 남기지 않은 채 이 세상에서 완전히 소멸시켰기 때문이다.

"꺄아아아아아아아아아아아아아악?! 하, 할아버님?!"

"어? 지금…… 뭐가? 사람이…… 사라졌어?"

절규하는 엘렌, 아연실색한 시스티나 앞에서—

"이제야…… 이제야 겨우……."

르 킬이 말을 했다.

그 모습은 그야말로 무참하기 이를 데 없었다.

구속구가 벗겨져서 드러난 몸은 절반 이상이 기계였고 살에 박힌 톱니바퀴도 드문드문 보였다. 마치 엉망으로 망가진 꼭두각시 인형 같은 모습이었다.

'저게 바로 몰락한 신의 권속……!'

너무나도 끔찍한 그 모습에 글렌은 무심코 마른침을 삼키며 식은땀을 흘렸다.

그런 르 킬이 겁에 질린 엘렌을 뒤에서 부자연스러운 움직임으로 끌어안았다.

"히익?!"

"당신…… 덕분이야, 엘렌……. 당신이루프를해준덕분에…… 계속, 계속, 루프해준덕분에…… 난, 자유를되찾을수있었어……."

"아, 아아…… 시, 싫어…… 그만해! 난 그런 거 몰라……!"

"앞으로, 조금만더, 반복하면…… 나는, 완전히, 자유로워질수있어……. 그러니…… 나와함께, 더, 더, 루프를반복하자…… 엘렌……."

"싫어……! 난 이제 싫단 말야……!"

"이일주일을…… 영원히반복하자……. 영원히…… 영원히…… 영원히영원히영원히."

"싫어어어어어어어어어어어어어!"

그런 엘렌과 르 킬의 모습을 지켜보다가 결국 힘이 다한 글렌은 피웅덩이 위에 쓰러지고 말았다.

"서, 선생님! 선생님! 정신 차리세요! 뭐죠? 대체 뭐냐구요! 이 상황은……! 영문을 모르겠다구요……! 선생님……!"

시스티나가 애달프게 매달렸지만 글렌의 몸은 더 이상 움직이지 않았다.

'제길…… 제길…… 제기랄! 저 망할 꼰대가!'

서서히 어두워지는 시야 속에서 글렌은 이를 갈았다.

'어떤 시계든 계속 쓰다보면 부품이 열화해서 망가지는 게 당연하잖아……!'

방금 일어난 현상의 이유 자체는 단순했다. 쉽게 예상이 갔다.

아마 시계로 개조된 르 킬은 힘이 크게 봉인된 상태였으리라.

그래서 용두로 한정적인 시간 조작 능력만 쓰는 도구가 될 수 있었던 것이다.

하지만 결국 그 내구도에 한계가 오고 말았다. 단절된 일주일을 몇 천 번이나 반복하면서 힘을 계속 쓴 탓에 구속봉인이 헐거워진 것이다.

"영원히…… 반복하자. 이 일주일을. 그래, 영원히…… 반복하자……."

'위험하기 짝이 없는 녀석이잖아!'

글렌은 내심 혀를 찰 수밖에 없었다.

'많이 약해지긴 했어도 저건 2백 년 전의 마도대전에서 나타났던 사신 놈들과 동종의 존재야. 저 망할 꼰대가 저딴 걸 세상에 풀어놓다니…… 대체 어쩌면 좋지?'

그리고 지금까지 몇 번이나 경험했던 감각. 죽음이 자신을 끌고 가는 감각과 시간이 되감길 때 느껴지는 평형감각이 어긋나는 기묘한 감각이 세상을 뒤덮기 시작했다.

이렇게 해서 손 쓸 방법도 없이 세계가 어두워지고, 세계가 회전하고, 시간이 윤회하고, 모든 것이 되감겼다.

모든 것이 끝나고 다시 처음으로 되돌아가리라.

"뭐죠? 대체 어떻게 된 거예요? 세, 세계가……?! 선생님! 엘렌!"

시스티나는 어둡게 추락하는 세계의 한복판에서 어쩔 줄 몰라하고 있었다.

"……괜찮아."

하지만 글렌은 그런 그녀를 안심시키려는 듯 마지막 힘을 쥐어짜 내서 손을 잡아주었다.

"서, 선생님……?"

"안심해……. 괜찮아……. 넌 아무것도 걱정하지 않아도 돼……."

그 말을 들은 시스티나는 눈을 깜빡이며 글렌을 바라보았다.

"……걱정……하지 마, 하얀 고양이…… 날 믿어……."

"그, 그치만…… 그치만……! 이렇게 피가……! 그리고 하늘까지 떨어지고 있는데⋯⋯!"

"쿨럭! 금방 원래대로 될 거야⋯⋯. 모든 게 회귀할 거
다⋯⋯. Q는 A로⋯⋯."

"⋯⋯선생님⋯⋯?"

"『다음』에는 반드시⋯⋯ 네 친구도 구해주고, 이 빌어처먹
을 세계도 박살내 줄 테니까⋯⋯ 너희들의 미래를 지켜줄
테니까⋯⋯ 그러니⋯⋯ 안심해⋯⋯."

글렌은 더는 힘이 들어가지 않는 손으로 시스티나의 손을
잡아주었다.

그러자 시스티나는 그제야 뭔가를 납득한 듯 고개를 끄덕
였다.

"⋯⋯예, 믿을게요."

눈물로 젖은 눈으로 글렌을 바라보며 힘차게 글렌의 손을
맞잡아주었다.

"그런 거였군요⋯⋯. 이게 바로 선생님께서 숨기고 계셨던
일인 거죠⋯⋯? 선생님께선 또 저희를 위해 혼자서 싸우고
계셨던 거죠⋯⋯?"

그리고 한없이 온화하고 끝 모를 믿음이 깃든 눈빛으로
미소 지었다.

"선생님께서 말씀하시는 『다음』이 뭔지는 잘 모르겠지
만⋯⋯ 만약 『다음』이 있다면⋯⋯ 그때는 저도 선생님과 함
께⋯⋯ 부디⋯⋯."

"그래……."

글렌은 안도했다. 이 한 마디만으로도 지금까지 버티고 견뎌왔던 것이 전부 헛된 노력이 아니었음을 확신할 수 있었다.

완전히 메말라버린 마음에 활력이 돌아오기 시작했다.

그와 동시에 글렌의 의식은, 세계는, 어둠을 향해 추락했다.

제7장 반복 끝에

————.

문득 정신을 차렸다.

"……?"

어느새 글렌은 낯선 세상에 서 있었다.

주위를 둘러보자 끝없이 펼쳐진 초원을 산맥이 에워싸고 있었다.

발밑에는 황금색 털로 뒤덮인 귀여운 강아지가 다리에 몸을 비비고 있었다.

어깨 위에는 졸려 보이는 남색 눈동자의 아기 다람쥐가 매달리듯 앉아 있었다.

약간 떨어진 길 앞에는 새하얀 털의 아기 고양이가 앉아서 마치 따라오라는 것처럼 새침한 얼굴로 글렌을 돌아보고 있었다.

그리고 고개를 들자 한없이 넓은 하늘이 눈에 들어왔다.

"……여긴 어디지……?"

글렌이 어안이 벙벙한 얼굴로 혼잣말을 중얼거린 순간―.

『여긴 당신의 정신세계야, 글렌..』

갑자기 목소리가 들려서 뒤를 돌아보았다.

남루스가 서 있었다.

『꿈과 현실의 틈새. 의식과 무의식의 경계에 존재하는 당신의 영지. 당신의 심상풍경에서 비롯됐고, 외부에서 흐르는 시간과는 완전히 단절된 당신만의 세계. ……하지만 지금은 다른 사람의 의식도 조금 섞인 모양이지만.』

남루스가 힐끔 시선을 던지자 그 앞에는 새하얀 털의 아기 고양이가 마치 말하고 싶은 게 있는 것처럼 이쪽을 빤히 바라보고 있었다.

"넌 진짜 못 하는 게 없구만, 남루스."

'이 녀석, 대체 정체가 뭐지?'

글렌은 어이가 없어서 탄식했다.

『그건 그렇고 이제야 겨우 진실에 도달한 것 같네, 글렌.』

"……보고 있었어?"

남루스의 말에 글렌이 진지하게 물어보았다.

『응, 보였어. 르 킬…… 그 아이가 이 단절된 일주일의 원흉이었구나.』

"그 아이?"

기묘한 표현에 글렌이 무심코 고개를 갸웃거렸지만 지금은 그보다 더 중요한 일이 있었다.

『지금의 폭주한 르 킬에게는 이미 이성이 없어. 그저 엘렌에게 빙의한 채 주어진 명령의 연장선밖에 생각하지 못하는 단순한 현상에 불과해. 다시 말해······.』

"이 일주일을 기계적으로 되풀이할 뿐인 존재······라는 건가."

『맞아. 유감스럽게도.』

남루스는 지친 것 같으면서도 왠지 모를 근심이 섞인 한숨을 내쉬었다.

『당연한 소리겠지만, 당신은 여기서 벗어나야만 해. 르 킬을 해치워. 당신 자신의 미래와 과거를 위해.』

"르 킬을 해치우라고? 하, 어떻게? 시간 조작? 멸망의 바람? 바보 아냐?"

『지금의 르 킬에게는 예전만큼의 힘이 없어. 시간 조작 기능으로는 이미 정해진 일주일밖에 반복하지 못해. 성가신 건 그 날개가 일으키는 멸망의 바람뿐이야.』

"저기 말이다. 그게 절망적인 거거든?"

글렌은 넌더리를 내며 말했다.

그렇다. 멸망의 바람은 온갖 방어 계통 주문의 맹점을 찌르는 공격이라고 해도 과언이 아니었다.

모든 마력 장벽과 방어 인챈트의 기본 원리는 『차단』과 『강화』다. 방어 그 자체가 상대의 공격에 닿는 것 자체는 결코 피할 수 없는 현상이다.

하지만 멸망의 바람은 그런 방어 기능 자체를 근간부터 소멸시키는 최강의 공격이었다.

글렌이 난색을 표하자 남루스는 담담하게 대답했다.

『하나만 가르쳐줄게. 시간이 항상 멸망의 「개념」을 내포하고 있다는 건 알지?』

"그건 당연히 알지만……."

아무튼 시간의 흐름 앞에서 열화하지 않는 물질은 이 세상에 존재하지 않았다. 아무리 무적의 불사신에 가까운 존재라 해도 언젠가는 거대한 시간의 흐름 앞에서 굴복하고 사라질 운명이기에…….

『지금 그 아이가 쓸 수 있는 힘은 시간이 내포한 멸망의 개념을 극소량의 근원소 입자— 제3허수질량 물질인 《시소(時素)》를 날개로 물질화해서 바람에 실어 날리는 것뿐이야. 멸망의 개념을 내포한 탓에 《루인》이 발생해서 붕괴하는 시간도 굉장히 짧고.』

"……즉, 바람이 발생한 순간에 닿지만 않으면 된다는 건가?"

『그런 셈이야. 예전처럼 시간을 자유자재로 조종해서 근과거(近過去)에 불가피(不可避)한 공격을 하는 힘은 이미 없어. 안심해.』

"그, 근과거에 불가피한 공격이라고……? 설마 과거를 공격해서 공격당한 현재를 확정한다는 거야? 그게 말이 돼?"

『글렌, 당신이라면 분명 대책을 세울 수 있을 거야.』

남루스는 뺨을 실룩거리는 글렌에게 애원하듯 말했다.

『내가 이렇게 당신 앞에 다시 나타난 이유는…… 어렴풋이 눈치챘겠지만..』

"그래, 이미 한계인 거지?"

『응. 아마 다음 루프에서 당신들이 존재하는 시공간이 떨어져 나갈 거야. 그렇게 되면 르 킬의 힘은 관계없어. ……당신의 세계는 이제 어디로도 나아갈 수 없게 될 거야. 영원히 반복되는, 완전히 갇혀버린 일주일이 되고 말겠지.』

"……제길, 책임이 막중하구만."

『르 킬을 쓰러트려줘. 그 시계를 완전히 파괴하고 당신은 미래를 되찾는 거야.』

그리고 남루스의 목소리에 아주 약간이지만 물기가 어리기 시작했다.

『다행히도 지금의 그 아이는 단순한 시계에 불과해. 사전에 프로그래밍한 기능과 명령밖에 수행하지 못해. **지금의 당신**이 감당할 수 없는 시간 조작 능력도 루프 기능에만 한정되어 있어. ……그러니 당신에게 승산이 전혀 없는 건 아니야.』

"……남루스?"

『하다못해…… 그 아이를 그만 편히 쉬게 해줘. ……부탁이야.』

그런 남루스의 태도를 본 글렌은 뭔가 마음에 걸리는 것이 있었다.

"역시 너…… 르 킬에 대해 뭔가 알고 있는 거지?"

『글쎄?』

하지만 남루스는 대답해주지 않고 등을 돌렸다.

『……부탁할게, 글렌…….』

"……선처하마."

남루스의 부탁에 글렌이 그렇게 대답하자 글렌의 세계가 새하얗게 타오르기 시작했다.

새하얗게, 새하얗게.

그리고―.

―――――.

"……선……생……님! 선생……님! 선생님! 선생님도 참! 어라?"

"……."

글렌은 다시 첫날로 돌아왔다.

장소는 여느 때와 다름없는 교실.

여느 때처럼 루미아와 리엘이 있었고, 학생들이 있었고, 그리고 자신의 옆에는 시스티나가 있었다.

"이, 일어나 계셨어요? 전혀 몰랐네요. 아하하……."

시스티나는 어색하게 웃었다.

"……, ……."

그리고 어째선지 자신의 손과 글렌을 계속 번갈아서 힐끔 힐끔 쳐다봤지만 솔직히 그런 걸 신경 쓸 여유가 없었다.

조금 상태가 이상한 시스티나 앞에서 글렌은 필사적으로

머리를 회전시켰다.

'울든 웃든 이번 일주일이 마지막 기회인가…….'

무슨 일이 있어도 이번에 그 르 킬을 쓰러트리고 이 루프를 벗어나야만 했다. 그렇지 않으면 이 세계는 영원히 선발회의 7일간을 되풀이하는 닫혀버린 세계가 되고 말리라.

남루스의 부탁을 받아들이긴 했으나 솔직히 짐이 너무 무거웠다.

'제삼자에게 루프 정보를 알릴 수 없는 규칙은 아직도 유효한 건가? 르 킬이 게이슨의 손을 벗어났으니 지금까지의 루프와는 상황이 달라. 어쩌면…….'

아니, 그 방법은 논외다. 희망적인 관측에 의지해서 섣부른 짓은 할 수 없었다.

만약 규칙이 아직 살아있다면 누군가에게 정보를 알려준 순간, 모든 것이 끝난다. 세계가 현재의 시간축에서 완전히 단절되고 만다.

평소에는 시스티나, 루미아, 리엘, 세리카…… 그리고 이브 같은 의지할 만한 인물이 잔뜩 있었다. 하지만 지금은 그런 그녀들의 힘을 빌릴 수 없는 상황이 너무나도 아쉬웠다.

'르 킬의 능력인 멸망의 바람은…… 대처할 방법이 존재하지 않는 무적의 힘이 아니었어. 일단 대책이 있기는 해. ……아니, 르 킬에게 극상성인 녀석이 바로 여기에 있지.'

글렌은 옆에 서 있는 시스티나를 힐끔 올려다보았다.

"……음? 선생님, 왜 그러세요? 제 얼굴에 뭐 이상한 거라도 묻었나요?"

시스티나는 글렌과 시선이 마주치자 눈을 깜빡거렸다.

"……아무것도 아냐."

하지만 글렌은 말할 수 없었다. 사정을 밝히면 시스티나는 죽는다. 그리고 모든 게 끝이다.

아무리 믿음직스러워도 그녀의 힘을 절대로 의지할 수는 없었다.

"아, 젠장……. 대체 어쩌면 좋지?! 이대로 가면……!"

글렌이 머리를 감싸 쥐고 책상 위에 엎드린 순간ㅡ.

그런 그를 물끄러미 바라보던 시스티나가 갑자기 이런 말을 꺼냈다.

"역시…… 선생님은 뭔가와 싸우고 계신 거죠?"

"어?"

"그냥 백일몽인 줄 알았는데…… 지금 선생님의 이상한 태도를 보면 아무래도 그게 아닌 것 같네요. ……이유는 전혀 모르겠지만요."

"뭐? 야, 하, 하얀 고양이? 백일몽? 너, 대체 그게 무슨 소리냐?"

지금까지의 루프 중에서 시스티나가 이런 영문을 알 수 없는 발언을 한 적은 단 한 번도 없었다.

마지막 루프에서 예상을 벗어난 전개가 일어나자 글렌은

난감했다.

"선생님…… 잠시 시간 좀 내주세요."

시스티나가 갑자기 글렌의 손을 잡아당기기 시작했다.

"어, 야……?"

"저랑 이야기 좀 해요."

그러자 어안이 벙벙한 루미아와 리엘과 2반 학생들이 지켜보는 가운데 글렌은 교실 밖으로 연행되었다.

'……뭐지? 지금 무슨 일이 일어난 거야? 이 전개는 대체……?'

이 생소한 전개에 글렌은 내심 당황했다.

"……자, 여기라면 괜찮겠죠?"

시스티나를 따라서 온 장소는 한산한 뒤뜰이었다.

"참 나, 대체 무슨 용건이야? 난 바쁘다고. 짧게……."

그러자 시스티나는 본인도 당황하면서 이런 말을 꺼냈다.

"저기, 실은 저…… 방금 선생님을 깨우려고 할 때…… 한순간 꿈을 꿨어요."

"……?!"

"백일몽이라고 해야 할지…… 아무튼 선생님께서 무시무시한 적과 싸우고 있는…… 그런 꿈을요."

글렌은 눈을 부릅뜨며 경악할 수밖에 없었다.

"그 꿈속에는 그리운 제 옛 친구도 있었는데…… 선생님께

선 어떻게든 그 아이를 구해주려고 하셨지만…… 결국 힘이
부족해서…… 그게…….'

'어떻게 된 거지?! 저번 루프의 기억이 조금 남은 건가?!
설마 마지막까지 나와 함께 있어서?!'

이유는 전혀 모르겠지만 사실 따지고 보면 글렌에게 루프
의 기억이 남는 것도 원인을 알 수 없는 건 마찬가지였다.

"엄청 현실적인 꿈이었어요. 꿈이라는 생각이 들지 않을
정도로 박진감이 넘쳤죠. ……이유는 모르겠지만, 그 이형
의 괴물을 절대로 이대로 내버려둬선 안 된다는 확신이 들
정도로요."

아마 본인도 뜬금없이 이상한 소리를 한다는 자각은 있으
리라.

표정에 깊은 당혹스러움과 동요가 드러나 있었다. 평소의
시스티나였다면 이런 아무 근거도 없는 허무맹랑한 이야기
는 절대 입에 담지도 않았으리라.

하지만 그녀 안에 있는 무언가가 등을 떠민 것이다. 허세
도 체면도 전부 내던지고 지금 해야만 하는 일을 똑바로 마
주 볼 수 있도록…….

"그치만 기억하는걸요! 제 이 손에…… 지금도 남아있는
걸요! 그 꿈속에서 마지막까지 제 손을 잡아주신 선생님의
감촉이 이토록 선명하게…… 저는 그게 도저히 단순한 꿈이
나 환상이라는 생각이 안 든다구요!"

"너……."

글렌의 놀라움을 숨기지 못하는 표정을 본 시스티나는 그제야 뭔가를 확신한 것처럼 말했다.

"그게 무슨 바보 같은 소리냐고 비웃으실지도 몰라죠. 하지만…… 지금은 무슨 일이 있어도 선생님을 도와드려야 한다는…… 그런 기분이 들어요. 머리가 아니라, 제 영혼이 그렇게 호소하고 있어요. ……강렬하게."

"……."

"선생님. 지금 저한테 뭔가 숨기는 게 있으시죠?"

"……."

"만약 있으시다면…… 이게 제 허무맹랑한 착각이 아니라면…… 선생님께서 짊어지고 계신 게 뭔지…… 저한테도 알려주시면 안 될까요? 저도 돕게 해주시면 안 될까요?"

시스티나는 애원하는 표정으로 글렌을 똑바로 바라보았다.

하지만 글렌은 한숨을 내쉬더니 떨떠름하게 머리를 벅벅 긁고 시선을 피했다.

그리고 입을 다물 수밖에 없었다. 침묵할 수밖에 없었다.

시스티나가 저번 기억의 일부를 계승한 건 놀라운 일이지만 결국 글렌은 사정을 밝힐 수 없었다. 그녀의 힘을 빌릴 수는 없었다.

'르 킬…… 몰락한 신의 권속……. 사실 그 녀석의 능력에 대처할 방법이 전혀 없는 건 아니지만……'

그렇다. 시스티나다. 그녀의 힘이라면 르 킬에게 대항할 가능성이 있었다.

이번만큼은 루미아도, 리엘도, 세리카도 해당 사항이 없었다.

오로지 시스티나만이 가능하리라.

하지만 지금 상태로는 무리였다. 시스티나의 힘으로 르 킬에게 대항하려면 어떤 과정이 필요했다.

하지만 그러려면 넘어야 할 산이 너무나도 높고 험난했다.

자세한 사정을 밝힐 수 없는 이상 설득할 방법이 없었고, 사정을 알았다고 해서 과연 글렌의 제안을 승낙해줄지도 미지수였다.

'제길…… 역시 나 혼자서 르 킬을 해치울 방법을 찾는 수밖에…….'

글렌이 비장한 각오를 다지고 이를 악문 순간이었다.

"……알았어요. 그냥 아무 말씀도 하지마세요."

시스티나가 작게 중얼거렸다.

뭐, 비웃음을 살 것을 각오하고 이토록 진지하게 부탁했는데도 사정조차 알려주지 않으니 오만 정이 떨어진 것도 당연하리라.

글렌은 어째선지 주인에게 버림받은 개가 된 것 같은 쓸쓸한 기분이 들었다.

하지만 이걸로 됐다. 이걸로 된 거다. 처음부터 그 누구도 의지할 수 없는 싸움이었다.

　그렇게 글렌이 외로운 모습으로 등을 돌리려 한 그때─.

　"……그래서요? 제가 대체 뭘 하면 되는 거죠?"

　전혀 예상치 못한 말이 글렌의 등을 두드렸다.

　"뭐?"

　글렌은 무심코 고개를 돌려서 시스티나의 얼굴을 응시했다.

　그녀는 예상과 달리 화를 내기는커녕 웃고 있었다.

　무한한 신뢰가 담긴 눈으로 글렌을 다정하게 바라보고 있었다.

　"뭘 하면, 이라니…… 아니, 난 너한테 아무 말도 안 했는데……?"

　"선생님은 거짓말이 서투르시니까요. 방금 그 표정을 보고 역시 뭔가가 있다는 확신이 들었어요. 그리고…… 틀림없이 제가 꾼 그 꿈과 관계가 있을 거라는 것도요."

　"……!"

　"……예, 얼마 전까지의 저였다면 자신의 미숙함에서 눈을 돌린 채 항상 나만 따돌린다고 토라졌을지도 몰라요. 하지만 선생님께선 요전에 절 인정해주셨잖아요? 『등을 맡길 수 있는 동료』라구요."

　"……!"

　"그럼 뭐, 뻔하죠. 선생님께선 말씀해주시지 『않는』 게 아니라 말씀해주실 수 『없는』 거예요. 이유는 모르겠지만요."

"하, 하얀 고양이…… 너……."

그러자 시스티나는 갑자기 뺨을 빨갛게 물들이고 시선을 피하더니 긴 은발을 검지로 빙글빙글 휘감으면서 작은 목소리로 중얼거렸다.

"그게…… 뭐랄까…… 그 정도쯤은 알 수 있을 정도로…… 저도…… 선생님을 신뢰하고 있달지…… 믿고 있달지…… 아, 진짜! 아무튼 그런 거라구요! 그 정도는 알아서 눈치 좀 채세요!"

그리고 갑자기 화를 냈다.

글렌으로선 눈을 휘둥그레 뜰 수밖에 없었다.

"그래서요? 제가 뭘 하면 되는 거죠?"

"아니…… 그게……."

글렌은 당혹스러워하면서도 머릿속으로는 냉정하게 생각을 정리했다. 하지만 그 결과로 나온 것은 역시 최악의 부탁이었다.

하지만 이렇게 된 이상 말하지 않을 수는 없으리라.

"시스티나. ……선발회를 사퇴해줄 수 없을까?"

"……!"

이 말에는 과연 시스티나도 놀랐는지 한순간 눈을 크게 뜨고 굳어버렸다.

하지만 그건 정말 한순간뿐이었다.

"……예, 알았어요. 사퇴할게요."

시스티나는 곧 망설임 없이 힘차게 고개를 끄덕였다.

거의 뺨 맞을 걸 각오하고 한 말이었는데도 바로 승낙해버리자 글렌은 하마터면 그 자리에서 자빠질 뻔했다.

"뭐어……?! 너, 그게 무슨 소리야?!"

"아니, 그게, 오히려 그건 제가 할 말인데요……."

시스티나는 게슴츠레한 눈으로 글렌을 노려보았다.

"넌 메인 위저드가 되고 싶은 거잖아?! 너한테 이 선발회가 얼마나 중요한지 너도 잘 알잖아!"

"아니, 오히려 선생님이 어떻게 제 각오를 알고 계신 건지가 무지 신경 쓰이는데요……."

"그런데 왜! 이유도 밝히지 않고 말도 안 되는 부탁을 하는 날…… 넌 어째서 그렇게까지 믿어주는 건데!"

글렌은 도저히 영문을 알 수가 없어서 소리쳤다.

"그야 선생님이니까요. ……이유는 그거면 충분하잖아요?"

"……?!"

태연하게 대답하는 제자 앞에서 글렌은 그저 넋을 잃은 채 압도당할 수밖에 없었다.

"아니면 뭐예요. 선생님은 정말 보잘 것 없는 이유로 제 선발회를 망쳐버리는…… 그런 변변찮은 분이셨어요?"

그런 식으로 장난스럽게 웃은 시스티나는 글렌의 얼굴을 아래에서 올려다보았다.

"아, 아니…… 아무리 나라도 그런 짓까진 안 하지."

"그쵸? 그럼 이걸로 된 거잖아요."

그리고 무한한 신뢰가 담긴 얼굴로 미소 지었다.

너무나도 숭고하고, 눈부신 미소.

틀림없이 이것은 이 세상에서 단 하나뿐인 미소였다.

'뭐지……? 전에는 이 녀석에게서 자주 세라의 환영이 보였는데…… 최근에는 전혀 보이지 않아. ……어째서지?'

글렌이 멍하니 그런 생각을 한 순간—

"자, 선생님! 어서 가요! 그럼 전 이제부터 뭘 하면 될까요?!"

글렌은 마치 꿈이라도 꾸는 기분인 채 시스티나가 활기차게 손을 잡아 이끄는 대로 따라갔다.

그리고 마지막 선발회가 시작되었다.

하지만 그 안에 시스티나의 모습은 없었다.

그리고 엘렌의 모습도—

4일째에 시작된 세 번째 시험인 모의 마술전.

"그건 그렇고 이번 선발회는…… 정말 수준이 높구려!"

마술 경기장의 귀빈석에서 대표 후보생들의 뜨거운 시합을 지켜보던 에드와르도 경이 기쁜 얼굴로 입을 열었다.

"역시 여왕 폐하의 정책이 옳았구려! 제국의 미래를 짊어질 우수한 젊은이들이 이렇게 한 자리에 모인 광경을 볼 수 있게 될 줄이야……. 이 에드와르도, 진심으로 감격했소이다!"

그러자 성 릴리 여학원의 로나 학원장이 은근하게 웃는 얼굴로 대답했다.

"후후, 그러네요. ……그리고 역시 알자노 학원에 특히 우수한 분들이 많이 모여 계신 것 같네요. 그중에서도 눈에 띄는 건 리제 필마, 자일 울퍼트, 기블 위즈덤…… 저 마리아 루텔도 1학년치고는 제법……"

"아니, 성 릴리 여학원도 결코 저희 못지않은 것 같습니다만. 콜레트 프리다, 프랑신 예카티나, 지니 키사라기…… 장래가 기대되는 재원들이 참 많군요."

알자노 제국 마술학원의 릭 학원장도 성 릴리 마술여학원의 학생들을 칭찬했다.

"후후, 감사합니다. 사실은 엘자 빌리프라는 아이도 내보내고 싶었지만…… 실은 군에서 스카우트를 받아서……"

"호오! 군에서 말입니까?! 그건 참 명예로운 일이군요. 축하드립니다!"

"그런데…… 그런 학생들 중에서도 크라이토스 학원의 레빈 크라이토스가 역시 특출나 보이는군요. ……이거 참, 정말 장래가 두려운 젊은이네요."

"그러게 말이외다. 아무래도 메인 위저드의 자리는 레빈 크라이토스와 리제 필마의 맞대결이 될 것 같구려, 게이슨 님. ……게이슨 님?"

에드와르도 경이 크라이토스 마술학원의 게이슨 학원장

에게 말을 걸었다.

"어째서지…… 어째서 갑자기 용두가 사라진 거지……? 그게 없으면…… 제길. ……이대로 가면 저 잡종 따위에게 우리 긍지 높은 크라이토스가…… 애당초 엘렌 녀석은 대체 어디에……."

하지만 게이슨은 창백한 얼굴로 계속 혼잣말을 중얼거리고 있었다.

그것을 본 에드와르도, 릭, 로나는 의아한 표정으로 서로의 얼굴을 마주보았다.

"으흠! 그, 그건 그렇고…… 한 가지 신경 쓰이는 일이 있소이다만……."

에드와르도는 미묘해진 분위기를 바꿔보려고 화제를 전환했다.

"분명 시스티나 피벨이라는 이번 선발회의 넘버원 기대주가 있었을 텐데…… 그 학생은 대체 어디 있는 게요? 아무래도 모습이 보이지 않는 것 같소만……."

"그게…… 갑작스럽게 선발회를 사퇴했습니다."

"허어?!"

릭이 미안한 얼굴로 대답하자 에드와르도는 분통을 터트렸다.

"이렇게 통탄스러울 데가! 스스로 마술제전의 출전권을 내버리다니! 이것이 제국의 명예와 영광을 짊어지는 중요하고 숭고한 역할이라는 걸 알고는 있는 게요?!"

"그 이야기는 저도 조금 들은 바가 있네요."

그러자 로나도 대화에 끼어들었다.

"후보생들의 소문을 들자하니…… 그 학생은 어떤 마술강사와 함께 아침부터 밤까지 도서관에 틀어박혀서 무슨 마술 연구를 하고 있다든가……."

"으으으음! 공부에 열심인 건 좋지만, 아무리 그래도 때와 장소가 있지!"

하지만 완고한 에드와르도 경은 그 말을 듣고 한층 더 화가 난 모양이었다.

"요즘 젊은 것들은 참으로 한심스럽구려! 우리가 젊을 때는 이렇지 않았건만! 모두가 조국을 위해 뭔가 보탬이 되려고 항상 고민하고 때로는 분골쇄……!"

그러자 릭이 에드와르도를 달래기 위해 설명을 보충했다.

"자자, 에드와르도 경. 분명 뭔가 사정이 있었을 겁니다. 그리고 그 마술강사는…… 분명 경께서도 알고 계실 우리 학원의 영웅이니까요."

"뭐라고요?! 설마 페지테뿐만 아니라 폐하의 목숨도 구한 그……?!"

에드와르도는 경악하며 눈을 부릅떴다.

"예. 그런 그가 아무런 이유도 없이 이런 얼핏 무례해보이기까지 한 폭거를 저지를 리 있겠습니까?"

릭은 어딘지 모르게 자신감이 넘치는 얼굴로 부드럽게 말했다.

"어차피 우리 제국의 미래에 결코 나쁜 영향을 주진 않을 겁니다. 그러니 부디 이번만큼은 연장자다운 관대함으로 젊은이들의 치기어린 행동을 용서해주시지 않겠습니까?"

"으으으으음......."

그러자 에드와르도 경은 더는 입을 열지 않고 복잡한 표정으로 신음만 흘렸다.

그리고 시간은 쏜살처럼 지나갔다.

7일째.

마술학원 본관 옥상에 있는 엘렌은 마지막 날이라 한층 더 흥분이 고조된 마술 경기장에서 들리는 희미한 소음을 배경음으로 삼아 황혼에 타오르는 페지테 거리를 멍하니 바라보고 있었다.

해가 저물었다. 천천히 가라앉고 있었다.

저 해가 완전히 저문 순간, 선발회가 끝나고 경기장에서는 대표 선수 발표회가 시작되리라.

그리고 그 발표회를 기점으로 모든 것이 다시 처음으로 돌아가리라.

이 루프 현상을 막을 방법이 없는 엘렌은 그저 절망할 수밖에 없었다.

"울지마, 엘렌……."

그러자 르 킬이 뒤에서 그런 엘렌을 끌어안았다.

르 킬의 손바닥 위에서는 마력을 띤 용두가 빙글빙글 회전하고 있었다. 이미 시계의 제어권을 완전히 장악한 상태였다.

"같이, 반복하자, 걱정하지마…… 두려워하지마…… 반복하다보면, 그분을, 언젠가, 만날수 있어……. 그러니…… 나와함께, 반복하자……."

"싫어……."

알고는 있었지만, 이 괴물은 머리가 완전히 망가진 상태였다. 대화가 전혀 성립하지 않았다. 그리고 엘렌은 그런 괴물의 말을 절대로 거스를 수 없었다.

엘렌은 멀리 떨어진 마술 경기장을 흘겨보았다.

미래를 향한 희망과 활기가 넘치는 그 장소를…….

자신은 그런 미래를 완전히 단절시키고 말았다.

희망이 갈 곳을 없애버리고 말았다.

"미안해요……."

입에서 나오는 말은 그저 후회와 뉘우침뿐이었다.

조부 게이슨만 탓할 수는 없었다.

자신도 이런 비겁한 수단으로 빛나는 미래와 영광을 차지하려는 행위를 마음속 한켠에서는 조금이나마 긍정하고 있었기에…….

그런 이기적인 이유로 이곳에 있는 모든 이의 미래를 빼앗고 말았다.

앞으로 반복될 이 갇혀버린 일주일 속에서 엘렌은 그저 사과만 해야 하리라. 그야말로 영원히.

"미안해요, 여러분……. 미안해, 시스티나……! 난……!"

철책에 매달린 엘렌이 타오르는 황혼을 향해 하염없이 눈물을 흘리며 사죄한 그때—

뒤에서 문을 여는 소리. 누군가가 천천히 옥상으로 나오는 기척.

엘렌은 힘없이 고개를 돌렸다.

예상대로 눈앞에는 반복되는 일주일 속에서 몇 번이나 얼굴을 마주친 글렌과, 그리고 또 한 사람—

—와아, 굉장해! 굉장해! 시스티는 굉장해!

—벌써 이런 마술을 쓸 수 있다니! 대단해!

—시스티는 나랑 동갑인데 정말 굉장한 것 같아! 좋겠다~!

—나도 노력하면…… 언젠가는 시스티처럼 될 수 있을까?

—고마워! 나, 노력할게! 응, 진짜 열심히 해볼 거야! 나도 반드시 레오스 오빠랑 시스티 같은 굉장한 마술사가 될 거야!

—그러니까…… 그때 다시 또 만나자, 시스티…….

"……왜 그래? 괜찮아?"

글렌이 옆에서 걱정하자 시스티나는 그제야 제정신을 차렸다.

과거를 헤매던 의식이 현재로 돌아왔다.

시스티나의 눈앞에는 옥상으로 나가는 문이 있었다.

"역시 피곤하지? 미안하다. 요즘 너무 혹사시켜서……."

"아뇨, 괜찮아요. 잠시 옛날 생각이 난 것뿐이에요."

시스티나는 가볍게 고개를 젓고 다시 기합을 넣었다.

"……가죠, 선생님."

"그래."

글렌이 옥상 문을 천천히 열었다.

그러자 저녁놀로 새빨갛게 타오르는 넓은 옥상의 광경이 망막에 새겨졌다.

"와앗?!"

강렬한 폭풍이 시스티나의 머리카락을 나부끼며 옷자락을 흔들었다.

시스티나는 황급히 치마를 누르고 앞을 응시했다.

소름끼치는 이형의 인형이 한 소녀를 뒤에서 옭아매고 있었다.

"그 꿈에서 본 대로야……. 저 끔찍한 괴물…… 그리고……."

시스티나는 그 괴물에게 씐 소녀를 똑바로 바라보았다.

"……오랜만이야, 엘렌. 널 구하러 왔어."

엘렌은 아무 말도 하지 않았다. 그저 거북하게 시선만 피할 뿐이었다.

"선생님이 아무것도 가르쳐주지 않으셔서 자세한 사정은 몰라. 내가 들은 건 그저, 네가 위험에 빠졌다는 것과 그 괴물을 해치워야 한다는 것뿐."

"……."

"기다려, 엘렌. 지금 당장 그 괴물을 해치워줄 테니까. 나랑 선생님이."

엘렌은 그제야 입술을 떨면서 말을 꺼냈다.

"어째서? 시스티나…… 네가 왜 여기 있는 거야?"

"어째서라니……."

"지금 넌 선발회에 있어야 하잖아! 그런데 왜……? 왜 넌 소중한 선발회를 포기하고 이런 곳에 있는 거지?! 할아버님의 등을 좇는 너에게 이 선발회는 그 무엇과도 바꿀 수 없는 중요한 기회였을 텐데!"

"……."

엘렌의 비통한 절규에 시스티나는 침묵으로 대답했다.

그러자 엘렌은 다시 입을 열었다.

"난 너한테 심한 소릴 했는데…… 널 상처 입혔는데…… 그런데 왜……?"

"미안, 엘렌. 솔직히 말하면…… 지금 네가 무슨 말을 하는지 전혀 모르겠어. 그야 난 지금 이 순간이 너랑 정말로 오랜만에 다시 만난 자리인걸."

사정을 알 리 없는 시스티나는 난처한 얼굴로 머리를 긁적일 수밖에 없었다.

"아무튼 내가 모르는 곳에서 정말 많은 일들이 있었나 보네. 하지만 네가 위험에 빠졌다는 소식 하나만으로도 내가 지금 여기 있을 이유는 충분해. 알겠니?"

"그, 그러니까 대체 왜?! 왜, 왜 나 같은 애를 구하려고⋯⋯!"

"그야 우린 친구잖아?"

"아⋯⋯."

엘렌에게 시스티나의 그 말은 그야말로 복음이나 다름없었으리라.

수 천 번의 루프에서 자신의 앞을 가로막는 통곡의 벽이 되었던 시스티나.

점점 모르는 사이에 원망을 품게 되고 증오심을 불태우며 처음과는 완전히 별개의 인간이 되어버린 엘렌.

하지만 시스티나의 그 한 마디가 수 천 번의 루프를 통해 화석으로 변해버린 엘렌의 마음을 따스하게 녹여주었다. 증오와 질투로 새카맣게 타고, 금이 가고, 말라비틀어진 마음이 단숨에 활력을 되찾기 시작했다. 아득히 긴 세월을 지나온 시계침이 반대로 되감기기 시작했다.

"시, 시스티⋯⋯ 흑⋯⋯ 히끅⋯⋯ 시스티⋯⋯ 미안, 미안해⋯⋯."

어느새 어둡고 음울한 표정은 마치 신기루처럼 사라지고, 그곳에는 괴로움과 후회로 점철된 얼굴로 흐느껴 우는 한 소녀만이 남아있었다.

시스티나는 그런 엘렌을 향해 부드럽게 웃어주었다.

그리고 숨을 내쉬는 동시에 조용히 마력을 끌어올리기 시작했다.

"가죠, 선생님! 어떤 움직임이든 맞춰드릴 테니 마음껏 싸워주세요!"

"훗, 이젠 태도가 제법 당당해졌는걸? 믿는다, **파트너!**"

그 말을 신호로 글렌은 마치 시스티나를 지키려는 것처럼 앞으로 나서서 전투태세를 취했다.

"잠깐만요! 기다려주세요! 글렌 선생님! 시스티나!"

그 모습을 본 엘렌이 경악한 얼굴로 외쳤다.

"설마…… 정말 이 괴물과 싸울 생각이세요?!"

"그야 당연하지. 아니, 이런 놈을 내버려두면 위험한걸."

"무모해요……. 선생님, 당신은 이 괴물의 힘을 보셨잖아요?! 인지를 초월하는 이차원의 힘을 상대로…… 정말 승산이 있다고 생각하시는 거예요?!"

"공교롭게도 우린 그딴 거보다 훨씬 위험한 놈들을 상대로 줄곧 싸워왔거든."

"줄곧 싸워왔다……?"

"그래. 하! 멸망의 바람? 확실히 그건 좀 성가시겠지만,

대책은 이미 세워뒀어. 마술사는 기사가 아니야. 마술사가 싸움에 나설 때는 승산이 있을 때뿐이라고."

"대, 대책……?! 대체, 어떤 대책을……!"

엘렌은 어리둥절한 얼굴로 이번에는 시스티나를 돌아보았다.

하지만 글렌 옆에 서 있는 그녀는 무척 자신감이 넘쳐보였다.

"걱정하지 마, 엘렌. 나, 선생님이랑 같이 새로운 마술을 만들어 왔으니까. ……선발회를 기권하고."

"뭐어?! 기권?!"

"나한테는 지금까지 선생님과 함께 쌓아온 굉장히 큰 토대가 있어. 그것만 있으면 일주일 안에 그런 괴물에게 대항할 마술을 만드는 것쯤은 식은 죽 먹기야!"

시스티나는 그녀의 자랑거리인 긴 머리카락을 쓸어 올리고 의기양양하게 웃었다.

"아직 한 사람의 마술사로서는 미숙하지만…… 그래도 넌 반드시 구해내겠어!"

엘렌은 그런 위풍당당한 시스티나의 모습을 그저 멍하니, 눈부시게 바라보았다.

"……뭐, 그렇게 된 거다. 르 킬."

글렌은 권총으로 르 킬을 겨누며 입가를 끌어올렸다.

"널 박살 내주마. 이 시답잖은 루프에…… 막을 내려주지."

그러자 글렌과 시스티나의 적의와 전의를 느낀 건지 그때까지 가만히 뒤에서 엘렌을 끌어안고 있었던 르 킬이 뭔가 반응을 보이기 시작했다.

『적성반응, 감지. 상황루프시퀀스에중대한악영향을끼치는 불확정요소라판단…… 처형모드로이행합니다. 《멸망의바람》 행사권능…… 발동.』

그 순간, 르 킬의 손바닥 위에 있던 용두가 맹렬히 회전하는 동시에 등의 날개가 활짝 펴졌다.

"……멸망의 바람?!"

엘렌이 절규했다.

『멸망의 바람』. 이 바람 앞에서 모든 존재는 멸망을 피할 수 없다.

그야말로 모든 것을 멸하는 저주의 바람.

"도망쳐! 시스티나! 글렌 선생님! 제발……!"

"시끄러! 도망쳐봤자 변하는 건 아무것도 없다고! 하얀 고양이, 가자!"

"예!"

르 킬이 가차 없이 날개를 펄럭였다.

지난 루프들에서 경험했던 것처럼 작은 공기탄을 날리는 수준이 아니었다.

엘렌을 제외한 모든 존재를 날려버릴 듯한 거친 소용돌이가 발생했다.

세계가 붕괴하기 시작했다.

르 킬과 엘렌을 중심으로 소용돌이치는 바람이 온갖 물질과 존재를 붕괴시켰다.

옥상 바닥이 방사형으로 무너지고 먼지바람이 글렌과 시스티나를 집어삼킬 것처럼 짓쳐들었다.

하지만 시스티나는 양손을 펼치고 이렇게 외쳤다.

"《나를 따르라·바람의 백성이여·나는 바람을 다스리는 공주일지니》!"

그러자 시스티나의 발밑에 마력선이 질주하며 마술법진을 전개하더니 그녀의 발을 축으로 회전하기 시작했다.

"간다아아아아아아아아아아아아앗!"

그리고 시스티나가 뭔가를 나누듯 양손을 크게 벌리자 멸망의 바람이 두 덩어리로 갈라지고 두 사람을 스쳐 지나갔다.

"아......"

그 현상을 본 엘렌은 눈을 부릅뜰 수밖에 없었다.

"홋...... 잘했다."

시스티나의 특기인 개변 주문, 흑마 개량형 【스톰 월】.

그걸 한층 더 발전시킨 이 마술의 이름은, 흑마 개량2식 【스톰 그래스퍼】.

효과 범위 안의 모든 바람을 감지하는 동시에 완전히 지배할 수 있는 마술이었다.

치명적인 바람을 날리는 르 킬에게 대항하기 위해 글렌과 시스티나가 일주일 동안 벼락치기로 만들어낸 마술. 이브의

지도를 받은 덕분에 시스티나의 기본 실력이 대폭 상승한 지금이라서 습득할 수 있었던 마술이다.

시스티나의 마술특성은 【유전(流轉)의 가속, 지배】. 이것이 바로 그녀가 천재로 불리는 이유였다.

『변화』보다 강한 개념인 『유전』. 가만히 있어도 진행되는 변화를 가속시키고 지배할 수 있는, 세상에 변화를 초래하는 기술인 마술의 총아(寵兒)다운 퍼스널리티.

거의 흑마술 대부분과 상성이 좋았고 그중에서도 각종 파라미터가 시시각각 변화하는 바람 계통 마술과 특히 상성이 좋았다. 그 퍼스널리티가 지금 이 순간, 맹렬한 속도로 개화하기 시작한 것이다.

'하지만 꽤 혹사시켜 버렸군…….'

글렌은 수면 부족 상태인 시스티나의 옆얼굴을 힐끔 훔쳐보았다.

그러나 어째선지 그녀는 우는 소리 한 번 하지 않고 글렌의 무모한 신 마술 개발에 끝까지 협력해주었다. 자세한 사정은 아무것도 알려주지 않았는데도 말이다.

항상 느끼는 거지만 이 건방진 은발 소녀 앞에선 절로 고개가 숙여질 따름이었다.

"훗…… 바람 그 자체는 기압차로 발생하는 공기의 흐름에 불과해! 멸망의 바람이라는 거창한 이름이 달렸지만 어차피 바람…… 『접촉 대상을 소멸시키는 뭔가』를 그 바람에 실어서 날려 보낼 뿐이야. 그럼 거기 닿지만 않으면 돼!"

"자랑하시는 도중에 죄송하지만, 이 마술은 마력을 엄청나게 잡아먹거든요?! 그리 오래 유지하진 못해요! 그렇게 느긋하게 떠들고 있을 여유는 없단 말예요!"

두 사람은 그렇게 잡담을 나눌 여유조차 보였다.

그리고 엘렌은 바람을 지배하는 시스티나를 믿을 수 없는 눈으로 바라볼 수밖에 없었다.

"······시스티나······ 너······."

"걱정하지 마, 엘렌. 지금 당장 널 구해줄 테니까!"

그 순간, 르 킬의 날갯짓이 한층 더 거세지더니 폭풍이 발생했다.

멸망의 바람이 글렌과 시스티나를 향해 정면으로 질주했고 분해된 옥상의 모래먼지도 마치 그 뒤를 따르듯 날아갔다.

"하아아아아아아아아앗!"

하지만 그 또한 결국 바람. 아무리 위력이 어마어마해도 바람의 지배자가 된 시스티나 앞에서는 애들 장난이나 다를 바 없었다.

멸망의 폭풍은 조금 전처럼 둘로 갈라지더니 시스티나의 의지에 따라 엉뚱한 방향으로 흘러갔다.

그리고 대미지가 누적된 탓인지 마침내 학원 건물이 재로 변하며 무너지기 시작했다.

"흐읍!"

하지만 시스티나가 재빨리 손을 휘두르자 밑에서 솟구친 세찬 바람이 추락하는 글렌과 그녀의 몸을 떠받쳤다.

【스톰 그래스퍼】로 바람의 발판을 만든 것이다.

"끼이……."

한편, 르 킬은 엘렌을 안은 채 날고 있었다.

날개를 펄럭이며 하늘 높이 날아가 글렌과 시스티나의 머리 위를 확보했다.

다시 멸망의 바람을 날리려고 날개를 크게 젖힌 순간—.

"소용없어!"

시스티나가 양손을 휘둘렀다.

"《검의 처녀여·하늘에 칼날을 휘두르고·대지에서 춤춰라》!"

글렌에게 배운 흑마 【에어 블레이드】의 개변 강화 주문— 흑마 개량형 【블레이드 댄서】가 발동한 순간, 르 킬의 사방에 수많은 바람의 칼날이 발생했다.

"가라아아아아아아아아아아앗!"

그리고 시스티나가 호령하는 동시에 전방위에서 르 킬의 몸을 난도질했다.

"크아아아아아아아아아아아아아아아!"

르 킬이 고통스러운 비명을 질렀다.

"히익?!"

엘렌도 반사적으로 몸을 움츠렸으나 주문의 제어는 완벽했다.

바람의 칼날들이 난도질하는 건 어디까지나 르 킬뿐이었다. 엘렌에게는 상처 하나 없었다.

"크, 끼이이이⋯⋯."

수많은 부품을 흘리며 르 킬이 하늘에게 부들거리기 시작했다.

"굉장해⋯⋯. 엄청난 정밀 제어 능력⋯⋯."

"하얀 고양이! 내가 간다! 그걸 부탁하마!"

"예! 선생님!"

그 순간, 발밑에서 폭풍이 작렬하며 글렌의 몸을 수직으로 날려 보냈다.

"우오오오오오오오오오오!"

글렌은 공중을 박차고, 박차고, 또 박찼다. 그때마다 발밑에서 발생하는 추진력을 이용해서 르 킬을 향해 고속으로 접근했다.

이것은 흑마 【래피드 스트림】의 개변 강화 주문.

이름하여 흑마 개량형 【스위프트 스트림】. 자신이 아니라 타인에게 원격으로 【래피드 스트림】을 거는 마술이었다.

사실상 이건 슈투름과 동일한 원리의 기술이었다.

글렌 자신은 슈투름을 쓸 수 없지만 흑마 【래피드 스트림】의 제어를 시스티나에게 맡기고 거기에 본인의 체술을 더해서 불가능을 실현시킨 것이다.

이를 테면 글렌과 시스티나의 협동기술인 셈이었다.

『위……위협……배제……?!』

그러자 르 킬이 요격하듯 멸망의 바람을 날렸다.

이번에는 호선을 그리며 상하좌우, 전방위로 글렌을 노렸다.

"……후."

하지만 시스티나가 마치 지휘자처럼 손가락을 휘두르자, 그 방향을 따라 멸망의 바람이 이리저리 휘어졌다.

흑마 개량2식【스톰 그래스퍼】의 지배력은 그야말로 절대적이었다.

공격이 무산되자 르 킬은 이번에는 날개를 크게 펼쳤다.

그 순간, 날개에서 빠져나온 대량의 깃털이 주위로 흩어졌다.

그리고 일제히 하늘을 질주하는 글렌을 향해 쇄도했다.

이번에는 물리 공격이었다.

아마 이 깃털 하나하나에도 피할 수 없는『멸망』이 깃들어 있으리라.

"하! 이제는 잔재주냐!"

하지만 그런『눈에 보이는』공격은 오히려 더 대처하기 쉬웠다.

급상승, 급선회, 급전환, 급회전, 급발진.

글렌은 슈투름으로 종횡무진 하늘을 날아다니며 깃털 공격을 모조리 피해버렸다.

마치 하늘을 무대로 춤을 추는 듯한 변환 자재의 삼차원

기동.

간단한 것처럼 보여도 실제로는 상상을 초월하는 난이도의 기술이었다.

아무튼 글렌은 직접 【래피드 스트림】을 쓰고 있는 게 아니었기 때문이다.

글렌이 하늘을 박차는 타이밍과 시스티나가 【스위프트 스트림】을 쓰는 타이밍이 조금이라도 어긋난다면 추락을 피할 수 없으리라.

설령 다른 누군가가 【스위프트 스트림】을 익힌다 해도 이렇게 슈투름을 쓰려면 수없이 많은 훈련과 노력이 필요할 터.

하지만 글렌과 시스티나는 그런 초고난이도의 기술을 당연한 듯이 성공시켰다.

그건 즉, 두 사람의 호흡이 이젠 완벽하게 일치한다는 뜻이었다.

"《검의 처녀여·하늘에 칼날을 휘두르고·대지에서 춤춰라》!"

글렌이 가끔 미처 못 피한 공격도 시스티나의 【블레이드 댄서】가 전방위에서 전부 차단했다.

"땡큐다! 하얀 고양이!"

그러는 사이에도 글렌은 바람을 발판 삼아 하늘을 박차고, 박차고, 또 박찼다.

르 킬은 그런 글렌을 피해 계속 상승하고, 또 상승했다.

하지만 두 사람의 슈투름이 더 빨랐다.

아득히 먼 상공에서 글렌은 결국 르 킬을 따라잡았다.

"선생님! 제가 할 수 있는 건 여기까지예요! 뒷일은……!"

"그래, 알고 있어! 나한테 맡겨!"

그렇게 외친 글렌은 한층 더 빠르게 발동한 슈투름으로 깃털 화망을 돌파하고 르 킬을 정면에서 노려보았다.

"우오오오오오오오오!"

확실히 시스티나의 바람 마술은 굉장하지만 전설적인 신의 권속을 상대로는 결정력이 부족했다. 대미지를 줄 수는 있어도 완전히 해치우는 건 불가능했다.

그리고 개변 주문에는 마력을 대량으로 소비하는 치명적인 약점이 있었다. 오랜 시간을 들여서 최적화된 범용 마술이 아니기 때문이다. 만약 시스티나가 아닌 다른 마술사가 이런 식으로 주문을 펑펑 써댔다면 이미 한참 전에 마나 결핍증을 일으켰을 것이다.

이대로면 당장은 잘 싸우고 있어도 점점 상황이 악화될 것이다.

하지만 글렌에게는 신조차 죽일 수 있는 일격이 있었다.

"0의 전심(專心)!"

글렌이 퍼커션식 리볼버의 격철을 당기며 뭔가 주문을 외우기 시작했다.

그러자 권총에 불온한 마력이 태동했다.

"자, 이제 벌 받을 시간이다! 이 고물딱지 신 자식아!"

"잠깐만요! 여기까지 와서 방심하지 마시라구요!"

시스티나도 마치 숨 쉬는 것처럼 자연스러운 슈투름으로 뒤늦게 전장에 도착했다.

그리고 르 킬이 최후의 발악으로 글렌에게 펼친 멸망의 바람과 멸망의 깃털을 흑마 개량형【블레이드 댄서】로 전부 막아냈다.

르 킬은 엘렌을 안은 채 달아나듯 계속 상승했고 시스티나의 보조를 받은 글렌도 그 뒤를 추격했다.

마치 하늘의 정점에 도달하려는 것처럼 하염없이.

그리고—.

바람을 자유자재로 조종하며 르 킬을 압도하는 옛 친구의 모습을 본 엘렌의 마음속에 떠오른 감정은 단 하나뿐이었다.

"굉장해……. 내 친구는…… 정말 대단한 아이였어……."

시스티나가 굉장한 소녀라는 건 옛날부터 잘 알고 있었다.

다정했던 아버지가 아직 살아있고, 약간 나르시시스트 기질이 있는 오빠 레오스도 살아있었던 시절.

휴가철에 가끔 아버지의 친구인 레너드 씨를 따라 놀러왔던 시스티나.

돌이켜보면 그 어릴 때부터 정말 굉장한 소녀였다.

낮고 좁은 하늘과 빈약한 날개밖에 없는 범재인 자신과는 달랐다.

한없이 높고 넓은 하늘과 강한 날개를 가진 시스티나를 자신은 늘 부러움과 동경이 담긴 눈으로 바라보았었다.

오빠와 시스티나의 사이가 좋다 보니 약간 덤 같은 취급이었지만, 오빠를 빼앗기는 게 분해서 질투한 적도 있었지만…….

그래도 자신에게 그녀는 동경하는 영웅이었다.

줄곧 그녀처럼 되고 싶었다.

줄곧 그녀처럼 될 수 있기를 바랐다.

아버지가 요절하고, 오빠도 뜻밖의 사고로 사망한 뒤로 가문의 책임에 속박되고 새장에 갇히게 되면서부터 그런 생각은 나날이 강해졌다.

한없이 넓은 하늘을, 강한 날개를 더더욱 원하게 되었다.

'그래서 난…… 할아버님의 감언이설에 넘어가서 그 시계를 손에 들게 되었지…….'

이 무한히 반복되는 새장 어딘가에 자유로운 하늘과 날개가 있으리라 믿으며…….

게이슨에게만 책임을 떠넘길 수는 없었다. 이 상황의 책임은 자신에게도 있었다.

'하지만…… 난 그런 짓까지 저질렀는데도…… 아직도 자유롭지 못해.'

엘렌은 자신을 끌어안은 르 킬의 팔을 내려다보았다.

그리고 다시 한 번 시스티나를 돌아보았다.

"선생님!"

바로 밑에서 자유자재로 하늘을 질주하는 시스티나는 강한 바람, 날카로운 바람, 부드러운 바람…… 그런 온갖 바람을 다루며 글렌을 지키고 있었다.

황혼에 붉게 타오르는 은발을 나부끼며 자유롭게 하늘을 나는 그녀는 엘렌이 과거에 부러워하고 동경했던 모습 그 자체였다.

"아아, 네가 부러워. 시스티……."

그 숭고한 모습에 엘렌은 살짝 눈물방울을 흘렸다.

『배제! 배제! 배제애애애애애!』

뒤에서 르 킬이 시끄럽게 소리를 질러댔다. 이젠 전술이고 뭐고 없이 너덜너덜해진 날개를 마구잡이로 휘두르며 멸망의 바람을 날려댔지만 아무런 소용도 없었다.

시스티나의 흑마 개량형 【블레이드 댄서】에 전부 갈기갈기 찢겨서 소멸될 뿐이었다.

"난…… 너처럼 되고 싶었어……. 줄곧, 너처럼 되고 싶었어……."

하지만 무리였다.

몇 천 번을 반복해도 동경하던 하늘에는 손끝조차 닿지 않았다.

"……역시 나한테 하늘 같은 건 없는 거야? 그런 소망을 품어선 안 됐던 거야? 응? 시스티……."

그 순간이었다.

"그럴 리가, 있겠냐."

머리 위에서 나른한 목소리가 들렸다.

글렌이었다.

마침내 르 킬의 위로 도달한 글렌이 하늘에서 강림하고 있었다.

오른손에는 황혼으로 타오르는 권총 한 정을 쥔 채.

"너한테도 있잖아. 시스티나가…… 아니, 이 세상의 그 누구도 아직 도달하지 못한 미지의 하늘이."

"미지의 하늘……? 거짓말, 나한테 그런 게 있을 리가……."

"있어. 『미래』라는 이름의 하늘이."

"……?!"

엘렌이 눈을 크게 뜬 순간, 총구를 내린 글렌의 권총이 르 킬의 이마에 닿았다.

"거기에 도달하려면…… 먼저 이 『새장』에서 나와야……겠지!"

그리고 방아쇠를 당겼다.

불을 뿜는 총구. 포효하는 총성. 르 킬의 머리를 관통하는 탄환.

오리지널 【광대의 일격^{페네트레이터}】, 발동.

영거리에서 방출된 필멸의 마탄이 르 킬의 존재 본질을 갈기갈기 난도질했다.

"아……."

르 킬은 그대로 힘을 잃고 엘렌을 놓친 채 추락했다.

그리고 추락하면서 마나 입자로 분해되기 시작했다.

참으로 허망한 최후였다.

"엘렌!"

허공에 내동댕이쳐진 엘렌은 시스티나가 공중에서 낚아챘다.

"시, 시스티……?"

"엘렌! 응, 이번에는 결국 마지막까지 뭐가 뭔지 잘 모르겠지만…… 아무튼 네가 무사해서 다행이야!"

시스티나는 서로의 숨결이 닿을 듯한 거리에서 마치 태양처럼 환하게 웃었다.

엘렌은 잠시 넋이 나간 얼굴로 그런 시스티나의 얼굴을 쳐다봤지만 이윽고 그녀의 몸을 꽉 끌어안았다.

"……시스티…… 흑흑…… 시스티…… 나…… 난…… 흑…… 히끅…….'

그리고 어린애처럼 흐느껴 울기 시작했다.

너무나도 길었던 지금까지의 고행을 전부 눈물로 쏟아내려는 것처럼 하염없이 통곡했다.

"자, 그럼…… 이번 소동도 이걸로 끝난 것 같구만……."

지향성 바람을 타고 느릿하게 낙하하는 글렌이 다시 하늘을 올려다보자 주위 풍경이 천천히 회전하기 시작했다.

그리고 점점 가속했고, 이윽고 너무 빨라진 탓에 시각적으로 풍경을 인식할 수 없게 되었다.

"이……이건 또 뭐예요?! 대체 무슨 일이 일어난 거죠?!"

서서히 어두워지는 세계에서 시스티나가 당황한 목소리로 물었다.

"괜찮아. 괜찮아. 문제없어. 반복되는 루프 때문에 완전히 뒤틀렸던 시공이 르 킬이 소멸한 덕분에 원래 형태를 찾고 있는 거겠지. 아마도."

"예에?! 반복되는 루프?! 시공의 뒤틀림?! 대체 뭐가 뭔지 하나도 모르겠거든요?! 아, 아무튼 괜찮은 건 맞죠?!"

"그래. 그건 믿어도 돼."

"정말이지! 나중에 꼭 무슨 일이 있었는지 전부 설명해주셔야 해요?!"

"아~ 뭐, 상관은 없는데…… 모든 게 원래대로 돌아간 후에 과연 네가 이번 일을 기억하고 있으려나~? 음……."

"예?! 방금 뭐라고 하셨어요?!"

그런 여느 때와 다름없는 대화를 나누는 사이에도 세계는 어두워졌다. 모든 것이 어둠으로 물들었다.

하지만 신기하게도 두려움은 느껴지지 않았다.

오히려 마침내 시작될 미래를 향한 희망을 예감하는 동시에, 세계는 완전한 어둠 속에 갇혀버렸다.

그리고 모든 것이 어둠에 잠기기 직전—

"시스티……."

"……왜? 엘렌."

"고마워. ……날 구해줘서."

"바보. 당연하잖아? 우린 친구인걸."

"응, 그래. ……그랬었지. 난 왜 그런 당연한 일조차 잊고 있었던 걸까……."

그리고 엘렌은 그제야 비로소 모든 그늘이 사라진 개운한 기분으로, 진심으로 웃을 수 있었다.

"다음에 만날 때는…… 정정당당하게 겨뤄보자, 시스티."

"……응. ……그러자. 엘렌."

두 친구는 그런 대화를 나누며 서로를 꼭 껴안고 미소 지었다.

그리고—.

————.

종장 A'

무한한 어둠속에서 누군가가 울고 있었다.

"히끅…… 훌쩍…… 누가 여기서 좀 꺼내줘……. 날……
새장 속에 가두지 마……."

등에 너덜너덜한 날개가 달린 소녀가 혼자 외롭게 울고 있
었다.

오른손, 왼쪽 다리, 오른쪽 어깨, 몸통에는 큰 구멍…… 그
렇게 몸 여기저기가 망가진 인형 같은 소녀가 울고 있었다.

"싫어……. 계속, 줄곧 혼자서…… 이런 추한 몸이 돼
서…… 이런 곳에 혼자 갇혀있는 건 싫단 말야……. 만나고
싶어…… 만나고 싶어요……. ■ ■■■ 님."

소녀의 몸은 시시각각 붕괴하고 있었다.

현재 진행형으로 너덜너덜하게 무너져 내리고 있었다.

이윽고 소녀는 이 어둠 속에서 아무도 모르게 조용히 소
멸하리라.

아무도 없고, 아무것도 없고, 그저 깊은 어둠뿐인 이런 공
간에서.

계속 흐느껴 울던 소녀는 문득 인기척을 느끼고 고개를

들었다.

어느새 그곳에는 한 소녀가 서 있었다.

병적일 정도로 새하얀 머리카락과, 창백한 피부. 검붉은 산호 같은 눈동자.

그리고 등에는 이형의 날개.

남루스였다.

남루스가 감정이 느껴지지 않는 눈으로 망가진 소녀를 내려다보고 있었다.

"……역시 르 킬……. 너였구나……."

"아, 아……아아아아아아아앗?!"

그러자 망가진 인형 소녀, 르 킬은 눈을 크게 뜨더니 곧 경악과 환희가 뒤섞인 표정을 지었다.

"이래서 나와 인연이 있는 글렌이 루프를 인식할 수 있게 된 거였어. 그야 르 킬…… 너는 나의……."

"■ ■■■ 님!"

르 킬은 이야기도 듣지 않고 정면에서 남루스를 끌어안았다.

"만나고 싶었어요! 정말 만나고 싶었어요! ■ ■■■ 님! 줄곧, 줄곧…… 당신을 만나고 싶었어요."

"……미안, 르 킬. 내가 **그 사람**을 잘못 본 탓에 네가 이런 괴로운 일을 겪게 해서. 당시의 어리석었던 난 불리한 일에는 눈을 감아버린 채 그 사람을 믿어버렸어. ……믿고 싶었어. 하지만 설마 그 사람이 널 이런 보잘 것 없는 시계로 개조해버릴 줄은 꿈에도 몰랐어. 부디 어리석은 날 용서해주렴⋯⋯."

"괜찮아요! 전 괜찮아요! ■ ■■■ 님! 전 당신 곁에 있을 수만 있다면⋯⋯ 전⋯⋯ 전⋯⋯! 그걸로⋯⋯."

"⋯⋯그래⋯⋯."

남루스는 르 킬의 머리를 부드럽게 쓰다듬어주었다.

그 순간, 르 킬의 존재가 수많은 빛의 입자로 변하더니 남루스의 두 손바닥 안에 모이기 시작했다.

"어서 와, 르 킬. ⋯⋯지금은 내 안에서 쉬고 있으렴."

그리고 르 킬이었던 빛의 입자는 천천히 남루스의 안으로 흡수되었다.

―――.

"⋯⋯선⋯⋯생⋯⋯님! 선생⋯⋯님!"

시끄럽다.

"⋯⋯선생님! 선생님! 선생님? 선생님도 참!"

⋯⋯무지 시끄러웠다.

조금 전부터 귓가에서 날카롭게 울리는 목소리에 뇌를 지배하고 있던 잠기운이 의식에서 급속도로 벗겨져 나갔다.

"정말이지! 이제 그만 좀 일어나시라니까요, 선생님!"

"⋯⋯뭐야⋯⋯?"

글렌은 체념한 듯 교탁에서 고개를 들고 졸린 눈을 문질렀다.

"좀 참아주라……. 나, 요즘 엄청 바빴거든?"

"선생님이 바쁘신 건 알지만! 그래도 너무 늘어지셨다구요!"

글렌의 콧잔등에 들이민 늘씬한 손가락. 시선을 들자 햇빛을 반사하는 눈부신 은발과 선명한 비취색 눈동자가 글렌의 안구와 영혼에 틀어박혔다.

시스티나였다. 그녀는 요정처럼 가련한 미모를 사정없이 구기고 있었다.

"자자, 시스티. 선생님께선 이제부터 고생하셔야 하니까……."

"응. 글렌, 불쌍해."

그리고 그런 그녀를 달래듯 루미아가 쓴웃음을 지었고, 그 뒤에선 리엘이 졸린 얼굴로 중얼거렸다.

몽롱한 상태로 주위를 둘러보니 이곳은 2학년 2반의 교실 안이었다.

카슈, 웬디, 기블, 테레사, 세실, 린, 로드, 카이…… 평소의 멤버들이 글렌을 바라보며 어이가 없는 얼굴로 쓴웃음을 짓고 있었다. 정말로 평소와 다름없는 광경이었다.

"하하하, 선생님. 정신 좀 빠짝 차리세요~."

"정말로요! 이제 곧 다른 학원의 학생분들도 오실 테니 정신 좀 차리시라구요!"

카슈와 웬디가 그렇게 말한 순간—

"참 나, 역시 이렇게 시작되는 거냐고……. 진짜 패턴이 한

결 같구만."

글렌은 등을 펴고 크게 기지개를 켜며 하품을 했다.

하지만 마침 그때 시스티나가 글렌의 옆으로 다가가더니 살짝 귓속말을 건넸다.

"파트너."

"……뭐?"

파트너. 그 말은 분명…….

"야, 너…… 혹시, 기억이……?"

하지만 시스티나는 대답하지 않고 어딘지 모르게 기쁜 듯한 환한 미소를 지으며 단숨에 잔소리를 쏟아냈다.

"진짜 언제까지 그런 잠꼬대나 하고 계실 건데요?! 오늘 우리 학원에서 열릴 마술제전 제국 대표 선수 선발회에 성 릴리 마술여학원과 크라이토스 마술학원의 학생들이 올 예정이잖아요! 이미 싸움은 시작된 거라구요!"

그리고 글렌의 팔을 잡고 일으켜 세웠다.

"자, 잠깐……!"

"자, 가죠! 슬슬 두 학원을 맞이하러 갈 시간이니까요! 자, 그만 정신 차리세요!"

"……야, 너!"

기운 넘치는 시스티나에게 연행되는 글렌.

남겨진 학생들은 눈을 깜빡거리면서 그런 두 사람의 뒷모습을 지켜보았다.

————.

그리고 여느 때와 다름없이 시작된 교류 환영회.

"그렇게 여유부리다가 방심하지나 마시죠."

"예, 명심하죠. 하지만 당신도 방금 그게 제 진짜 실력이라고 생각하진 말아주시길. 대표 선수단에서 가장 명예로운 메인 위저드의 자리를 놓고 아무쪼록 당신과 정정당당하게 겨뤄보고 싶군요. ……그럼 전 이만."

그 말을 끝으로 레빈은 크라이토스 학원의 학생들이 모인 자리로 천천히 돌아갔다.

"후우~."

레빈의 모습이 시야에서 사라지자 시스티나는 이마에 맺힌 땀을 훔치며 긴장을 풀었다.

"시스티, 괜찮아?"

"……응, 시스티나. 엄청 긴장했었어."

"솔직히 자만하고 있었나 봐. ……설마 우리 세대에 저만한 실력자가 있었을 줄이야."

그런 시스티나, 루미아, 리엘에게 주위의 학생들이 우르르 몰려들었다.

다들, 저마다 시스티나의 탁월한 대응에 찬사를 보냈다.

"너, 잠시 못 본 사이에 또 실력을 올린 거야? 치사하잖아!"

콜레트는 대항심을 불태웠다.

"저희도 노력해서 많이 강해졌는데 완전히 들러리 취급이라니…… 으으……."

프랑신은 눈물을 글썽이며 메마른 미소를 지었다.

"나 원…… 또 똑같은 전개……. 제발 이걸로 마지막이었으면 좋겠군, 젠장."

어이가 없는 얼굴로 그런 익숙한 광경을 흘겨본 글렌은 이어서 연회장을 둘러보았다.

결국 시스티나에게 저번 루프의 기억이 남은 거냐고 물어보지는 못했다.

제대로 물어보면 좋았겠지만 뭐랄까. 왠지 조금 쑥스러웠기 때문이다.

마침 그때 글렌의 시야 한켠에 게이슨의 모습이 들어왔다.

"없어? 왜, 용두가 없어진 거지?! 엘렌에게 건넬 예정이었던 시계도 대체 어디로 사라진 거냐! 이대로는…… 크라이토스의 영광이……! 제길…… 빌어먹을!"

크게 당황한 게이슨은 남의 이목도 신경 쓰지 않고 몸 전체를 샅샅이 뒤지고 있었다.

솔직히 한 대쯤 패주고 싶었지만 뭐, 내버려둬도 상관없으리라.

르 킬 시계. 그게 사라진 이상, 게이슨은 아무것도 할 수 없는 소인배에 불과하니까.

반드시 죽여야 하는 악당인 건 아니었다.

다만 엘렌의 처우에 관한 건 나중에 시스티나의 아버지 레너드에게 상담한 후, 그를 통해 크라이토스가에 경고를 보낼 생각이었다.

엘렌의 아버지 그라함과 시스티나의 아버지 레너드는 절친이라 어릴 적부터 줄곧 가족 단위로 알고 지낸 사이라고 한다.

덤으로 레너드는 마도청의 고급 관료이자, 전통 있는 마술사 가문의 당주이자, 지금도 권위가 있는 유력 마술사 중 하나였다. 지위도 힘도 있었다. 그런 레너드의 경고를 거역해봤자 좋을 일은 하나도 없을 테니 이 정도의 개입이라면 큰 문제는 없으리라.

글렌이 그런 생각을 한 순간—

"오랜만…… 시스티나. 다시 만나게 돼서 기뻐……."

"아! 그렇구나. 너도 대표 후보생으로 뽑힌 거지? 굉장하잖아!"

"응! 시스티. 난 이 자리에 어울리지 않을지도 모르지만…… 그래도 나, 정말 노력했다? 에헤헤……."

"그래. 그럼 서로 대표 선수를 목표로 힘내보자! 엘렌!"

"응, 그러자! 시스티!"

연회장 한켠에서 시스티나와 엘렌이 그런 대화를 나누는 모습이 눈에 들어왔다.

'……저게 엘렌의 원래 모습인가.'

아무래도 이 시공간의 일그러짐이 수정되고 루프가 종결되는 동시에 엘렌도 당시의 기억을 전부 잃은 모양이었다.

따라서 이제 이 선발회의 이면에서 벌어진 사건을 알고 있는 건 글렌뿐(그리고 꽤 의심스러운 녀석 하나)인 셈이었다.

'참 나, 그 고생을 했는데 아무도 알아주지 않는다니…… 왠지 좀 허무하구만.'

하지만 신기하게도 기분은 나쁘지 않았다.

'흠, 뭐랄까. 왠지 이런 것도 나름 교사답잖아? 숨은 공로자 같은 느낌이라서.'

글렌은 그런 생각을 하며 아직도 교류회의 흥분이 식지 않은 학생들의 얼굴을 천천히 돌아보았다.

이렇게 해서 마침내 진짜 선발회가 시작되었다.

선발회 첫날부터 압도적으로 주목을 받은 건 역시 시스티나와 레빈이었다.

이 두 사람만 명백히 격이 달랐고, 선발회가 진행됨에 따라 사실 시스티나의 실력이 레빈보다 한 차원 위였다는 사실이 밝혀져서 후보생 전원이 경악하는 일도 있었다.

그밖에도 알자노 학원의 리제, 자일, 기블. 성 릴리 여학원의 프랑신, 콜레트, 지니 등이 실력을 크게 뽐냈다.

아마 대표 선수는 아슬아슬하게 무리겠지만 카슈와 웬디 등도 크게 선전했다.

둘 다 이 선발회를 통해 자신들의 현재 실력과 위치, 그리고 앞으로의 과제 등을 재확인하는 무척 유익한 경험을 하게 됐으리라.

또 한 명 주목할 만한 학생은 크라이토스 학원의 엘렌이었다.

엘렌은 마력 측정과 필기시험에서는 좋은 성적을 내지 못했다.

마력 측정에 이르러서는 후보자 중 최하위였다.

처음에는 어차피 친할아버지인 학원장의 연줄로 뽑혔을 뿐이라는 험담을 들으며 바보 취급당했다.

하지만 모의 마술전이 시작되면서 그 평가는 완전히 역전되었다.

확실히 여기서도 엘렌의 성적은 그리 좋은 편이 아니었다.

하지만 시합 내용은 어떤 상황에서도 포기하지 않고 전력으로 공략법을 찾으며 조금이라도 빈틈을 보이면 그곳을 중점적으로 노리는 마술사다운 자세와 기개를 높이 평가받았다.

아무리 바보 취급을 받아도 자신이 가진 모든 패를 이용해서 필사적으로 싸우는 엘렌의 모습은 결코 경멸받아도 될 종류의 것이 아니었다.

그리고 레빈조차 상대도 되지 않았던 시스티나를 상대로 유일하게 아슬아슬한 국면까지 끌고 간 것도 엘렌 단 한 사람뿐이었다.

물론 엘렌의 최종 성적은 그리 좋은 편이 아니라 대표 선수 입성까지는 무리였지만, 어느새 그녀는 시합 때마다 관객들과 다른 후보자들의 존경과 찬사의 뜻이 담긴 박수를 받게 되었다.

"고생했어, 엘렌. ……많이 강해졌더라."

"시스티……. 응. 나…… 전력을…… 다했어. 응……."

시합에 진 엘렌은 진흙투성이가 된 모습으로 먼 하늘을 올려다보았다.

현재의 실력과 현실의 벽 앞에서 목표를 이루지는 못했지만 미래를 바라보는 그녀의 눈동자에는 강한 빛이 깃들어 있었고 표정 또한 매우 후련해보였다.

이렇게 해서 이번 마술제전 대표 선수 선발회는 성황리에 막을 내렸다.

그리고 선출된 선수들의 이름은—.

————.

그리고—.

와르르르르르르르르르르르르!

"아니야, 아니야, 이게 아니라고! 글렌 선생! 이 책이 아니야!"

마술학원의 부속 도서관에서 포젤이 책상 위에 산더미처럼 쌓인 책 탑을 바닥으로 무너트리며 고함을 질렀다.

"글렌 선생! 넌 저쪽 책장의 세 번째 줄에 있는 책을 전부다 가져와줘! 난 저쪽 책장을 찾아볼 테니까! 아, 그 책들은 치워놔! 어서! 빨리!"

"뜨아아아아아아아아! 저 자식, 진짜 확 패버렸으면 속이 시원하겠는데에에에에에에에에!"

글렌의 비명이 책장 사이에서 날카롭게 울려 퍼졌다.

"아~ 젠장! 포젤에게는 이래저래 신세를 졌으니까 연구를 도와주겠다는 말을 꺼낸 내가 바보였지! 빌어먹을!"

글렌은 울상이 된 얼굴로 바닥에 쌓인 대량의 책을 바쁘게 치웠다.

"자! 전부 가져왔다!"

"음? 그건 이제 필요 없어, 방해돼!"

와르르!

포젤은 글렌이 비틀거리며 들고 온 대량의 책들도 가차 없이 확 밀어버렸다.

"역시 봉인 서고에서 읽는 걸 금지한 금서를 가져오길 잘했군. 필요한 정보는 여기 있었어. ……읽고 있으면 왠지 영혼이 빨려나가는 기분이 들지만."

"뜨아아아아아아아! 포젤, 그 책 당장 덮어! 너, 그거 진짜로 영혼이 빨려들어가고 있는 거라고!"

"훗, 어째선지 책을 읽는 손과 눈이 멈추지 않는군. ……
어떻게 좀 해봐."

"으아아아아아아아아! 정말이지이이이이이이이이이이이!"

글렌은 야단법석을 떨면서 포젤의 일을 도왔다.

크라이토스령에서 발굴(도굴)한 조각상의 분석도 어느 정
도 끝나서 연구가 다음 단계로 진입한 모양이었지만, 솔직히
글렌은 지금 포젤이 뭘 조사하는지 하나도 모르고 있었다.

'이래서 변태는 싫다고……'

하지만 도움을 받은 의리가 있었다.

그 단절된 일주일의 돌파구를 연 것은 전부 포젤의 지식
덕분이었으니 말이다.

'하지만…… 아무도 기억하지 못하니까 이대로 그냥 튀어
버려도 상관없지 않을까?'

속으로는 그렇게 투덜거리면서도 지친 얼굴로 계속 포젤
의 연구를 도와주었다.

'참 나, 나도 할 일이 있는데 말이지…….'

하지만 알리시아 3세의 수기 해독 작업은 전혀 진척이 보
이지 않았다.

'이런 짓을 하고 있을 여유가 있다면…… 이걸 조금이라도
해독해야…….'

글렌이 갑자기 생각난 듯 품속을 뒤적거렸지만 이상하게

도 손에 잡히는 게 아무것도 없었다.

'어, 어라?! 어, 어디 갔지?! 여기 오기 전까진 분명 있었는데…… 설마 떨어트린 건가?!'

바닥에 깔린 책들을 두리번거렸다.

'크, 큰일 났다! 하필 그걸 잃어버리면 어떡하냐고! 대체 어디에 떨어트린 거지?!'

글렌이 조바심을 느끼며 황급히 수기를 찾으려 한 그때였다.

"……이건 뭐지?"

갑자기 약간 낮은 톤의 목소리가 들려서 고개를 돌렸다.

"앗!"

포젤이 한 권의 수기를 손에 든 채 페이지를 넘기고 있었다.

틀림없는 알리시아 3세의 수기였다.

"잠깐! 야, 포젤! 그건 내 거야! 돌려줘!"

글렌은 황급히 포젤에게 달려갔다.

"뭐지? 대체 왜……."

하지만 포젤은 험악한 표정으로 수기를 노려보면서 이렇게 중얼거렸다.

"왜 이 수기가 우리 가문에 대대로 전해 내려오는 비밀 암호로 적혀 있는 거지?"

"……어?"

포젤은 당황하는 글렌에게 수기를 대충 집어던졌다.

반사적으로 받은 글렌.

그리고 포젤은 어안이 벙벙한 글렌에게 날카롭게 질문했다.

"그 수기는 대체 뭐지? 글렌 선생. 대체 어디서 입수한 거야?"

"……자, 잠깐만 기다려봐."

예상을 벗어난 급 전개에 의식이 따라오지를 못했다.

"포젤…… 너, 이걸 읽을 수 있는 거야?"

"물론이지. 시간은 걸리겠지만, 그건 원래 그런 암호다."

"……."

읽을 수 있다고? 이 수기를?

지금까지 아무리 시간과 노력을 쏟아도 읽을 수 없었던 이 수기의 내용을—.

겨우 해독했다 싶으면 더미가 튀어나오는 이 난해하기 짝이 없는 암호 수기를—.

그 세리카조차 포기했던 수기를—.

읽을 수 있다고?

그래서 글렌은 이렇게 물어볼 수밖에 없었다.

"포젤…… 너, 대체 정체가 뭐야?"

잠시 글렌을 평가하는 눈으로 흘겨보던 포젤은 이윽고 엄숙한 목소리로 말했다.

"훗, 좋다. 난 기본적으로 풀 네임을 밝히지 않아. 이 학원에서조차 풀 네임은 쓰지 않지. ……여러모로 골치 아픈 일이 벌어질 테니까."

"······풀 네임?"

"하지만 너라면 괜찮겠지. 나 같은 괴짜를 상대로 투덜대면서도 지금까지 어울려준 것만 봐도 미련스러울 정도의 호인이니까. 신뢰는 할 만해. 그러니 이 자리에서 자기소개를 다시 하마."

그리고 포젤은 자리에서 일어나 당당하게 말했다.

"내 이름은 포젤. ······포젤 루포이 엘트리아다."

그 순간, 글렌은 눈을 크게 뜰 수밖에 없었다.

"······**엘트리아**······라고?"

"역시 아나 보군."

포젤은 입가를 끌어올리고 다시 입을 열었다.

"그래······. 『멜갈리우스의 마법사』, 『멜갈리우스의 천공성』······ 그런 수많은 전설적인 작품을 남긴 마도 고고학자이자 동화 작가. 마도 고고학의 기초를 다진 시초라 불리는 그 롤랑 엘트리아의······ 자손이다."

―지금 이 순간, 뭔가가 움직이기 시작했다.

글렌은 그런 예감이 들었다.

■작가 후기

안녕하세요, 히츠지 타로입니다.

『변변찮은 마술강사와 금기교전』14권이 발매되었습니다.

편집부 및 출판 관계자 여러분, 그리고 이『변변찮은』을 지지해주신 독자 여러분께 무한한 감사를.

자, 이번 14권은 그야말로 새로운 전개를 위한 전초전 같은 느낌이었네요. 지금까지 이름은 몇 번이나 언급됐던 그 나라가 마침내 본격적으로 무대에 오르기 시작했습니다. 벌써부터 수상쩍은 냄새가 풀풀 풍기지만요!

1권부터 5권까지의 1부, 6권부터 10권까지의 2부가 비교적 주인공들과 가까운 장소에서 벌어진 이야기였다면 11권부터는 제국 내 다른 지역이 무대가 되는 경우가 많았습니다만, 마침내 무대는 세계로! 음, 이야기의 스케일이 점점 커져서 저도 가슴이 두근거리기 시작하네요!

이번 권을 쓰면서 생각한 거지만 시스티나도 이젠 어엿한 한 사람 몫의 히로인이 된 것 같네요. 이번 권에서는 출구가 보이지 않는 외통수에 몰린 글렌. 그런 그를 구해준 것은 곁에서 헌신적으로 지탱해주는 루미아도, 매달려서 의존하는 리엘도 아니라 억지로 손을 잡고 앞으로 잡아당겨주는 시스티나였습니다. 3, 4권쯤에서 엉엉 울어대던 시절의 나약한 그녀와 비교하면 정말 다양한 의미에서 큰 성장을 이룬 것 같아 작가로서는 참 감회가 깊네요.(웃음)

그리고 이번 권에서는 마침내 어떤 중요한 캐릭터가 등장합니다. 아니, 지금까지도 몇 번이나 등장시키려 했지만 슬프게도 상업용 소설에는 늘 페이지 수 제한이라는 저주가 있는 탓에 몇 번이나 존재를 삭제당했던 슬픈 캐릭터이기도 합니다.

아니, 그보다 페이지 수 제한이라니 웃기지 말라고! 너 때문에 내가 얼마나! 대체 얼마나 고생하는 줄 알아?! 한 줄한 줄 꾸준히 다이어트해가면서 수십 페이지를 지우는 작업이 얼마나 고통스럽고 힘든지 아냐고오오오오! 뭐, 어때! 세상에는 사전 같은 라이트 노벨도 있는데에에에에!!!!

그런 고로 이번에도 열심히 쓴 14권을 아무쪼록 잘 부탁드립니다!

히츠지 타로

2019. 3

■역자 후기

시스티나가 대활약한 변변찮은 마술강사와 금기교전 14권, 재미있게 읽어주셨을까요?

그동안 꾸준히 성장하면서 점점 멋진 모습을 보여주었던 시스티나가 마침내 글렌의 대등한 파트너로서 개화하는 장면을 봤을 땐 저도 참 감개무량한 기분이 들었습니다. 초반에는 그 두부 멘탈 때문에 정말 별별 소리를 다 듣던 히로인이었는데 말이죠 흑흑. 물론 특기가 바람 계통 마술이다 보니 주로 보조에 특화한 느낌입니다만, 이번 권에서 밝혀진 기초 능력이 그야말로 차원이 다른 수준이라 아직도 성장할 여지는 충분히 있을 것 같습니다. 작중 글렌의 말마따나 **그 마술**을 습득하는 순간이 정말 기대되네요.

사실 이번 권을 작업하기에 앞서 일러스트나 개요만 슬쩍 읽었을 때는 이번에는 잠깐 쉬어가는 권인가 싶었습니다만, 막상 읽고 보니 그야말로 역대급 떡밥이 마구마구 투하된 스토리상 매우 중요한 권이었습니다. 제가 보기에 세리카는 아직도 이런저런 상상의 나래를 펼쳐볼 여지가 있지만 남루스의 정체는 거의 확정이네요. 그뿐만 아니라 또 세계관 전체를 관통하는 중요인물도 등장한 것 같으니 앞으로의 전개가 더더욱 기대됩니다.

그럼 다음 권에서도 뵐 수 있기를 바라며 이만 짧은 후기를 마치겠습니다.

변변찮은 마술강사와 금기교전 14

1판 1쇄 발행 2019년 10월 10일
1판 3쇄 발행 2020년 9월 2일

지은이_ Taro Hitsuji
일러스트_ Kurone Mishima
옮긴이_ 최승원

발행인_ 신현호
편집부장_ 윤영천
편집진행_ 김기준 · 김승신 · 원현선 · 권세라 · 유재슬
편집디자인_ 양우연
국제업무_ 정아라 · 전은지
관리 · 영업_ 김민원 · 조은걸 · 조인희

펴낸곳_ (주)디앤씨미디어
등록_ 2002년 4월 25일 제20-260호
주소_ 서울시 구로구 디지털로 26길 111 JnK디지털타워 503호
전화_ 02-333-2513(대표)
팩시밀리_ 02-333-2514
이메일_ lnovelpiya@naver.com
ㄴ노벨 공식 카페_ http://cafe.naver.com/lnovel11

AKASHIC RECORDS OF BASTARD MAGIC INSTRUCTOR Vol.14
ⓒTaro Hitsuji, Kurone Mishima 2019
First published in Japan in 2019 by KADOKAWA CORPORATION, Tokyo.
Korean translation rights arranged with KADOKAWA CORPORATION, Tokyo.

ISBN 979-11-278-5274-0 04830
ISBN 979-11-86906-46-0 (세트)

값 7,200원

피학의 노엘 1권

원작 카나오 | 저자 모로쿠치 마사미 | 옮긴이 안수지

노엘 체르퀘티는 항상, 언제나 1등이어야만 한다.
명가의 딸로서 장래를 촉망 받으며 피아노 콩쿠르에 도전하지만,
친구 질리안에게 패하며 우승을 놓친 노엘.
실의에 빠진 노엘은 시장 버로우즈의 유혹에 넘어가
인생을 바꾸고 싶다며, 악마를 소환한다.
"대악마 카론. 소환의식에 따라 찾아왔다."
소원을 들어준 《대가》로 팔다리를 빼앗기며
노엘은 시장에게 속았다는 것을 깨닫는다.
"구해줘."
절망의 늪에서 죽어가는 노엘의 「제2의 소원」을 들어준 카론은,
노엘에게 버로우즈에 대한 복수를 제안하는데―.

대인기 호러게임 『피학의 노엘』 대망의 소설화!

방과 후, 이세계 카페에서 커피를 1~2권

카자미도리 지음 | u스케 일러스트 | 이진주 옮김

마법의 숨결이 닿은 아이템이나 음식물이 산출되는 『미궁』.
이를 중심으로 번영한 미궁도시의 외곽에 위치한 한 카페에서는
이 이세계에서 유일하게 커피를 마실 수 있다.
현대에서 온 고등학생 점주 유우가 꾸려나가는 이 가게에는,
오늘도 커피의 구수한 향기에 이끌려 카페 식도락을 추구하는
엘프와 드워프, 모험가들, 그리고 도시의 유력자까지 단골로서 찾아온다.
근처에 있는 마술학원에 다니는 소녀 리나리아도 그 중 한 명.
아직 커피는 달콤하게 타야만 마실 수 있지만,
유우가 있는 이 가게의 분위기는 무척 마음에 들었다.
하지만, 그 외에도 라이벌인 여자아이들이 잔뜩 있는데……?

사랑의 향신료가 풍미를 더한 맛있는 이야기를
이세계 카페에서 보내드립니다!

라이트노벨의 새로운 빛! L노벨의 신간은 매월 10일에 발매됩니다. http://cafe.naver.com/lnovel11

달이 이끄는 이세계 여행 1~8권

아즈미 케이 지음 | 마츠모토 미츠아키 일러스트 | 정금택 옮김

어느 날, 부모의 사정으로 인해 츠쿠요미노미코토에 이끌려
이세계로 가게 된 나, 미스미 마코토.
치트 능력도 하사받고 이건 그야말로 용사 플래그인가! 라고 생각했더니
이 세계의 여신에게 「너 얼굴 못생겼다」라는 이유로 거절당하고
나는 『세계의 끝』으로 전이당하고 말았다…….
……뭐, 어쩔 수 없지, 기왕에 이렇게 된 거 이세계를 즐겨볼까!
이렇게 오직 내 한 몸만 가지고
타인의 온기를 찾아 여행을 시작하게 되었지만,
만난 것은 향기로운 냄새가 나는 오크 소녀, 시대극에 심취한 드래곤,
마조히즘 속성을 지닌 변태 거미 etc—
……내 주위는 멋들어질 정도로 이종족 페스티벌입니다.
젠장! 웃기지 마! 난 절대로 지지 않을 거니까!!

제5회 알파폴리스 판타지 소설 대상 『독자상 수상작』!

라이트노벨의 새로운 빛! ㄴ노벨의 신간은 매월 10일에 발매됩니다. http://cafe.naver.com/lnovel11

금색의 문자술사 1~8권

토모토 스이 지음 | 스마키 슌고 일러스트 | 김장준 옮김

식사와 독서를 사랑하는 『아웃사이더』 고등학생 오카무라 히이로는
같은 반의 리얼충 네 명과 함께 이세계로 소환됐다.
《용사》가 되어 인간국 빅토리어스를 구해달라는 왕녀의 부탁에 들뜨는 리얼충들,
그런 와중 밝혀진 히이로의 칭호는—《말려든 자》?!
원래 세계로 돌아갈 방법은 없다. 용사들과 장단을 맞출 생각도 없다.
하지만 기왕 하게 된 이세계 라이프.
적은 문자의 이미지를 발현하는 히이로만의 능력 《문자마법》을 사용해
미지의 요리와 책을 찾아 홀로 모험에 나선다!
이세계에서도 고고한 『아웃사이더』 노선을 관철하는 히이로는 아직 모른다.
이윽고 히어로라고 불리게 될 자신의 미래를…….

소설가가 되자 사이트에서
조회수 2억 6천만을 돌파한 초인기 대작

데스마치에서 시작되는 이세계 광상곡 1~15권, EX

아이나나 히로 지음 | shri 일러스트 | 박경용 옮김

한창 데스마치를 치르던 프로그래머 스즈키 이치로(29).
『사토』란 닉네임을 쓰는 그가 잠시 잠들었다 깨어나 보니
듣도 보도 못한 이세계에 방치되어 있었다!
혼란에 빠질 틈도 없이 눈앞에는 처음 보는 괴물의 대군이 다가오고,
하늘에서는 유성우가 쏟아진다.
정신을 차리고 보니, 최강 레벨의 힘과 막대한 부를 손에 넣었는데……?!
이렇게 사토의 「유유자적, 가끔 시리어스, 그리고 하렘」인
이세계 모험담이 시작된다!!

**최강 레벨과 막대한 재보를 가지고
시작되는 유유자적 이세계 관광!!**

라이트노벨의 새로운 빛! L노벨의 신간은 매월 10일에 발매됩니다. http://cafe.naver.com/lnovel11

Copyright © 2017 Senri Akatsuki
Illustrations copyright © 2017 Ayumu Kasuga
SB Creative Corp.

최약무패의 신장기룡 1~14권

아카츠키 센리 지음 | 카스가 아유무 일러스트 | 원성민 옮김

5년 전 혁명으로 인해 멸망한 제국의 왕자 · 룩스는 실수로 난입하고 만
여자기숙사 목욕탕에서 신왕국의 공주 · 리즈샤르테와 만난다.
"……언제까지 내 알몸을 보고 있을 생각이냐, 이 바보 자식아아아앗!"
유적에서 발굴된 고대병기 장갑기룡.
일찍이 최강의 기룡사라고 불리던 룩스는,
지금은 공격을 전혀 하지 않는 기룡사로서 『무패의 최약』이라고 불리고 있었다.
리즈샤르테의 도전을 받아 결투를 벌인 끝에,
룩스는 어찌 된 영문인지 기룡사 육성을 위한 여학원에 입학하게 되는데……?!
왕립 사관학원의 귀족 자녀들에게 둘러싸인 몰락왕자의 이야기가 시작된다.

왕도와 패도가 엇갈리는
『최강』의 학원 판타지 배틀, 개막!
TV애니메이션 애니플러스 방영작!

라이트노벨의 새로운 빛! L노벨의 신간은 매월 10일에 발매됩니다. http://cafe.naver.com/lnovel11